Daniela Mimm

Schnitzeljagd
in die
Vergangenheit

Zu diesem Buch:

Die bodenständige Heidelberger Psychologin Valerie hat es doch gleich gewusst: Wahrsagerei ist Mumpitz! Wie sonst soll sie es nennen, wenn Dauerverlobter Jörg angeblich nicht der Richtige ist und die Tarotkarten ihr eine Schwester verheißen, die sie gar nicht hat?
Doch warum reagieren Valeries Eltern so merkwürdig, als sie ihnen mitteilt, in ihre Geburtsstadt Krefeld reisen zu wollen, um die Urkunden für das Aufgebot zu besorgen?

Valerie ahnt nicht, dass sie im fernen Krefeld einige unliebsame Überraschungen erwarten. Eine folgenschwere Verwechslung, ein Foto mit ihrem Ebenbild und Hinweise darauf, dass es sie ganz offensichtlich ein zweites Mal zu geben scheint … Valerie lassen die Worte der Wahrsagerin nicht mehr zur Ruhe kommen und sie beginnt, Nachforschungen anzustellen. Was sie dabei herausfindet, stürzt sie in ein wahres Gefühlsdesaster. Von nun an ist nichts mehr wie vorher. Kurzum: Der Trip nach Krefeld wird für Valerie eine Schnitzeljagd in die eigene, unbekannte Vergangenheit.

Daniela Mimm, geb. 1964, war schon im Kindesalter ein regelrechter Bücherwurm. Bereits als Zehnjährige verfasste sie eigene Geschichten. Später arbeitete sie viele Jahre in der Buchabteilung einer großen Kaufhauskette, wodurch ihre Leidenschaft für das Schreiben noch weiter geprägt wurde. Mit dem spannenden Gemisch aus tatsächlich Erlebtem und ureigener Fantasie zaubert sie auch in ihrem zweiten Roman *„Schnitzeljagd in die Vergangenheit"* den Leser nicht nur selbst in die Geschichte, sondern zugleich an originale Schauplätze, die sie selbst gut kennt.

Daniela Mimm lebt mit ihrer Familie am Niederrhein.

Von Daniela Mimm ebenfalls bei BoD erschienen:
„Ehemann umständehalber abzugeben"
„Villa der Wahrheit"
„Das Kind im 13. Vollmond"

Daniela Mimm

Schnitzeljagd in die Vergangenheit

ein spannender Roman der Gegenwart
mit viel Lokalkolorit

Neuauflage

**Bibliografische Information
der Deutschen Nationalbibliothek**
Die Deutsche Nationalbibliothek verzeichnet diese Publikation in der
Deutschen Nationalbibliografie; detaillierte bibliografische Daten sind im
Internet über http://dnb.d-nb.de abrufbar.

Herstellung und Verlag:
BoD - Books on Demand, Norderstedt
ISBN: 9783744864664

Titelbild:
© Ute Leifeld, Krefeld
Aquarell: „Rathaus Uerdingen"

Cover: © 2017, unter Einbeziehung von Screenshots by Fotolia.com
Nutzungsrechte bei: idee, concept & design
Katja Seraidaris, Krefeld, www.creative-circle.de

Rückseite: Foto-Ausschnitt, Artikel Westdeutsche Zeitung v. 24.6.2015
Originalfoto: A. Bischof

Nicht immer muss das,
was man selbst für wahr hält,
auch die Wahrheit sein ...

Liebe Leserin, lieber Leser,

Inspiration zum vorliegenden Roman boten mir der selbst erlebte Besuch bei einer Kartenlegerin und die Geschichte einer Bekannten. Diese erfuhr tatsächlich erst kurz vor der Hochzeit auf dem Standesamt von ihrer Adoption und bei den folgenden Nachforschungen im Jugendamt von ihrer Zwillingsschwester.

Alle weiteren Handlungsstränge und sämtliche Namen habe ich selbstverständlich frei erfunden. Ähnlichkeiten mit lebenden oder verstorbenen Personen wären rein zufällig und keineswegs beabsichtigt.

Mit der Beigabe einer ordentlichen Prise Lokalkolorit ist, so hoffe ich, eine besonders originelle und spannende Story entstanden.

Ich wünsche Ihnen viel Spaß und Entspannung bei der Lektüre.

Viele Grüße
Daniela Mimm

Alles nur Zufall

Sie werden einen Mann kennenlernen, der allerdings nicht aus ihrem Wohnort stammt!"
Wieso neigten Frauen eigentlich dazu, in depressiven Phasen ihres Lebens eine Wahrsagerin aufzusuchen? Das fragte sich nämlich Valerie genau in diesem Augenblick, als ihr Gegenüber – nennen wir dieses Frau „Sehn wir mal" – solch aufschlussreiche Mitteilung verkündete.

„Aha", erwiderte Valerie, ein wenig spöttisch und nicht wirklich überrascht. „Können Sie denn auch sehen, woher er kommt?" War ihr doch von vornherein klar gewesen, dass das hier alles Humbug war.

Frau „Sehn wir mal" blickte sie undurchlässig an, jedoch umspielte ein kleines Grinsen ihre Mundwinkel.

Valerie schalt sich selbst. Wie war sie nur auf die hirnverbrannte Idee gekommen, eine wildfremde Frau aufzusuchen, die sich Wahrsagerin titulierte? Das hieß, genau genommen bevorzugte Frau „Sehn wir mal" den Ausdruck *Lebensberaterin*. Was sie allerdings nicht davon abhielt, Valerie knapp fünfzig Euro abzuknüpfen für die verbale Aussicht, dem Märchenprinzen über den Weg zu laufen, den es letztendlich doch gar nicht gab. Und auch wenn der Märchenprinz bei Frau „Sehn wir mal" Herzkönig hieß und ganz offenkundig ziemlich oben auf dem Kartenstapel nur auf Valerie zu warten schien – die jedoch glaubte Frau „Sehn wir mal" kein Wort und ärgerte sich im Stillen, dass der Mumpitz auch noch so viel kostete.

„Du musst unbedingt zu der „Sehn wir mal" gehen!", hörte Valerie im Geiste die Stimme ihrer Freundin Tina. „Glaub mir, die Frau versteht was von ihrem Handwerk."

Nur fragte Valerie sich mittlerweile, wie Tina und sie überhaupt auf dieses Thema zu sprechen gekommen waren. Gut, sie fühlte sich in der letzten Zeit manchmal ein bisschen niedergeschlagen und hatte damit gleichzeitig das Empfinden, dass irgendetwas in ihrem Leben nicht stimmte.

Ein merkwürdiges Gefühl für eine Frau wie sie, die doch eigentlich mit beiden Beinen fest im Leben stand. Doch es gelang Valerie nicht, dieses negative Gefühl zu sondieren und je mehr sie es versuchte, desto häufiger ging es ihr mies.

„Vielleicht sollte ich besser erst mal zu meiner Frauenärztin gehen", hatte Valerie Tina entgegnet. Doch die sah sie nur mitleidig an und sagte dann etwas, das Valerie seitdem nicht mehr aus dem Kopf ging: „Glaubst du im Ernst, dass dein Hormonhaushalt Schuld an deiner Deprischiene hat? Ich glaube, du solltest eher mal darüber nachdenken, ob du Jörg wirklich heiraten willst!"

Wie kam Tina nur darauf, dass sie sich das noch einmal überlegen sollte? Jörg und sie passten doch perfekt zusammen, kannten sich seit Kindertagen, beide Eltern waren miteinander befreundet und auch beruflich harmonierten sie vorzüglich miteinander. Jörg, der Allgemeinmediziner mit eigener Praxis und sie, Valerie, die Psychologin bildeten zusammen ein perfektes Team.

Und jetzt saß sie hier bei dieser Frau „Sehn wir mal", die ihr gerade erklärte, den Mann fürs Leben erst noch kennenzulernen?

„Woher er kommt", holte Frau „Sehn wir mals" Stimme Valerie aus ihren Gedanken zurück, „kann ich nicht mit Bestimmtheit sagen, aber ich sehe, dass zwischen Ihnen räumlich eine große Entfernung liegt!" Dann setzte sie noch mit jenem Geheimnis umwobenen Nachdruck, der Wahrsagerinnen angeblich so eigen war, hinzu: „Noch! Aber das wird sich ändern. Und zwar bald, sehr bald schon! Es kann sein, dass gar nicht mal er es ist, der zu Ihnen kommt, sondern Sie zu ihm. Wir werden sehn!"

Valerie blickte erstaunt und schluckte, als Frau „Sehn wir mal" eine ganz bestimmte Tarotkarte zur Hand nahm, diese eingehend betrachtete und dann mit fester Überzeugung kundtat: „Momentan leben Sie zwar in einer festen Beziehung, doch ist dieser Mann nicht Ihr Herzkönig! Jeder von Ihnen hat eine eigene Wohnung und die Zeit, die Sie brauchen, um zu ihm zu kommen, beträgt nicht länger, als eine Tiefkühlpizza zum Aufbacken braucht."

Frau „Sehn wir mal" zählte offenbar zum humorigen Teil ihrer Spezies. Keinesfalls war sie eine von denen, die auf der Kirmes mit glitzernder Wahrsagerkugel, gebuckelter schwarzer Katze auf der Schulter und in bodenlangem, dunklen Glitzergewand in ihren Wohnwagen einluden, um einem die Handlinien zu inspizieren.

Im Gegenteil! Valerie sah sich um. Sie saßen auf einer gemütlichen Eckbank in einem äußerst geschmackvoll eingerichteten Esszimmer, das zum Erdgeschoss eines schmucken Einfamilienhauses gehörte. Frau „Sehn wir mal" besaß wahrscheinlich noch nicht einmal eine Katze. Dafür flatterten zwei Wellensittiche in einem riesigen Käfig herum, der an einer Eisenkette vom Haken an der Zimmerdecke herunterhing. Vor Valerie stand eine Tasse mit aromatisch duftendem Kaffee – war in den fünfzig Euro wohl inklusive – und eine Plätzchendose zum gefälligen Hineingreifen.

„Mit oder ohne Vorheizen?", fragte Valerie ironisch, aber innerlich doch irgendwie ziemlich erschrocken. Besser, sie redete sich schnellstens ein, dass solche Aussagen zum Standard einer Frau „Sehn wir mal" gehörten.

Die aber schaute Valerie einen Augenblick irritiert an. Wahrscheinlich war sie bereits dabei, ihr eine prunkvolle Hochzeit samt folgenden Kinderchen zu verkaufen und nicht darauf vorbereitet, eine Klientin vor sich sitzen zu haben, die ihre Worte in Frage stellen könnte.

Schon im nächsten Moment lief es Valerie kalt über den Rücken. Frau „Sehn wir mal" blickte ihr durchdringend in die Iris und erklärte mit einer Bestimmtheit, an der es nichts zu rütteln gab: „So lange, wie man von *Emmertsgrund* bis rüber nach *Handschuhsheim* eben braucht, je nachdem, wie stark der Berufsverkehr in unserem schönen Heidelberg gerade ist und welche Strecke Sie fahren!"

Valerie wurde blass. Woher wusste Frau „Sehn wir mal", in welchen Stadtteilen Jörg und sie wohnten? Von Tina etwa? Das wäre wenigstens eine greifbare Erklärung gewesen, aber Valerie wusste ganz sicher, dass die Freundin nie etwas hinter ihrem Rücken bereits im Vorfeld über sie preisgeben würde. Ganz abgesehen davon, hatte sie ihr noch gar nichts von dem heutigen Besuch hier gesagt.

Valeries Spott, mit dem sie Frau „Sehn wir mal" bis jetzt insgeheim bedachte, zerfloss augenblicklich in seine Bestandteile. Die Wahrsagerin konnte Jörg sogar bis ins Detail beschreiben. Sie sah ihn genau vor sich: seine blonden, mit dunklen Strähnen durchzogenen Haare, die stahlblauen Augen, den Stoppelbart am Kinn, der Valerie ständig nervte, weil er so kratzte, Jörgs einhundertneunziger Statur und seine Vorliebe für Bluejeans und Sakko. Plötzlich nahm das, was Frau „Sehn wir mal" ihr zu sagen hatte, für Valerie eine ganz andere Bedeutung an.

„Die meisten saugen sich irgendwas aus den Fingern und erzählen dir einfach nur, was du hören willst. Die „Sehn wir mal", die ist wirklich anders", tönte wieder Tinas Stimme in ihr.

Valeries Hand zitterte leicht, als sie die Kaffeetasse an die Lippen setzte. Moment, es gab ja schließlich noch die Möglichkeit, dass die „Sehn wir mal" Jörg vielleicht kannte?! Nein! Den Gedanken verwarf Valerie im selben Moment, wie er gekommen war. Jörg hielt absolut nichts von Wahrsagerinnen, er würde niemals eine aufsuchen. Und wenn es sich um eine Bekannte handelte, so hätte sie das doch wohl längst mitbekommen.

„Ihr Herzkönig ist dunkelhaarig, hat tiefgründig dunkle Augen und ein Muttermal auf dem rechten Oberschenkel. Aber da ist noch etwas …", wieder folgte eine geheimnisvolle Pause, „ich sehe ein Kind in seiner unmittelbaren Nähe … ein kleines Mädchen mit blonden Zöpfen."

Valerie verschluckte sich und musste husten. „Aha. Und die Mutter?", hielt sie nach. Die Ungläubigkeit in ihrer Stimme war kaum zu überhören. „Was ist mit der Mutter? Hält die sich auch in der Nähe auf?" Hilfe, was machte sie bloß hier?

„Nein!" Frau „Sehn wir mal" schüttelte resolut den Kopf. „Die Mutter des Kindes kann ich nirgends entdecken. Das Orakel sagt aus, dass sie entweder weit weg im Ausland lebt oder verstorben ist."

Ein Cognac wäre Valerie jetzt wesentlich lieber gewesen. Das Zeug hätte sie in einem Zug heruntergekippt. Hier taten sich ja wirklich merkwürdige Neuigkeiten auf, die allerdings sämtliche Magenwände in ihr berührten.

„Doch kann ich nicht mit Bestimmtheit angeben, ob es *sein* Kind ist oder das einer Verwandten. Auf jeden Fall aber steht es ihm emotional sehr nahe. Wir werden hierzu später noch ein wenig in die Tiefe gehen …"

Frau „Sehn wir mal" nahm den gesamten Kartenstoß in die Hände und übergab ihn an Valerie. „Bitte mischen Sie einmal gründlich und zerlegen dann anschließend, mit der linken Hand und geschlossenen Augen, in drei Stapel."

Valerie tat wie ihr geheißen. Kaum hatte sie die Karten abgelegt, drehte Frau „Sehn wir mal" sie rasch um, so, dass sie mit der Rückseite nach oben zeigten.

„Nun öffnen Sie bitte wieder die Augen! Was Sie vor sich

sehen, sind die drei Zeitenstapel, Symbole für Vergangenheit, Gegenwart und Zukunft. Schließen Sie nun bitte erneut die Augen und ziehen mit der linken Hand vom mittleren Stapel drei Karten heraus."

„Irgendwelche?", hakte Valerie unbeholfen nach.

„Irgendwelche!", echote die Wahrsagerin zustimmend.

Valerie befolgte die Anweisung mit gemischten Gefühlen.

„So, nun dürfen Sie wieder schauen! Legen Sie die drei Karten mit dem Bild nach oben bitte nebeneinander aus!"

Valerie registrierte, wie diese merkwürdige Unruhe immer mehr von ihr Besitz nahm und haderte erneut mit dem, was da gleich zutage kommen würde.

Frau „Sehn wir mal" bemerkte es wohl und lächelte ihr aufmunternd zu. „Keine Angst, meine Liebe! So schlimm, wie Sie jetzt vielleicht denken, wird es nicht."

Wusste sie zu dem Zeitpunkt wirklich noch nicht, was Valerie im Laufe dieser Sitzung ereilen würde?

„Zunächst leuchten wir nun also etwas gründlicher als bereits eingangs in Ihre Gegenwart." Seelenruhig betrachtete Frau „Sehn wir mal" die von Valerie gezogenen Tarotkarten. Diese zeigten irgendwelche eigenartigen Hintergrundbilder mit merkwürdigen Titelbeschriftungen.

„Sie befinden sich in einem emotionalen Dilemma, tragen momentan schwer an einer Entscheidung", tippte die Wahrsagerin ganz richtig. „Bitte ziehen Sie noch eine Karte!"

Valerie zog und Frau „Sehn wir mal" forschte geradeheraus: „Sie sind sich nicht sicher, ob es richtig ist, Ihren Verlobten zu heiraten?"

Valerie war völlig perplex und nickte nur.

„Was sich ergibt, werden wir später befragen!", erklärte die Wahrsagerin und legte die Karten zunächst beiseite. „Gehen wir erst in Ihre Vergangenheit! Wir wiederholen die Schritte beim Ziehen dreier Karten, diesmal vom linken Stapel!"

Wiederum schloss Valerie flüchtig die Lider, während sie Frau „Sehn wir mals" Aufforderung nachkam. Als sie sie dann erneut öffnete, glaubte sie einen Moment lang, Verblüffung im Gesicht der Wahrsagerin zu erkennen. Doch sie musste sich getäuscht haben, denn Frau „Sehn wir mal" lächelte sie unverändert an.

„Aha, ein kleines Kind und der Spiegel. In Verbindung mit der ersten Karte deute ich … Augenblick …!" Plötzlich kniff sie die Augen zusammen, tippte mit dem Zeigefinger gegen die Karte, legte die Stirn in Falten und rief in hohem Ton:

„Bitte noch eine weitere … schnell … bevor es weg ist!"

Valerie fuhr es siedendheiß den Rücken herunter. Was meinte sie mit es? Ihre Eingebung? Valerie bemühte sich, ruhig zu bleiben und entnahm das nächste Blatt. Darauf stand: ein großes Haus.

„Okay, jetzt hab ich es!" Frau „Sehn wir mal" richtete sich kerzengerade auf. „Bei diesem Kind muss es sich um Ihre Schwester handeln. Zwillinge, ich sehe eindeutig Zwillinge! Die nahe Verwandte könnte Ihrer beider Mutter darstellen oder aber auch eine Großmutter. Sie tut Ihnen nicht gut! Das große Haus dürfte für ein Krankenhaus oder ein ähnliches Gebäude stehen."

„Wie bitte?" Valerie hatte plötzlich das Gefühl, irgendetwas schnüre ihr die Kehle zu.

„Ich lese es ganz genau!", beharrte Frau „Sehn wir mal" auf ihrer Erkenntnis. „Diese Frau hat Abscheuliches getan. *Sie* jedoch haben es in der Hand, die Dinge anzunehmen, wie sie sind. Ein Augenpaar, so fremd und doch so vertraut, wacht über Ihrem Weg."

„Das ist ja wohl absoluter Quatsch", Valerie sprang erbost auf, „und das Unverschämteste, was mir je zu Ohren gekommen ist!" Alles in ihr wehrte sich, das, was sie gerade zu hören bekam, auch noch für bare Münze zu nehmen. Schlagartig überfiel Valerie die Enttäuschung. Also spann diese Kartentante doch nur herum und das auch noch auf ihre Kosten! *Fremde Augen wachen über Ihrem Weg?* So ein Nonsens! Wütend griff sie nach ihrer Handtasche und stieß dabei so heftig mit dem Unterarm an die Tischkante, dass ihr Kaffeegedeck wackelte und die Tasse zum Umstürzen brachte. Der Rest des Inhaltes ergoss sich quer über die Tischdecke.

„So beruhigen Sie sich doch bitte! Liebe Frau van der Linden, ich … bitte …!" Erschrocken über die unerklärlich heftige Reaktion ihrer Klientin versuchte Frau „Sehn wir mal", während sie das Malheur mit einem Tuch bereinigte, diese zu beschwichtigen. „Es tut mir außerordentlich leid, ich wollte Ihnen nicht zu nahe treten. Aber bitte sagen Sie mir doch, was ich falsch gemacht habe!"

Valerie starrte ihr Gegenüber an, als sei sie von einem fernen Planeten. Die Worte kamen schroff über ihre Lippen. „Stellen Sie sich mal vor, ich habe überhaupt keine Schwester! Und ich bin enttäuscht! Erst lullen Sie mich ein und ich glaube auch noch jedes Wort und dann kommen Sie mir mit diesen unglaublichen Dingen."

Frau „Sehn wir mal" zeigte sich tief getroffen. „Erlauben Sie mir die Feststellung, dass nicht alles, was Sie für wahr halten, zwangsläufig auch die Wahrheit sein muss. Ich habe Ihnen nichts anderes aufgezeigt, als ich in den Karten las. Sicher sind gerade Sie ja nicht hierher zu mir gekommen, um zu hören, was Ihnen momentan am liebsten wäre. Oder sollte ich mich in dieser Hinsicht so getäuscht haben? Doch, und es tut mir nochmals leid, Ihnen das sagen zu müssen, dann sind Sie bei mir wirklich falsch!" Frau „Sehn wir mal" blickte Valerie eindringlich an und setzte noch beleidigt hinzu: „Ich nehme mein Handwerk nämlich ernst!"

Wieso fühlte sie sich plötzlich so beschämt? Valerie sank zurück auf ihren Platz und haderte mit sich. War es nicht besser, einfach zu gehen und das Ganze zu vergessen? Doch da gab es etwas, das sie zurückhielt, sie nahezu zwang, dieser Frau weiterhin zuzuhören bei dem, was sie ihr orakelte.

„Ich glaube, wir beide könnten jetzt ein Schnäpschen vertragen", versuchte Frau „Sehn wir mal" einzulenken, denn sie sah Valerie natürlich an, dass sie momentan vollkommen durcheinander war. Schlagartig kam ihr in den Sinn, dass es da im Leben ihrer Klientin Umstände geben mochte, von denen diese gar keine Ahnung zu haben schien. Doch das behielt sie jetzt wohl besser für sich.

„Darf ich Ihnen eins anbieten?" Ohne Valeries Antwort abzuwarten, ging sie hinüber zu der breiten Schrankwand und öffnete das Barfach. Sie holte eine Flasche Likör heraus und stellte sie auf den Tisch. Dann füllte sie zwei Gläser weit über die Markierung und schob eines davon Valerie hin. „Zur Schadensbegrenzung!"

„Danke." Valerie spürte, wie ihr das Zeug die Kehle hinunter rann und den Mageneingang erreichte. War in der Flasche auch wirklich das, was drauf stand? Oder hatte Frau „Sehn wir mal" am Ende gar einen selbst gemixten Zaubertrank hineingefüllt, der dazu diente, dass sie von nun an alles glaubte, was die Karten ihr angeblich suggerierten? Bei dem Gedanken musste sie jetzt unvermittelt kichern. Kein Wunder, sie vertrug nämlich keinen Alkohol.

Frau „Sehn wir mal" lächelte nun wieder und schaute Valerie abbittend an. „Wissen Sie, ich möchte keinesfalls, dass Sie unzufrieden mit mir sind." Sie ließ die Worte langsam fließen, damit Valerie sie auch bewusst aufnahm. „Ein schlechter Leumund meiner Tätigkeit, und ich kann alles an den Nagel hängen. Deshalb sehe ich es als meine Pflicht an, meinen Klienten nicht irgendeinen Nonsens aufzutischen, sondern bemühe mich, soweit es mir möglich ist, Tatsachen zu bringen. Wenn ich Ihnen nun vorhin gegen meine Absicht etwas gesagt haben sollte, dass mich Lügen straft, so …"

„Ist schon gut", winkte Valerie ab. „Ich habe einfach dumm reagiert, weil …" Ja, weswegen eigentlich? Sie neigte doch sonst nicht so leicht dazu, auszurasten. Und das bloß, weil eine Wahrsagerin ihr eine Schwester andichtete, die es gar nicht gab? Schließlich war sie als Einzelkind aufgewachsen und ihre Mutter hatte auch nie einen Hehl daraus gemacht, dass sie aus gesundheitlichen Gründen keine weiteren Kinder bekommen konnte. Dabei hätte Valerie sich so sehr eine Schwester gewünscht. „Sie haben mir eben auf eine eigenartige Weise einen gehörigen Schrecken eingejagt!"

„Das lag nicht in meiner Absicht. Bitte verzeihen Sie!", antwortete Frau „Sehn wir mal", die den Vorfall zutiefst bedauerte. „Möchten Sie die Sitzung abbrechen?"

„Nein, nein, ich möchte weitermachen!" Valerie wunderte sich selbst über ihre Antwort, denn eigentlich wollte sie doch lieber schleunigst hier weg. Aber es war, als ob eine unbekannte Macht sie davon abhielt. „Eine Frage hätte ich allerdings …"

Frau „Sehn wir mal" blickte sie abwartend an. „Fragen Sie nur!"

„Sie beschreiben meine Gegenwart, als würden Sie mich persönlich kennen, obwohl wir uns nie zuvor begegnet sind. Das hat mir schon einen gewissen Respekt eingeflößt, denn damit hab ich natürlich nicht gerechnet …" Valerie schluckte. „Aber wieso hapert es dann so abstrakt in meiner Vergangenheit? Entschuldigen Sie, wenn ich das jetzt so sage, aber da fühle ich mich doch ziemlich auf den Arm genommen!"

Frau „Sehn wir mal" nickte verstehend. „Aus Ihrer Sicht vollkommen verständlich. Ich kann nur noch einmal versichern, dass es mir leid tut. Aber …", es folgte eine kurze, doch sehr bedeutungsvolle Pause, „ich sehe diese Bilder in Ihrer Vergangenheit so, wie ich sie beschrieben habe. Wenn *Sie* die Zusammenhänge nicht verstehen … ich kann es natürlich erst recht nicht. Doch das führt zu nichts, denn ich merke, dass Sie mir keinen Glauben schenken." Sie studierte Valeries Mimik. „Lassen Sie uns nun also besser über die Zukunft sprechen …"

Sichtlich nervös griff Valerie jetzt in die Plätzchendose, die vor ihr auf dem Tisch stand.

„Wir wiederholen den Vorgang mit den drei zu ziehenden Karten, nur diesmal bitte vom rechten Stapel", wies Frau „Sehn wir mal" sie an. „Eine Besonderheit ist hierbei allerdings zu beachten … bei jedem einzelnen Blatt überlegen Sie sich bitte eine Frage, Ihre Zukunft betreffend, die Sie mir im Anschluss stellen."

„Aber was soll ich denn fragen?" Valerie fiel jetzt so auf Anhieb gar nichts ein, was sie hätte anbringen können. Stattdessen versuchte sie, sich mit der Zunge die hartnäckigen Kekskrümel zwischen den Zähnen wegzudrücken.

„Es gibt doch bestimmt etwas, das Ihnen wichtig ist und zu dem Sie sich schon lange Gedanken machen", half die Wahrsagerin ihr.

Valerie zog die Karten, legte sie offen nebeneinander und plötzlich sprudelte es einfach so aus ihr heraus: „Werden mein Verlobter und ich wirklich heiraten?" Da waren immer noch Tinas Worte, die ihr im Kopfe herumspukten. „Werde ich die von mir geplante Praxiserweiterung vornehmen können?" Jetzt wartete Valerie besonders gespannt auf die Vorsehung, denn nun ging es um Angelegenheiten, die bisher einzig und allein am finanziellen Aspekt scheiterten. „Werde ich irgendwann den Traum vom Hausbau an den Ufern des Neckars realisieren?"

Frau „Sehn wir mals" Miene zeigte wieder diesen undurchdringlichen Ausdruck. Sie ließ die Kartenbilder eine Zeit lang auf sich wirken und das – wie es schien – mit geschlossenen Augen. Es sah aus, als meditiere sie. Dann überzog ein feines Lächeln ihre Züge. „Okay, eins nach dem anderen. Eins und zwei ergeben drei. Ihr Verlobter und Sie werden tatsächlich heiraten, aber …" Sie stockte, schien zu überlegen. „Auch auf die Gefahr hin, dass ich Ihnen schon wieder etwas sagen muss, das Sie mit Sicherheit nicht hören wollen … anders, als geplant!"

„Wie … *anders*?" Valerie verstand nicht, was sie meinte.

„Wie ich schon sagte, Ihr Verlobter ist nicht Ihr Herzkönig!"

„Aha! Und bitte, was heißt das nun im Klartext?" Wieder spürte Valerie dieses eigenartige Gefühl in sich hochsteigen. Sie vermochte es nicht recht zu definieren, wusste nur, dass es ihre Fassung erneut zum Wanken brachte.

„Ich kann und möchte Ihnen nicht vorschreiben, was Sie tun sollen. Doch gebe ich Ihnen gerne den Rat: Überlegen Sie genau, was wirklich gut für Sie ist. Sonst werden Sie nicht glücklich. Der wahre Herzkönig wartet bereits!"

Valerie schluckte schwer. Doch diesmal rastete sie nicht aus, sondern ließ die Worte auf sich wirken. Zum ersten Mal stellte sich ihr Innerstes ganz klar die Frage, warum sie die bevorstehende Heirat immer wieder aufschob. Und plötzlich fiel ihr etwas auf: Jörg selbst schien es ebenfalls gar nicht so eilig damit zu haben. Wenn man es genau betrachtete, so waren es eigentlich nur seine Eltern, die ständig nachbohrten, wann denn endlich der Termin stünde. Nicht mal Mom und Paps, die ja schon seit Ewigkeiten mit Horst und Alice Ramers befreundet waren, verloren ein Wort darüber. Sie störte es offensichtlich überhaupt nicht, dass das junge Paar sich anscheinend lieber noch Zeit lassen wollte. Ja, genau genommen verharrten ihre eigenen Eltern in einer Art Warteposition, so, als ob sie einen noch lange andauernden Aufschub geradezu wünschenswert empfanden.

Frau „Sehn wir mals" weitere geheimnisvolle Prophezeiung wäre beinahe an Valerie vorbeigegangen, so sehr versank diese in dem völlig neu betrachteten Gedanken.

„Gen Norden weist der Weg, Verwirrung in der Ferne, Berg und Tal in der Ebene … Sie werden an einen Ort reisen, der weit von Heidelberg entfernt liegt. Ihre Praxis wird dort sein und …", Frau „Sehn wir mal" zog wissend die Stirn kraus, „Sie treffen dort auf Menschen, die etwas mit Ihren Wurzeln zu tun haben!"

Sollte Frau „Sehn wir mal" nun damit gerechnet haben, dass Valerie bei dem Wort Wurzeln wieder erbost reagierte, so konnte sie beruhigt sein.

„Ja, das kann ich insoweit nachvollziehen", bestätigte Valerie, „denn ich muss demnächst an den Niederrhein in meine Geburtsstadt, meine Abstammungsurkunde besorgen." Jetzt grinste sie sogar und erklärte mit einem gewissen Triumph in der Stimme: „Die brauche ich nämlich für das Aufgebot!"

„Natürlich!" Frau „Sehn wir mal" nickte, doch in ihrem Gesicht spiegelte sich das bessere Wissen wider.

Valerie wollte sich irgendwie nicht die Blöße geben, einfach aufzustehen und so die Sitzung tatsächlich zu beenden. Sie dachte an die fünfzig Euro, die sie eh schon zum

Fenster herausgeschmissen hatte. Also konnte sie sich getrost auch noch den Rest von dem Quatsch anhören. Sie beschloss, die Aussagen der Wahrsagerin nun einfach nicht mehr ganz so ernst zu nehmen.

Schon als Valerie die Wohnungstür aufschloss, drang ihr das Klappern von Geschirr entgegen, untermalt mit melodischem Gesumme einer wohl vertrauten Stimme.

„Mom?" Valerie war überrascht, als sie den Kopf durch die Küchentür steckte und ihre Mutter an der Spüle hantieren sah.

„Kind, da bist du ja!" Hilla van der Linden lächelte der Tochter freudig entgegen und legte für einen Augenblick das Geschirrtuch zur Seite, um Valerie, wie sie es immer tat, begrüßend zu drücken.

„Sag mal, hast du Langeweile zu Hause?", frotzelte Valerie der kleinen, rundlichen Person zu, die jetzt den Tellerstapel vom Küchentisch in den Hängeschrank balancierte.

Hilla lachte, doch es klang einen Ton zu schrill. „Nein Kind, das ganz gewiss nicht. Aber ich musste mal raus. Dein Vater … na, du weißt schon …"

Ja, Valerie ahnte, was ihre Mutter meinte. Paps ging ihr offensichtlich mal wieder – auf Deutsch gesagt – auf die Nerven. Seit er nicht mehr arbeitete und stattdessen eigentlich seine Pension genießen sollte, haperte es mit dem einst harmonischen Eheleben.

Eigenartig. Jetzt, wo sie ihre Mutter in ihrer Küche herumhantieren sah, hatte sie plötzlich das fragwürdige Gefühl, eine Fremde vor sich zu haben. Vielleicht lag es daran, dass sie, Valerie, nicht der Mensch war, der einfach den Kopf so leicht in den Sand steckte, indem er dem Chaos im eigenen Leben den Rücken kehrte, um dann eines in den Küchenschränken von jemand anderem zu verrichten. Natürlich meinte Mom es nur gut, wenn sie ihren überschüssigen Drang zur Ordnung nun auch in der Wohnung der Tochter ausließ, aber damit änderte sie doch nichts an ihrer eigentlichen Situation.

„Warum redest du nicht mal mit Paps?", fragte Valerie vorsichtig. „So kann das doch nicht weitergehen."

„Ach, Kind." Hilla winkte nur ab. Ihre Stimmung des eben noch freudigen Summens einer Melodie war abrupt verflogen. „Als wenn ich das nicht schon bereits unzählige Male versucht hätte ...“

„Und?“ Valerie ließ nicht locker.

Hilla zuckte die Schultern. „Nichts und! Er lässt meine Worte gar nicht an sich heran. Statt sich ein Hobby zuzulegen oder vermehrt Sport zu treiben, nimmt er mir jetzt einfach ungebeten alle Aufgaben aus der Hand, die ich seit mehr als vierzig Jahren für ihn ganz selbstverständlich verrichte.“ Sie schluckte die aufsteigenden Tränen mühsam hinunter. „Plötzlich ist ihm nichts mehr gut genug, was ich mache ...“

Seit Valerie denken konnte, lebte ihr Vater für seine Arbeit. Es fiel ihm immer schon schwer, einfach mal abzuschalten. Weder abends noch am Wochenende, ja, nicht einmal, wenn sie im Urlaub gewesen waren. Paps wurde von jeher von einer unerklärlichen, inneren Unruhe getrieben. Er brachte es beispielsweise auch nicht fertig, einfach nur mal zehn Minuten im Liegestuhl am Strand zu verbringen. Sofort strebte er nach irgendeiner Betätigung und erwartete, dass Frau und Tochter seinem Drang folgten. Valerie erinnerte sich noch heute an die zwei Wochen Familienurlaub auf Ibiza: Tretboot, Wasserski, Banane, Jet-Ski, Wettschwimmen zur Boje, Tauchkurs, Inselrundfahrt, Bikertour und ... und ... und. Damals war Valerie sechzehn und wäre liebend gern auch nur ein einziges Mal alleine um die Häuser gezogen. Das aber hatte Paps ihr knallhart versagt. Jeder Versuch diesbezüglich schlug ins Leere.

So war Paps eben. Immer gewohnt, zu erlauben oder zu verbieten, anderen Anweisungen zu geben. Das brachte sein Beruf als technischer Dezernatsleiter mit sich.

Nun aber hatte die Rente ihn eingeholt und er schaffte es einfach noch nicht, sich der neuen Situation zu stellen.

Klar, in der heutigen Zeit mitsamt Krise mochte es kaum noch jemanden geben, der arbeitete, um zu leben. Es war wohl eher andersherum. Man lebte nur noch, um zu arbeiten, verzichtete unter Umständen auf ein volles Gehalt, machte so manche Zugeständnisse, nur um seinen Job überhaupt behalten zu können. Bei Paps allerdings bestimmte genau dieser Zustand sein gesamtes Leben. Er lebte nur für seine Arbeit, die Familie stand bei ihm an zweiter Stelle. Was nicht heißen sollte, dass er Frau und Tochter vernachlässigte, nein, er versuchte die ständige Gratwanderung mit solch übermäßigem Geschick, dass schon manch einer dachte, er wird nicht lange etwas von seinem künftigen Ruhestand haben, wenn er so weiter machte.

„Kannst du dir vorstellen, dass er alles, aber auch *alles* überprüft, was ich tue?" Hilla sah ihre Tochter Hilfe suchend an. „War ich mit dem Auto unterwegs, untersucht er es sofort nach Kratzern. Verlasse ich einen Raum, sieht er nach, ob ich die Zimmertür zugemacht und zuvor das Licht ausgeschaltet hab. Beim Einkaufen meckert er im Laden, lege ich etwas in den Wagen, das nicht auf dem Zettel steht. Und abgesehen davon … ohne Einkaufsliste geht sowieso schon *gar nichts* mehr!" Hillas Stimme schwoll an. Sie merkte, wie sich bei der Aufzählung die Wut in ihr breit machte. „Ich … ich fühle mich manchmal so … so dermaßen erniedrigt. Wie ein Kind, das Schelte bekommt." Hilla sah plötzlich wie ein Häufchen Elend aus, konnte die Tränen nicht mehr zurückhalten.

Valerie starrte sie ungläubig und mitleidig zugleich an. Dass der Zustand inzwischen so ausartete, damit hatte sie nicht gerechnet. „Ach Mom", seufzte sie und nahm Hilla einfach in den Arm. Valerie spürte, wie sich der Körper ihrer Mutter unter Schluchzen wand.

Doch was sollte sie nun tun? Reichte es, der Mutter gut zuzureden? Sollte sie mal ein ernstes Wörtchen mit ihrem Vater sprechen? Sie selbst hatte von seinem geänderten Wesen in dieser Fassung noch nicht ganz so viel zu spüren bekommen. Paps war hin und wieder ziemlich unleidlich, ja, aber sonst? War es nicht komisch? Da nannte sie selbst sich Psychologin und machte Therapien mit Hinz und Kunz, doch bei den eigenen Eltern stand sie plötzlich wie der Ochs vorm Berge. Hier war guter Rat wirklich teuer. Wie konnte sie nur helfen?

Zunächst wohl am besten mit einem Taschentuch.

„Danke, mein Kind", ächzte Hilla kläglich und schnäuzte sich die Nase. Dann fiel ihr ein: „Tina hat übrigens angerufen."

„Hast du mit ihr gesprochen?", fragte Valerie und hoffte im Stillen, dass dies nicht der Fall war und die Freundin auf den Anrufbeantworter gesprochen hatte. Doch warum eigentlich? Mom war keine Fremde und sie kannte Tina. Da war es doch nichts Ungewöhnliches, wenn die beiden zufällig miteinander sprachen.

Irgendwie schien das heute ein merkwürdiger Tag zu sein. Worüber machte sie sich jetzt eigentlich schon wieder so einen Kopf? Tina wollte doch bestimmt nur wissen, ob es bei ihrer Verabredung für morgen Abend blieb, weil sie, Valerie, angedeutet hatte, noch Patientenberichte schreiben zu müssen.

„Ja, aber nur kurz." Hilla hatte sich scheinbar gefangen. Ihre Stimme klang wieder normal. „Sie bat mich, dir auszurichten, du möchtest bitte zurückrufen. Und …", versetzte Hilla mit Nachdruck, „es sei dringend!"

„Aha", antwortete Valerie und rätselte, was es bei Tina wohl so Dringendes geben mochte. Doch hatte sie jetzt keine Zeit, um das in Erfahrung zu bringen. Erstmal musste sie sich um ihre Mutter kümmern.

„Was hältst du davon, wenn wir beide nachher zum Italiener gehen und uns einen netten Abend machen?", schlug Valerie vor, in der Hoffnung, diese damit auf andere Gedanken zu bringen. „Ich lad dich auch ein."

Ein zartes Lächeln überzog Hillas verheultes Gesicht. „Danke, mein Kind. Lieb von dir, dass du mir ein wenig Ablenkung verschaffen willst, aber …", sie stockte, schien zu überlegen, „ich denke, es ist besser, nach Hause zu fahren." Abbittend sah sie ihre Tochter an. „Du bist mir doch nicht böse?"

„Quatsch, Mom, natürlich nicht!", wehrte Valerie erschrocken ab. „Dann holen wir das eben ein andermal nach, ja?"

Hilla schien erleichtert. Sie war nicht der Typ, der andere Menschen vor den Kopf stieß. Vor allem dann nicht, wenn gerade jene sich den ihren um sie machten. So wie Valerie im Moment.

„Du weißt, ich würde liebend gerne mit dir essen gehen, aber ich kann nicht." Hilla war anzusehen, dass sie dies wirklich gern getan hätte. „Dein Vater mag es nicht, alleine zu sitzen und …" Sie brach ab.

„Ist gut, Mom, ich kann es mir schon denken." Valerie rang um Fassung. Offensichtlich hatte sich ihr Vater in dem halben Jahr, in welchem er nicht mehr seiner geregelten Arbeit nachging, selber vom Mann zum Kind degradiert. Natürlich war ihr schon aufgefallen, dass etwas in ihrem Elternhaus im Argen lag. Nicht einfach so kam ihre Mutter mittlerweile beinahe schon fast jeden zweiten Tag, um ihre häuslichen Fähigkeiten in der Wohnung ihrer Tochter auszuleben. Das hatte sie vorher schließlich auch nicht getan.

Es schien klar: Ihre Mutter flüchtete, weil ihr Vater, statt in sein Leben neue Struktur zu bringen, lieber das seiner Frau durcheinander brachte. Wieder überlegte Valerie, was sie tun konnte, um den Eltern zu helfen. Schließlich war ja *sie* die Psychologin in der Familie.

„Was hältst du denn von einem Stadtbummel?", überkam es Hilla spontan und mit plötzlicher Vorfreude. „Den haben wir schon lange nicht mehr zusammen gemacht. Wie wäre es mit Samstag?"

„Du, das tut mir leid, aber ich bin am Wochenende nicht hier", entgegnete Valerie und bedauerte sehr, dass jetzt sie es war, die ihrer Mutter einen Korb geben musste.

„Verreist ihr?", fragte Hilla erstaunt und meinte mit ihr eindeutig Valerie und Jörg. „Hast du mir ja gar nichts von gesagt."

„Hätte ich schon noch gemacht, Mom!", versprach Valerie und fühlte sich sofort wieder wie ein Kind, das vergessen hat, etwas Wichtiges zu erzählen.

„Wo fahrt ihr denn hin?", bohrte Hilla neugierig.

„Nicht *wir*. *Ich*!", erklärte Valerie. „Jörg fährt nicht mit."

„Du fährst *alleine*?" Hilla verstand die Welt nicht mehr. „Stimmt irgendwas nicht mehr zwischen euch?"

„Quatsch, Mom!", wehrte Valerie ab. Eine Spur zu heftig, wie sie sich selbst eingestehen musste. „Ehrlich gesagt, er weiß auch noch nichts davon, denn ich habe ihn gar nicht gebeten, mitzukommen, weil ich einfach nur mal ein paar Tage für mich sein möchte." Valerie hoffte, diese Erklärung möge genügen, um das mütterliche Gespür zu beruhigen. „Und bei dieser Gelegenheit werde ich dann gleich zwei Fliegen mit einer Klappe schlagen."

„Du sprichst in Rätseln, Valerie. Klär mich doch jetzt bitte mal auf! Was ist los?" Hilla wurde unruhig.

„Nichts, Mom!" Valerie blickte der Mutter fest in die Augen und setzte noch einmal eindringlich hinterher: „Wirklich nicht! Ich fahre nur nach Krefeld, um mir meine Unterlagen für die Hochzeit zu besorgen."

„*Wo... wohin* fährst du?" Hilla wechselte schlagartig die Gesichtsfarbe.

„Nach Krefeld", wiederholte Valerie ahnungslos dessen, was plötzlich in Hilla vorging.

„Aber die Unterlagen schickt das Amt dir doch zu!"

„Nein, tut es eben nicht!", klärte Valerie sie auf. „Hab ich ja versucht, doch ich kann meine Abstammungsnachweise offensichtlich nur gegen Vorlage des Personalausweises erhalten und dafür muss ich halt persönlich hin."

Hilla sprang so abrupt hoch, dass der Stuhl um ein Haar

umgefallen wäre, hätte Valerie ihn nicht geistesgegenwärtig festgehalten.

„Mom, was ist denn plötzlich los mit dir?" Sie erschrak über Hillas Blässe und schob diese auf die unbestimmte Angst einer Mutter, deren Kind nun in eine andere Familie einheiraten würde. „Ich dachte immer, du freust dich, wenn endlich das Aufgebot bestellt wird!"

Hillas Blick hing starr über ihr. Aber nur für einen Moment. Dann schien sie sich genauso schnell wieder zu fassen, wie sie die Kontrolle verloren hatte. „Ja, ja, natürlich freue ich mich!", rief sie. Es klang aufgesetzt. „Bitte entschuldige, mein Liebes, aber ich war mit meinen Gedanken irgendwie ganz woanders. Ich …" Sie suchte nach den richtigen Worten.

Valerie glaubte zu verstehen, was in ihr vorging. „Mach dir keine Sorgen! Nur weil ich Jörg heirate, wirst du mich doch nicht verlieren!" Täuschte sie sich oder las sie gerade Verständnislosigkeit in den Augen ihrer Mutter? Doch das merkwürdige Gefühl verflog wie von selbst, als sie aufstand und Hilla einfach in den Arm nahm. „Ich bleibe trotzdem deine Tochter und du bekommst noch einen Sohn dazu, den du immer gerne neben mir gehabt hättest."

Hilla nickte. „Weiß ich ja, aber …", sie stockte und blickte Valerie mit verzerrten Lächeln an, „vergiss das bitte nie! Versprichst du mir das?"

Mom war ihr heute wirklich ein Rätsel. So hatte Valerie sie noch nie erlebt. So komplett neben der Spur. Es wurde wirklich höchste Zeit, dass die Eltern ein klärendes Gespräch miteinander führten. Die Frage nur, ob es gut war, wenn sie selbst den Mediator spielte. Dazu war sie viel zu involviert. Ob sie einen Kollegen bitten sollte? Den Gedanken verwarf Valerie jedoch ganz schnell wieder. Nie würden ihre Eltern vor einem fremden Menschen ihre Eheprobleme ausbreiten.

Vielleicht wäre es ja auch eine Lösung, wenn Hilla sich eine Beschäftigung suchte. Möglichkeiten gäbe es da mit Sicherheit genug.

Stunden waren vergangen, seit Hilla sich mit der fragenden Bitte verabschiedet hatte: „Kommst du noch mal bei uns vorbei, bevor du fährst?"

„Wenn ich es schaffe, ja", antwortete Valerie, „aber

versprechen kann ich es nicht. Auf meinem Schreibtisch liegen noch drei Berichte, die zu schreiben sind und am Donnerstag bin ich auch noch den ganzen Tag zu einem Seminar, so dass ich gezwungen bin, eine Kollegin als Vertretung einzusetzen." Valerie war nicht der traurige Blick ihrer Mutter entgangen. „Ich bin nur ein paar Tage weg und Dienstagabend schon wieder hier. Mom, was ist denn nur mit dir?"

Wieder machte sich in Valerie dieses ungute Gefühl breit, dass irgendetwas mit ihrer Mutter nicht stimmte. Offensichtlich aber konnte oder wollte diese darüber nicht sprechen.

„Nichts, mein Kind! Wirklich nichts!" Doch Hillas Augen straften ihren Mund der Lüge.

Noch jetzt im Nachhinein machte Valerie sich Gedanken. Gab es vielleicht noch ein ganz anderes Problem zwischen den Eltern? Moms merkwürdiges Verhalten, nur weil sie mal für ein paar Tage weg wollte, konnte sie sich sonst absolut nicht erklären.

Doch brachten sämtliche Gedanken um die Eltern natürlich nichts, solange diese nicht offen mit ihr, der einzigen Tochter, darüber sprachen.

Da fiel Valerie ein, dass sie Tina noch zurückrufen wollte.

„Hallo meine Liebe, was gibt es denn so Dringendes bei dir?"

„Endlich!", hörte Valerie die Freundin am anderen Ende der Leitung vorwurfsvoll seufzen. „Ich dachte schon, du meldest dich heut gar nicht mehr!"

„Ging nicht eher!", gab Valerie ohne weitere Erklärung ab, wollte der Freundin nicht unbedingt die Unstimmigkeiten zwischen ihren Eltern offenbaren. „Aber jetzt bin ich ja Ohr und höre …"

„Du wirst nicht glauben, was mir heute passiert ist!", rief Tina aufgeregt und schien vor Mitteilungsgier förmlich zu platzen.

Jetzt musste Valerie lachen. „Du wirst es mir sicherlich gleich sagen."

„Ich habe den Mann getroffen!" Tina schien hin und weg.

„Den fürs Leben?" Valeries Überraschung hielt sich in Grenzen. „Wieder mal?"

„Du, diesmal ist es wirklich was anderes!", versicherte Tina ernsthaft.

Wie oft hatte sie dieses schon gemeint? Und wie oft war es

dann doch nur ein Trugschluss! Valerie hatte längst aufgehört, zu zählen. Tina war eine ihrer längsten Freundinnen, noch aus Schulzeiten. Sie hatten viel gemeinsam und in all den Jahren so einiges miteinander erlebt. Nur in einem Punkt unterschieden sie sich gewaltig: Valerie war der bodenständige Typ und begnügte sich mit einem Mann, Tina dagegen liebte die ständige Überraschung. Sie wechselte die Knaben wie ihre Tangas oder legte sich auch schon mal – so wie andere sich Haustiere – zwei zur selben Zeit zu. Und jedes Mal war mit Sicherheit die große Liebe dabei, die sich allerdings meist kurz danach wieder in Luft auflöste.

„Was macht dich nun so sicher?", begehrte Valerie daher zu wissen. „Ich meine, nicht dass ich dir dein Glück nicht gönnen würde, nur ..."

„Ach, Valli", Tina ließ sich nicht beirren und versuchte weiterhin, die Freundin mit ihrer Euphorie anzustecken, „es ist schon aus dem Grunde was Besonderes, weil ich ihn eigentlich schon lange kenne!"

„Wie, du kennst ihn schon lange?" Valerie verstand nur Bahnhof. „Was heißt denn das bei dir schon ... lange?"

„So lange jedenfalls, dass er selbst dir kein Fremder sein dürfte!"

„Jetzt machst du mich aber wirklich neugierig", feixte Valerie. „Heraus mit der Sprache! Wer soll das sein?"

„Axel Boeker!", antwortete Tina kurz und knapp und Valerie merkte, wie gespannt Tina am anderen Ende auf ihre Reaktion wartete.

„*Der* Axel Boeker?" Die Überraschung war ihr gelungen.

„Genau der Axel Boeker, der eine Klasse über uns war und dich ständig geärgert hat, weil du mit deinen komischen Pippi-Langstrumpf-Zöpfen durch die Gegend gelaufen bist." Tina lachte.

Valerie lachte mit bei der Erinnerung an diese fast vergessene Zeit und erkundigte sich nun mit aufrichtigem Interesse: „Bist du jetzt wirklich mit ihm zusammen?"

Tina zögerte einen Moment mit der Antwort und tat dann kund: „Na ja, vielleicht noch nicht so richtig, aber so gut wie."

„Du hast ihn also lediglich durch Zufall wieder getroffen und bemerkt, dass er in dein Beuteschema passt?", stellte Valerie nüchtern fest.

„Hm." Tinas Antwort zeigte ihr, dass sie genau ins

Schwarze getroffen hatte.

„Du bist unverbesserlich", amüsierte Valerie sich über die Freundin. „Dann bin ich mal gespannt, wie das bei euch beiden nun wirklich weitergeht."

„Das habe ich dir doch eben schon gesagt!", beharrte Tina auf ihrer Ansicht. „Axel ist der Mann meines Lebens!"

„Und wieso weißt du das erst jetzt?" Valerie überlegte in diesem Augenblick ernsthaft, ob sie Tina noch für voll nehmen konnte.

„Weil ich bei der „Sehn wir mal" war und die mir die Begegnung mit Axel vorausgesagt hat."

Valerie schluckte. „Wann warst du denn bei ihr?"

„Letzten Freitag, warum? Wolltest du da nicht auch mal hin, ich meine, wegen Jörg und so …?", brachte Tina das ursprüngliche Vorhaben in Erinnerung.

Am liebsten hätte Valerie ihr jetzt ordentlich zu dieser Kartentante die Meinung gegeigt in der Art wie: Du, ich war gerade heute da und du kannst dir keine Vorstellung davon machen, was die Frau für einen Stuss erzählt hat! Doch irgendetwas, Valerie konnte es sich selbst nicht erklären, hielt sie davon ab, auch nur ein Wörtchen über ihren Besuch verlauten zu lassen.

Stattdessen entgegnete sie lapidar: „Im Augenblick habe ich keine Zeit dafür und am Freitag fahre ich übrigens nach Krefeld."

„Kreeefeld?", kam es ahnungsvoll gedehnt zurück. „Sag bloß, du betreibst jetzt ernsthaft Hochzeitsvorbereitungen?" Tina klang gar nicht mehr locker wie eben, sondern eher mitleidig. „Ich an deiner Stelle …" Sie stockte, schlug sich wahrscheinlich gerade die Hand auf den Mund, weil ihr schon wieder zuviel herausgerutscht war.

„Ich weiß schon, was du sagen willst", begehrte Valerie auf. „Jörg und ich passen nicht zueinander. Nicht wahr, das war es doch? Gib es nur zu!"

„Valli, sei nicht bös mit mir! Ich wünsche mir bloß, dass du glücklich bist. Aber ich sehe einfach, dass dir etwas fehlt, was Jörg angeht."

„Und *was* bitteschön?", rief Valerie hitzig, merkte zugleich, wie sich ihre Nackenhaare sträubten. Ein untrügliches Zeichen dafür, dass sie sich Bevormundungen jeglicher Art verbat.

„Liebe?" Tina sprach nur dieses eine Wort.

„Woher willst *du* wissen, was Liebe ist?" Die Worte taten

Valerie im selben Moment schon wieder leid.

Aber Tina vertrug einiges, besaß von Natur aus ein dickes Fell. Sie wusste, sie hatte bei der Freundin voll ins Fettnäpfchen getreten. Doch, so sagte sie sich, das konnte wohl nur möglich sei n, wenn man mit seinen Vermutungen gar nicht so daneben lag, oder?

Weil sie merkte, dass Valerie heute – aus wie auch immer gearteten Gründen – offensichtlich mies drauf war, bedauerte sie, überhaupt von dem Thema Jörg angefangen zu haben. „Hast du Lust auf eine Pizza und eine Karaffe Lambrusco?", bot sie daher versöhnlich an. „Ich hätte nachher jedenfalls Zeit. Und ob heute oder morgen, dann können wir auch gleich …"

„Gute Idee", griff Valerie den Vorschlag zur Güte auf. Sie wäre ja schon mit ihrer Mutter gerne zum Italiener gegangen. Aber mit Tina würde es sogar noch zusätzlichen Spaß machen. Auch wenn sie eben noch ziemlich wütend auf diese gewesen war, so freute sie sich doch jetzt auf einen netten Klönabend.

Kaum war das Gespräch mit Tina beendet, stand Jörg mit einem *„Hallo Süße, da bin ich!"* im Türrahmen und pfefferte seine Ledertasche auf die Ablage unterm Garderobenspiegel. „Na, wie war dein Tag heute? Also, ich kann dir sagen, meiner, das war vielleicht ein Zirkus mit …" Jörg drückte Valerie einen flüchtigen Kuss auf die Wange und ratterte herunter, was für einen Stress er im Laufe der letzten Stunden gehabt hatte.

Wenn Valerie ihm irgendetwas hätte berichten wollen von dem, was ihr heute widerfahren war, zeigte sich gerade, dass sie dazu überhaupt nicht kam. Jörg redete und redete, ließ seinen Frust bei ihr ab, um dann anschließend im Kühlschrank nach einem möglichen Abendessen zu suchen.

„Ist kein Aufschnitt mehr da?"

„Ich war heute nicht einkaufen. Wenn du frischen haben möchtest, müsstest du eben selber …"

„Schon gut, ich wollte sowieso später essen", fiel er ihr ins Wort. „Muss gleich noch mal weg." Dabei sah er sie aus seinen stahlblauen Augen tiefgründig an. „Habe mich nämlich, ob du es glaubst oder nicht, mit Andy zum Squash verabredet."

„Ach!" Das war das Neuste, was Valerie hörte. Jörg hatte Zeit für Sport?

„Du bist doch nicht sauer, oder?" Damit war er schon Richtung Schlafzimmer verschwunden, um seine Sportsachen aus der Schublade zu holen.

„Warum sollte ich?", entgegnete Valerie, die ihm folgte, erstaunt über seine Frage. „Ist doch schön, wenn du auch mal was für deine eigene Gesundheit tust." Sie lächelte ihn verständnisvoll an. „Und nicht immer nur für die von anderen."

Sie sah zu, wie er eilig seinen Dress in der Tasche verschwinden ließ und erzählte beiläufig: „Bin übrigens gleich mit Tina verabredet. Kommst du heute Abend wieder hierher oder übernachtest du in *Handschuhsheim*?"

Plötzlich ging ihr durch den Kopf, welch ziemlich merkwürdige Konversation unter angehenden Eheleuten das war. Und überhaupt: Weshalb eigentlich lebten Jörg und sie noch in getrennten Wohnungen, obwohl fast alle seine Klamotten in ihren Schränken hingen? Wieso bestand Jörg darauf – zugegebener Weise bisher unangefochten von ihr – seine eigene Wohnung noch zu behalten, bis sie gemeinsam *irgendwann* etwas Neues suchen würden? War das normal, wenn man sich liebte?

Valerie schob eventuell unliebsame Erkenntnisse von sich, indem sie sich dagegen wehrte, sich weiter und tief greifender mit dem Gedanken zu beschäftigen. Außerdem klingelte es in diesem Augenblick an der Wohnungstür.

„Oh, das wird Andy sein! Der wollte mich nämlich abholen, damit ich mir anschließend auch mal ein Bierchen trinken kann." Hastig und mit einem „Tschüss Süße, bis später, brauchst aber nicht auf mich warten!" drückte Jörg Valerie erneut einen Kuss auf die Wange und war sogleich im Treppenhaus verschwunden.

Hatte er ihr eben überhaupt zugehört? Valerie blickte durch den Fadenstore, der die breite Fensterfront neben ihrer Loggia, die man vom Wohnzimmer aus erreichte, schmückte, hinunter zur Straße und bekam gerade noch mit, wie Jörg in ein silbernes Sportcoupé hüpfte. Dieses schoss jetzt so rasant davon, dass Valerie sehen konnte, wie die Frau mit dem türkisfarbenen Kopftuch, die auf der anderen Straßenseite stand und auf jemanden zu warten schien, förmlich zusammenzuckte.

Nur nebenbei registrierte Valerie, dass Jörgs Freund sich offensichtlich einen neuen Wagen zugelegt hatte. Warum er diesen hinten allerdings mit einem riesigen, kindischen Aufkleber verunstaltete, konnte sie nicht verstehen.

Normalerweise fuhr Valerie unten durch *Rohrbach* in die Stadt. Reine Gewohnheit schon alleine deswegen, weil sich an der *Karlsruher Straße* ihre Praxis befand. Heute allerdings entschied sie sich anders und nahm den Weg über *Boxberg* oben durch die Hügel, weit schweifende und hohe Ausläufer des *Odenwaldes*.

Unterwegs kam ihr in den Sinn, dass es mit der Parkerei in der Heidelberger Altstadt so eine Sache für sich war. Da sie die Parkhäuser mit den engen Nischen hasste, zog sie kurz in Erwägung, ihren Wagen an der *Molkenkur* abzustellen und die zwei Stationen zum *Kornmarkt* mit der Bergbahn hinunterzufahren. Doch verwarf sie den Gedanken gleich wieder, weil bereits um zwanzig nach acht die letzte Fahrt hinauf ging. Der Bus kam auch nicht in Frage, weil sie das Geschaukel nicht gut vertrug. Wenngleich ihrem Magen nach dem Essen die Bewegung mit Sicherheit gut täte, fehlte ihr schier die Lust dazu, den Aufstieg zu Fuß zu erklimmen. Oder sollte sie sich doch noch mal am Fahrplan vergewissern? Vielleicht hatte sich ja was geändert.

Valerie passierte die Abzweigung am *Molkenkurweg*, der vom Tal heraufführte, als im Rückspiegel ein rotes Kleinwagencabrio auftauchte. Sie erkannte eine Frau hinter dem Steuer, die sich mit türkisfarbenem Kopftuch und großer Sonnenbrille gegen den Fahrtwind abschirmte. Im Stillen machte Valerie sich über diese kleinen Bomber lustig. Sie selbst fand diese Wagen unglaublich hässlich, würde sich nie so einen zulegen. Andererseits sollte man ihnen ja einen entscheidenden Vorteil zugute halten: Man kam damit in jede noch so kleine Parklücke. Und das wiederum wäre unten in der Altstadt gar nicht so schlecht.

Die *Molkenkur* kam in Sicht und Valerie bog zum Parkplatz ab. Der rote Flitzer zog an ihr vorbei, so gut er konnte, und war schnell hinter der nächsten Biegung verschwunden.

Valerie stellte ihren Wagen ab und ging hinüber zur Bahnstation, um sich von den Fahrzeiten zu überzeugen. Doch was sie las, wusste sie bereits. Na, dann würde sie halt doch nach einer der rar gesäten Parklücken suchen müssen.

Sie ließ den Blick über die Trasse der Bergbahn hinunter ins Tal schweifen, genoss die klare Aussicht über die in der Ferne so winzig erscheinenden Dächer der Heidelberger Altstadt und den im Hintergrund blaugrün schimmernden Neckar.

Der Abend war angenehm lau, die Vögel zwitscherten in den Wäldern ringsum und doch schien sie der einzige Mensch hier oben, der diesen wunderschönen Ausblick genoss.

Was natürlich sicher nicht so war, denn gleich nebenan befand sich ja das Hotel und Restaurant *Molkenkur* und ihr Wagen war nun auch nicht gerade der einzige auf dem Parkplatz gewesen. Doch hier oben fühlte man sich alleine, wenn so gar keine Menschenseele zu sehen war.

Unerwartet vernahm sie menschliche Töne, die zunächst wispernd, sich von links nähernd, immer lauter wurden. Valerie wollte sich schon zum Gehen abwenden, doch verharrte sie einen Moment, als sie die Silhouetten zweier Gestalten auf dem schmalen Weg, der die Bahntrasse mit einer kleinen Brücke überspannte, erspähte.

Gesichter waren von hier aus nicht zu erkennen, doch die Stimmen hörbar einem Mann und einer Frau zuzuordnen. Seltsam, dachte Valerie noch, wenn sie es nicht besser wüsste, hätte es glatt Jörg sein können, den sie da unterhalb vernahm.

Aber das war natürlich Blödsinn, schalt sie sich sofort und wandte sich ab. So schlenderte sie wieder zurück zum Wagen, startete seufzend den Motor und nahm nun die kurvenreiche *Klingenteichstraße* hinunter ins Tal Richtung Stadtmitte.

In Höhe der Zufahrt zum Schloss allerdings glaubte sie plötzlich eine Begegnung der dritten Art zu haben. Am rechten Straßenrand, unmittelbar hinter der Abbiegung, parkte ein Auto. Nicht, dass das an sich ungewöhnlich war, aber es handelte sich um ein silbernes Sportcoupé. Valerie hätte schwören können, dass sie hier jenes vor sich hatte, in das vor ungefähr einer Stunde Jörg eingestiegen war. Auszumachen an dem auffälligen Wurm-Aufkleber, der das Heckteil verzierte.

Valerie bremste scharf. Nur gut, dass gerade keiner hinter ihr kam. Sie studierte das Nummernschild, was ihr aber nichts nützte, da sie auf Andys zuvor nicht geachtet hatte.

Eine innere Unruhe nahm von ihr Besitz. War es Andys Wagen oder nicht? Die Männerstimme kam ihr wieder in den Sinn. Hatte sie vorhin ihren Verlobten gehört?

Quatsch, du siehst Gespenster! Und das bloß wegen einem Auto? Valerie schüttelte über sich selbst den Kopf. Sie warf einen kurzen Blick auf ihre Armbanduhr und atmete, sich selbst beruhigend, einmal tief ein und wieder aus. Sie war sicher, dass genau jetzt Jörg und Andy ihre Kräfte beim Squash maßen.

Warum sie trotzdem das Handy aus der Tasche zog und Jörgs Nummer anwählte, konnte sie sich selbst nicht erklären. Kontrollanrufe gehörten sonst nicht zu ihrer Art. Wahrhaftig aber fühlte sie sich entspannter, als die Mailbox ansprang. Ein Zeichen, dass Jörg im Augenblick keine Zeit hatte, Anrufe entgegenzunehmen. Und das war beim Sport ja auch schlecht möglich.

Lautes Gehupe ließ Valerie zusammenzucken. Kein Wunder, sie blockierte in gefährlicher Weise immer noch die rechte Fahrspur. Der Wagen machte einen Schlenker um ihren herum und der Mittelfinger des Fahrers streckte sich ihr durch die Seitenscheibe ausdrucksvoll entgegen. Dabei ein „Blöde Kuh!", selbst als bloße Lippenbewegung leicht zu verstehen.

Erschrocken ließ Valerie die Peinlichkeit über sich ergehen. Zwar verspürte sie eine gewisse Wut über die Art und Weise solcher Leute, aber im Grunde befand der Mann sich ja im Recht. Die Serpentinen waren unüberschaubar und er hätte ihr voll hinten drauf knallen können, wäre er nur ein paar Stundenkilometer schneller gewesen.

Was mache ich hier überhaupt? Tina wird sich schon fragen, wo ich bleibe!, ging es ihr durch den Sinn, um dann abermals über sich selbst den Kopf zu schütteln. Schnell startete sie wieder den Motor und folgte dem Straßenverlauf hinunter bis zur *Friedrich-Ebert-Anlage*, wo sie dann schließlich doch notgedrungen ins Parkhaus fuhr.

„Deine Mutter hat mir berichtet, dass du nach Krefeld willst!?" Paps' Stimme klang eher nach einer Feststellung als nach einer Frage und sein Ton reichlich unwirsch durch die Muschel. „Kannst du das denn nicht von hier aus erledigen?"

Valerie gähnte verschlafen in den Hörer. „Paps, es ist halb

sieben am frühen Morgen …"

„Ja, und ich war schon eine Runde laufen und beim Bäcker Brötchen holen!", schnitt Helmut van der Linden seiner Tochter das Wort ab. „Ich komme gleich mal auf einen Sprung bei dir vorbei!"

Bevor Valerie auch nur ein Wort erwidern konnte, knackte es in der Leitung. Er hatte einfach aufgelegt.

Was war denn in *den* gefahren? Valerie konnte sich auf die miese Stimmung ihres Vaters keinen Reim machen. Und weshalb betonte er das mit ihrer Fahrt nach Krefeld so merkwürdig? War sie vielleicht ein kleines Kind, welches Rede und Antwort zu stehen hatte?

Am liebsten hätte sie jetzt zurückgerufen und Paps klargemacht, keinen Nerv auf diese Art der frühen Besuche zu haben, zumal sie um neun in der Praxis sein musste. Doch stattdessen sprang sie schnell unter die Dusche und schaffte es gerade, sich fertig anzukleiden, als auch schon die Schelle ging. Paps musste geflogen sein, anders konnte sie sich nicht erklären, wie er die Strecke von *Neuenheim* hier herüber so schnell geschafft hatte.

„Morgen, Valerie!", hallte ihr bereits aus dem Treppenhaus sein Kasernenhofton entgegen, als sie oben die Tür aufmachte.

„Schönen guten Morgen, Paps!", hielt Valerie sanft dagegen und machte die Schwelle frei, damit er eintreten konnte.

Helmut van der Linden ging einfach direkt durch ins Wohnzimmer und erwartete, dass seine Tochter hinterher kam. Was Valerie auch tat, denn sie spürte, dass etwas Gewaltiges in der Luft lag, obwohl sie keine Ahnung hatte, was das sein konnte. Jedenfalls *noch* nicht, aber das würde sich ja wahrscheinlich gleich ändern.

Zunächst jedoch stellte sie die Kaffeemaschine an. „Möchtest du auch eine Tasse?", fragte sie freundlich.

Helmut winkte ungeduldig ab. „Ich hab schon genug von dem Zeug heute Morgen. Bin auch nicht zum Kaffeetrinken hier!"

Oha, was für eine Laune! Wenn Paps bei Mom auch immer so drauf war – kein Wunder, wenn die zu ihr flüchtete, um beim Wischen von Schränken die eigenen Aggression abzubauen.

„Schade", antwortete Valerie. „Wenn du es dir noch anders überlegen solltest … hab mal eine Tasse mehr aufgesetzt.

Dauert wohl noch ein Momentchen." Sie versuchte, gelassen zu bleiben. So einen Stress am frühen Morgen, dazu auf nüchternen Magen, konnte sie gar nicht gut vertragen. Hinzu kam, dass es auch noch ihr eigener Vater war, der so mit ihr sprach. Offensichtlich hatte er ein immenses Problem, sonst würde er sich wohl nicht so verhalten. Überlegte ausnahmslos die Psychologin in ihr.

Seelenruhig nach außen, innerlich reichlich angespannt, balancierte Valerie das Tablett mit zwei leeren Kaffeebechern, Zuckerdose und Milchkännchen zum Esstisch, der sich vor der morgendlich sonnigen Fensterfront im Wohnzimmer befand. Hunger verspürte sie nicht unbedingt, sonst frühstückte sie auch erst später in der Praxis. Daran zeigte sich das Gute der Selbstständigkeit – Termine konnte man so schieben, dass man immer mal in der Lage war, sich ein kleines Päuschen zwischendurch zu gönnen.

„Da fehlt doch eine Tasse! Ist Jörg nicht da?"

Valerie merkte, wie sich ihr langsam, aber sicher die Nackenhaare sträubten. Dieses Verhör konnte er sonst wo anwenden, aber nicht bei ihr. „Jörg ist bereits unterwegs, hat heute ein Seminar in Frankfurt!", gab sie zurück und ermahnte sich innerlich, ruhig zu bleiben. „Paps", versuchte sie es daher mit einem sanften Vorstoß, „was bedrückt dich denn nun?"

Helmuts Züge wurden rötlich. Ein Zeichen seiner Aufregung und gar nicht gut zu vereinbaren mit seinem Bluthochdruck, den er schon seit Jahren jeden Tag mit einer Tablette bekämpfte. „Wie kommst du darauf, dass mich etwas bedrückt?" Er musterte seine Tochter durchdringend aus den hellgrünen Augen.

Was für ein groteskes Spiel am frühen Morgen!, schimpfte es in Valerie. Konnte Paps nicht einfach zur Sache kommen? „Es wäre nett, wenn du mir jetzt bitte den Grund deines Besuchs verrätst, denn im Gegensatz zu dir habe ich einen anstrengenden Arbeitstag vor mir!" Sogleich biss sie sich auf die Zunge, das hatte sie doch gar nicht sagen wollen.

Erschrocken sah sie, wie die Gesichtsfarbe ihres Vaters auf fahl wechselte.

„Paps, es tut mir leid! Ich …"

„Schon gut", schnaufte er, „habe verstanden!"

„Aber völlig falsch! Ich wollte …" Valerie stockte der Atem, als ihr Vater sich plötzlich an die linke Brusthälfte fasste. „Paps? Paps, ist dir nicht gut? Soll ich einen Arzt holen?"

„Der weiß besser als ich, dass ich Herzrhythmusstörungen habe und hat mir jede Aufregung verboten!", wehrte Helmut unwirsch ab. Damit griff er in seine Blousontasche und holte eine Tablettenpackung zum Vorschein. „Wenn du wohl ein Glas Wasser hättest …"

„Ja, natürlich." Schnell holte sie das Gewünschte aus der Küche. Doch saß ihr der Schrecken in allen Gliedern. Mit gesundheitlichen Umständen hatte sie beim Auftritt ihres Vaters am allerwenigsten gerechnet. Herzprobleme? Daher sein ständiger Adrenalinanstieg? Valeries Psychologenseele erkannte sofort die etwaige Verbindung zur Pensionierung und dem damit oftmals einhergehenden Gefühl, nicht mehr gebraucht zu werden. Was bei ihrem Vater eindeutig auf der Hand lag.

„Zeig mir mal das Präparat, was Dr. Langels dir verschrieben hat?", bat Valerie.

„Ist uninteressant!", lehnte Helmut van der Linden im selben barschen Ton wie zuvor ab, schluckte dafür zwei Minitabletten hinunter und trank das Glas Wasser in einem Zug leer. Schon vorher hatte er die Verpackung wieder in seiner Jacke verschwinden lassen. Ein untrügliches Zeichen für Valerie, dass ihr Vater über seinen gesundheitlichen Zustand nicht zu sprechen wünschte. Da konnte sie machen und löchern, wie sie wollte, da blieb er stur. Ein Umstand, den sie seit Kindertagen gewohnt war.

„Ist der Kaffee jetzt fertig?"

Den hatte Valerie in der Aufregung total vergessen. Allerdings nicht, dass er eben noch keinen wollte. Sofort sprang sie auf und huschte abermals in die Küche, um die Kanne zu holen.

Weiterer Worte ihres Vaters abwartend schenkte sie für ihn und sich ein. Doch er blieb jetzt still, sagte nichts, nippte nur an der Tasse und sah sie mit merkwürdig glasigen Augen an.

Valerie rührte lustlos mit dem Teelöffel in ihrem Kaffee herum. Was für ein Tagesbeginn war das wieder? Und sie verstand immer noch nicht, weshalb er überhaupt gekommen war.

Die große Standuhr in der Diele, ein lang gesuchtes Dekorationsrelikt und vor zwei Monaten auf einem Internetportal ersteigert, schlug acht harte Töne.

Helmut van der Linden aber schienen diese aus seiner unerwarteten Lethargie erwachen zu lassen. „Es wäre gut, wenn du die Woche noch einmal nach Hause kämst." Seine Stimme hatte nun einen auffällig leisen Klang angenommen. Valerie musste genau hinhören, hatte Mühe ihn zu verstehen. „Deine Mutter und ich haben etwas mit dir zu besprechen!"

Nach *Hause* sollte sie kommen? Das war wieder typisch! Für Paps zählte nur das Haus in *Neuenheim*, drüben auf der anderen Neckarseite, als Zuhause. Jenes, in das er vor rund neunundzwanzig Jahren mit Hilla eingezogen und wo Valerie groß geworden war.

„Paps, es tut mir leid und das habe ich Mom auch schon gesagt, ich schaff das zeitlich vorher einfach nicht mehr", gab sie bedauernd zurück. Heute Abend und Morgen sitze ich noch an Patientenberichten, die bis spätestens übernächsten Montag bei den zuständigen Kassen eingereicht sein müssen. Donnerstag bin ich den ganzen Tag in Stuttgart zu einer Fortbildung und Freitag fahre ich ja schon …"

„Was ist mit Freitagmorgen?", warf Helmut ein. „Du könntest mit uns zusammen frühstücken und anschließend von zu Hause aus starten." Wie gewohnt bestimmte Paps, was Valerie *könnte*. Auch wenn sich sein Ton nun merklich geändert hatte und wieder einigermaßen normal klang, mochte sie diese Art der Bevormundung überhaupt nicht. Als Kind konnte sie sich nur schlecht dagegen wehren, jetzt aber war sie eine erwachsene Frau.

„Nein, Paps!" Sie blieb dabei. „Wenn ihr etwas mit mir zu besprechen habt, können wir das gerne in der kommenden Woche machen. Obwohl ich nicht ganz nachvollziehen kann, was jetzt auf einmal so wichtig sein soll!?"

Eine Antwort darauf blieb er ihr schuldig. Stattdessen versteinerte sein Blick. Früher hatte ihr dieser Blick Angst vor Strafe eingeflößt, weil sie nicht folgsam gewesen war. Heute verfehlte er seine gezielt eingesetzte Wirkung.

„Du kommst also nicht?", vergewisserte Helmut van der Linden sich nochmals dessen, was die ungehorsame Tochter gerade von sich gab. Dabei erhob er sich in die Senkrechte. Seine Haltung jedoch wirkte gebückt und Valerie erschien es, als sei er von einer Sekunde zur anderen um Jahre gealtert.

„Nein! Tut mir wirklich leid, aber dafür verspreche ich dir, dass ich mich direkt bei euch melde, wenn ich Dienstagabend zurück bin. Ist das okay? Vielleicht können wir dann …" Weiter kam sie nicht. Helmut drehte ihr den Rücken zu und nuschelte: „Dann ist es zu spät!"

Damit verließ er ohne ein weiteres Wort die Wohnung.

Vergangenheit grüßt Gegenwart

Die Sonne schickte warme Strahlen vom wolkenlosen Himmel. Die Autobahn war frei, laut Verkehrsmeldung kein Stau zu erwarten, was sich natürlich in der nächsten halben Stunde auch wieder ändern konnte, und Valerie guter Dinge.

Der Disput mit ihrem Vater saß ihr allerdings auch jetzt noch in den Gliedern. Valerie hatte, nachdem er weg war, noch eine ganze Zeit dagesessen wie vom Donnerbalken erschlagen und darüber sinniert, aus welchem Grunde er diesen merkwürdigen Auftritt hinlegte. Und was das überhaupt heißen sollte: Dann ist es zu spät! Aber da die Grübelei sie der Erkenntnis auch nicht näher brachte und Paps nun mal die Sturheit eines Esels besaß ... was sollte sie machen? Ihren Plan umschmeißen? Nicht fahren? Für manche Dinge brauchte sie zugegebenermaßen ja ein bisschen länger. Doch jetzt, wo sie sich endlich dazu durchgerungen hatte, die Hochzeit in Angriff zu nehmen und dafür zwangsweise die rund dreieinhalb Stunden Fahrt nach Krefeld anzutreten ... Oh nein, kam gar nicht in die Tüte! Diesmal würde sie hart bleiben und sich nicht von Paps in ihrem Tun beeinflussen lassen. Sie fuhr! Der Rest würde sich auch am Dienstag oder Mittwoch noch klären.

Valerie drehte das Radio lauter, Marit Larsen trällerte gerade: *„If a song could get me you ..."* Obwohl sie sich voll konzentrierte, genoss sie die schnell vorbeiziehenden, wechselnden Landschaftsbilder. Sie befand sich auf der A3 in Höhe Limburg, hatte somit ungefähr die Hälfte der Strecke ohne weitere Behinderungen hinter sich gebracht, als sie einen roten Kleinwagen hinter sich bemerkte, der ihr ziemlich dicht auffuhr. Was war denn das für ein Idiot? Warum überholte er nicht einfach, wenn sie ihm zu langsam fuhr?

Automatisch, um den Abstand von sich aus wieder zu erweitern, drückte sie den Fuß ein bisschen fester aufs Gaspedal. Da zog der kleine Flitzer, der sich aus seitlicher

Perspektive als Cabriolet entpuppte, links an ihr vorbei und blieb auch direkt auf der Überholspur. Valerie speicherte das Kennzeichen in ihrem Kopf, atmete zugleich tief durch. Raser, die andere nötigten, verursachten in ihr eine selten zutage kommende Abscheu. Und man sollte nicht meinen, dass es immer Männer waren, die diesen Fahrstil an den Tag legten. In dem aufdringlichen Cabriolet jedenfalls saß eine Frau, mit großer Sonnenbrille und türkisfarbenen Kopftuch, am Steuer.

Der Verkehrsfunk unterbrach die männliche Quasselstrippe, die auf Sendung irgendwas von besonderen Kochkünsten faselte, dann folgte doch noch eine Staumeldung für den Raum Neuwied über fünf Kilometer. Valeries guter Laune tat das keinen Abbruch. Sie beschloss, an der nächsten Raststätte erst mal einen Kaffee zu trinken und in Ruhe zu überlegen, ob sie zur A61 wechseln sollte, deren Verkehrstauungen allerdings aufgrund der zahlreichen Baustellen im Moment ebenfalls ziemlich überhand nahmen.

Im Sekundenbruchteil eines Wimpernschlages erspähte Valerie den *ICE*, der parallel der Autobahn auf der eigens für ihn angelegten Bahntrasse in Richtung Köln dahinhuschte.

Die Raststätte *Montabaur-Ost* war gut besucht. Lkw an Lkw reihte sich auf den langen Parkplätzen, und auch zwischen den Pkw suchte Valerie zunächst vergebens nach einer freien Lücke. Endlich sichtete sie eine, stellte den Wagen ab und begab sich ins Selbstbedienungs-Restaurant. Ein Werbeplakat winkte appetitanregend mit einer Tasse Kaffee und einem Stück Erdbeerkuchen mit Sahne zum Angebotspreis. Valerie reihte sich in die Warteschlange am Verkaufstresen. Gerade wurde ein Tisch am Fenster frei. Schnell nahm sie Platz und machte sich genüsslich über die Mahlzeit her, während ihr Blick zu den auf der Autobahn vorbeirasenden Wagen schweifte und die Gedanken ans Fahrtziel vorauseilten.

Sie hatte ein Zimmer im *Mercure* reserviert, was früher einmal der *Krefelder Hof*, auch *Parkhotel* genannt, gewesen war. Nach wie vor aber befand es sich auf der *Uerdinger Straße*, in unmittelbarer Nähe zu dem Platz, *Sprödental* hieß er, glaubte sie sich zu erinnern, auf dem im Frühjahr und Herbst regelmäßig eine große Kirmes stattgefunden hatte. Ob das heute immer noch so war, wusste sie nicht. Sie hatte sich nie mit der weiteren Geschichte der Stadt, in der sie vor sechsunddreißig Jahren auf die Welt gekommen war, beschäftigt.

„Entschuldigung, ist der Platz noch frei?", holte sie eine helle Stimme in die Räume der Raststätte zurück.

Valerie drehte den Kopf und blickte geradewegs in das sympathisch wirkende Gesicht einer etwa fünfzigjährigen Frau, die das schulterlange, dunkelbraune Haar zu einem Pferdeschwanz gebunden trug.

„Selbstverständlich!" gab Valerie freundlich zurück und wies mit einladender Geste auf die leeren Stühle.

„Vielen Dank!", freute die Frau sich und lächelte sie aus dunkelbraunen Rehaugen an. Dabei zeigten sich in ihrem Mund eine Reihe strahlend weißer Zähne.

Valerie glaubte ein Déjà-vu-Erlebnis zu haben, denn plötzlich bildete sie sich ein, dieses Gesicht irgendwoher zu kennen oder besser gesagt, es zumindest schon einmal gesehen zu haben. Gleichzeitig überlegte sie, wie hoch der Wahrscheinlichkeitsgrad hierzu tatsächlich lag, dass ihr dies ausgerechnet in irgendeiner Raststätte einer bundesdeutschen Autobahn passierte.

Die Frau schien ohne Begleitung. Jedenfalls kam niemand hinterher, der zu ihr gehörte. Auch sie vertilgte genüsslich den leckeren Erdbeerkuchen und warf Valerie einen strahlenden Blick zu. „Köstlich, nicht wahr?"

„Ja, der ist wirklich gut", gab Valerie lächelnd zurück und zermaterte sich den Kopf, woher sie dieses Gesicht zu kennen glaubte. Doch so sehr sie sich auch bemühte, es wollte ihr partout nicht einfallen.

„Sie sind auch alleine unterwegs?", suchte ihr Gegenüber das Gespräch.

Vorsicht, warnte eine Hirnhälfte in Valerie, die will dich ausquetschen! Man hörte ja so einiges von Überfällen an Autobahnraststätten. Blödsinn!, rief die andere in ihr. Die Frau ist einfach nur nett und erzählt gerne ein bisschen.

„Ja, aber ich hab es nicht so weit", gab Valerie bereitwillig an. „Und Sie?"

„Ach, ich bin sozusagen auch auf der Durchreise!" Die Frau lachte über ihren eigenen Witz. Aber es war ein herzliches Lachen, und ziemlich ansteckend, wie Valerie am eigenen Zwerchfell feststellen musste.

„Ihrem Dialekt nach zu urteilen kommen Sie aus dem Württembergischen?", tippte die Frau ganz richtig.

„Ja, aus Heidelberg. Und Sie?" Valerie konnte sich dieses Gefühl nicht erklären, aber in ihr wuchs Neugier.

„Hm, was schätzen Sie denn?", feixte ihr Gegenüber und verfiel aus dem eben noch perfekten Hochdeutsch in einen Dialekt, der Valerie erneut zum Lachen brachte und den sie natürlich kannte.

„Kölsch!", rief sie sofort. „Unverkennbar! Ich liebe diese Sprache, und vor allem mag ich die Kölsche Karnevalsmusik wie *Brings, Höhner* ...“

„Und *de Bläck Fööss, Räuber, de Bure* ...“, nahm die Frau Valeries Worte auf. „Oh ja, die kenn ich natürlich auch alle. Wirklich klasse Musik. Ich finde, die Kölner Mundart passt einfach wunderbar in Noten und man sieht's ja daran, dass sie mittlerweile selbst bis nach Berlin vorgedrungen ist. So, wie es mich inzwischen nach Niedersachsen verschlagen hat.“

Es war eine lockere Konversation und Valerie wunderte sich, wie gut sie sich mit dieser völlig fremden Frau verstand. So blöd sich das anhörte, irgendwie wurde ihr ein bisschen weh ums Herz beim Gedanken an den unweigerlichen Abschied. Es war, als würde sie diese Frau schon ewig kennen. Dabei kannte sie noch nicht einmal ihren Namen.

Sie schien Valeries Gedanken zu lesen. „Wir reden hier so nett miteinander und ich habe Ihnen noch nicht einmal gesagt, wer ich überhaupt bin. Entschuldigen Sie meine Unhöflichkeit ... Linda Hagemanns!", stellte sie sich im Nachhinein vor.

Ein Name, der Valerie nicht das Geringste sagte. Sie lächelte, nannte dann ihren.

Schien es nur so, oder legte sich ein dunkler Schatten über Linda Hagemanns eben noch strahlende Miene?

Valerie sah noch einmal genauer hin, doch sie musste sich getäuscht haben. Die Augen ihrer Gesprächspartnerin lächelten unverändert mit Wärme und Sympathie.

Sie unterhielten sich noch eine Weile, dann warf Valerie zufällig einen Blick auf ihre Armbanduhr und erschrak. „Oh, so spät schon! Ich glaube, so langsam ...“ Erneut überkam sie diese merkwürdige Art von Traurigkeit in dem Wissen, Linda Hagemanns nie mehr wiederzusehen.

Die fuhr gleichzeitig hoch. „Ich muss auch weiter!“

So verließen beide Frauen in stillem Einvernehmen gemeinsam das Restaurant.

Valerie steuerte auf ihren Wagen zu, Linda Hagemanns begleitete sie, sah ihr zum Abschied merkwürdig tief in die Augen. „Vielleicht sieht man sich ja mal irgendwo wieder!", sagte sie leise.

„Wer weiß!", antwortete Valerie seltsam berührt und dachte, dass das wohl nicht sehr gut möglich war. Linda Hagemanns befand sich auf dem Weg nach Hannover, was an ihrem eigenen Ziel ja nun gänzlich vorbeiging.

Ein fester Händedruck, dann wandte Linda sich ab. Nach ein paar Schritten jedoch drehte sie sich noch einmal um und winkte, bis sie mit gestrecktem Rücken davoneilte.

Nette Frau!, resümierte Valerie, stieg in ihren Wagen, kramte ein Vitaminbonbon aus der Tüte im Handschuhfach, setzte rückwärts aus dem Parkstreifen und fuhr Richtung Autobahn-Auffahrt.

Im Vorbeirauschen erkannte sie gerade noch Linda Hagemanns in der Frau, welche die Fahrertür eines roten Cabriolets öffnete. Im Affekt verschluckte Valerie ihr Bonbon. Dem Nummernschild nach handelte es sich ausgerechnet um jenen Wagen, der ihr vorhin quasi auf der Stoßstange gehangen hatte.

Sie fuhr nicht auf die A61 und ärgerte sich darüber spätestens, als sich laut *WDR* vor ihr ab Dellbrück der Berufsverkehr aufstaute. Zwar würde jetzt um diese Zeit der gesamte Kölner Ring wieder dicht sein wie Nebelschwaden im November, trotzdem schlug Valerie am Dreieck Heumar den Weg über die A4 Richtung Aachen ein, dann bei Köln-West auf die A1 und bei Köln-Nord auf die A57. Sie hatte Glück. Auf diesen Ring-Teilstrecken ging es mitunter zwar auch ein wenig zähflüssig voran, aber letztendlich kam sie doch noch relativ gut durch. Für die, laut Verkehrsfunk, mittlerweile angesammelten zwölf Kilometer Stau auf der A3 nahm sie diesen Umweg jedenfalls gerne in Kauf.

Gegen neunzehn Uhr bog Valerie auf das Parkgrundstück ein, welches das Krefelder *Mercure-Hotel* zur Straßenseite hin schmückte. Den Weg hierher hatte sie auf Anhieb gefunden. Wusste irgendwo noch genau, ohne auf den Stadtplan zu gucken, den sie sich extra besorgt hatte, dass es von der Autobahnabfahrt Richtung Zentrum, dann über *Bockum*, ganz leicht zu finden war. Sie brauchte eigentlich nur dem Straßenverlauf der *Essener Straße*, dann *Uerdinger Straße* folgen. Zur Linken kam sie am Zoo vorbei und augenblicklich dachte Valerie daran, wie gern sie als kleines Mädchen mit den Eltern dorthin ging.

Plötzlich stellte sich ihr die Frage, warum sie überhaupt damals hier weggezogen waren. Heidelberg war eine wunderschöne Stadt. Sie war dort aufgewachsen und fühlte sich dort zuhause. Mit Sicherheit auch Mom und Paps. Doch die Wurzeln ihrer Eltern lagen ursprünglich hier in Krefeld und es war mit Sicherheit nicht Paps' Job im Amt gewesen, der ihn nach Baden-Württemberg verschlagen hatte. Das wusste Valerie jedenfalls genau. Manche Dinge hafteten nämlich noch ganz gut in ihrem Gedächtnis, obwohl sie damals erst viereinhalb war. Der Vater hatte erst ein knappes Jahr nach dem Umzug im Heidelberger Rathaus seine damalige Stelle im Planungsamt angetreten und ein weiteres halbes Jahr später das Haus in *Neuenheim* gekauft.

Valerie sah sich in ihrem Domizil der nächsten Tage um und war angenehm überrascht. Das Zimmer bestach durch seine geschmackvolle Einrichtung und der Blick durch die Gardine zeigte ins Grüne.

Sie beschloss, erst einmal ihre Reisetasche auszupacken, damit das Kleid und die zwei Blusen, die sie eingepackt hatte, nicht noch mehr zerknautschten. Anschließend würde sie unten im Restaurant eine Kleinigkeit essen und dazu ein Glas Rotwein genießen. Dabei konnte sie in aller Ruhe planen, wie sie die paar Tage hier gestalten wollte. Schließlich war sie nicht nur wegen der Papiere hergekommen. Das Standesamt öffnete sowieso erst am Montagmorgen wieder seine Pforten. Nein, sie hatte extra das Wochenende dazu genommen, um sich auch auf Erinnerungsstreifzüge zu begeben, soweit diese ihr aus den ersten Lebensjahren überhaupt möglich waren.

Noch am selben Abend steuerte Valerie ihren Wagen durch die *Steckendorfer Straße* und zwar durch den Teil, der von der *Moerser Straße* zur *Philadelphiastraße* führte. Langsam, quasi im Schritt-Tempo durchfuhr sie die Tempo-30-Zone und suchte mit den Augen die Hauswände ab. Vor der Nummer 71 hielt sie an und betrachtete kurz die hellrote Fassade. Da nur ein Sprung weiter eine Lücke frei war, parkte sie dort ein und begab sich zu der mit Milchglasscheiben eingelassenen Haustüre. Sie studierte die Beschriftungen der Klingelschilder, die links im Eingangsbereich angebracht waren.

Allesamt unbekannt. Ein wenig enttäuscht wandte sie sich ab. Doch was hatte sie denn erwartet? Dass der Name van der Linden dort prangte? Das war einmal … und zwar vor mehr als dreißig Jahren. Nämlich zu der Zeit, als sie selbst ein kleines Mädchen war und mit ihren Eltern hier in diesem Haus gewohnt hatte. Valeries Blick glitt hinauf. Die Wohnung oben in der zweiten Etage war es gewesen und kurioserweise konnte Valerie sich auch noch genau erinnern, wie es dort ausgesehen hatte. Ein breiter Flur, von dem man links in Küche und Schlafzimmer und rechts in Wohnzimmer und Kinderzimmer kam. Nach hinten heraus gab es einen ziemlich großen Balkon, auf dem man locker einen Tisch und zwei Gartenstühle platzieren und sich trotzdem noch drehen und wenden konnte. Der freie Blick über eine lang gezogene Rasenfläche endete mit dem hauseigenen Garagenplatz, der nur durch die Toreinfahrt, die der Wohnung unten im Hochparterre ein Zimmer raubte, zu erreichen war.

Valerie hatte plötzlich das Gefühl, wieder ein kleines Mädchen zu sein. Diese Straße mit den aneinander gereihten Hausfassaden im Dämmerlicht der nahenden Dunkelheit erschien ihr fremd, aber doch irgendwie vertraut zugleich und sie wunderte sich selbst darüber, dass sie gewisse Abrisse so klar vor Augen hatte.

Doch hier gab es nicht weiter viel zu entdecken und so schlenderte Valerie wieder zu ihrem Auto. Sie merkte nicht, dass ein dunkles Augenpaar, versteckt hinter der großen Platane, die das Grundstück am Saum zum *Kaiser-Friedrich-Hain* überschattete, jeden ihrer Schritte beobachtete.

Valerie überlegte, ob sie direkt zum Hotel zurückfahren oder noch einen Gang durch die Stadt machen sollte. Es war eine herrliche Abendluft und sogleich schalt sie sich, dass sie eigentlich von vornherein das Stück hierher auch zu Fuß hätte laufen können. Auf dem Stadtplan schien ihr die Entfernung jedoch zu weit. Sicher zog der Weg sich ziemlich hin, aber dafür wäre ein Verdauungsspaziergang in der sommerlich lauen Atmosphäre mit Sicherheit auch Balsam für ihre Gedanken gewesen. Die kreisten nämlich gerade wie in einer Rührschüssel um die Erinnerung und um ihren Verlobten, der weit weg in Heidelberg wahrscheinlich jetzt auf *ihrer* Couch, vor *ihrem* Fernseher lag und wie jeden Abend *seine* Nachrichten guckte.

Aus einem Impuls heraus zog Valerie das Handy aus der Tasche und drückte die Tasten des eigenen Festnetz-

Anschlusses. Das Freizeichen ertönte fünfmal, dann versicherte ihr die eigene Stimme, dass sie unter Garantie momentan nicht zu erreichen sei und man könne ja gerne nach dem Piepston eine Nachricht hinterlassen. „Den muss ich unbedingt mal ändern!", mokierte Valerie sich über ihren eigenen blöden Spruch. Da konnte man im wahrsten Sinne des Wortes mal hören, wie man durch die Leitung auf Leute wirkte, die einen zu sprechen wünschten. Na ja, aber wer rief sich in der Regel schon selber an?

War Jörg nicht da oder überhörte er nur das Telefon? Vielleicht stand er auch gerade unter der Dusche. Valerie zuckte die Achseln. Oder er war zur Abwechslung mal wieder in seiner eigenen Wohnung. Sollte sie es noch mal bei ihm versuchen? Doch eigentlich war es ihr egal, ob sie ihn erreichte oder nicht. Sie konnte genauso gut auch Tina anrufen. Valerie erschrak über die plötzliche Erkenntnis, dass ihr nicht unbedingt die Sehnsucht nach ihrem Verlobten zu schaffen machte, sondern einfach nur das Bedürfnis nach einer vertrauten Stimme in ihr übermächtig wurde. Würde sie sich sonst jetzt nicht Gedanken darüber zu machen, wo Jörg nun tatsächlich steckte? Oder war sie unterschwellig einfach nur sauer auf ihn, weil er so lapidar reagiert hatte, als sie ihm eröffnete, alleine nach Krefeld fahren zu wollen. „Bringst du dann auch deine Papiere mit?", war nämlich alles gewesen, was ihm dazu einfiel und eine ziemlich eigenartige Frage, wie Valerie noch jetzt im Nachhinein befand.

Die Karte des Herzkönig

Valerie erwachte, als die ersten Sonnenstrahlen ihr Gesicht erklommen und um die Nase kitzelten. Gähnend reckte sie sich, dann sprang sie voller Tatendrang aus dem breiten Hotelbett. Im Nachthemd öffnete sie das Fenster weit zum Lüften und steckte kurz den Haarschopf hinaus, um einmal kräftig Sauerstoff einzuatmen. Ihr Blick fiel in die Tiefe. Unter ihr grünte und blühte die sommerliche Natur in schillernden Farben. Von der Straße vernahm sie das Gebimmel der Straßenbahn, dann machte das Geräusch sofort wieder dem Zwitschern der Vögel Platz.

Valerie wusch sich in Windeseile, streifte ihr rotes Leinenkleid über, das einen wunderschönen Kontrast zu ihrem kastanienbraunen Haar bildete, und tupfte sich ein bisschen Rouge auf die Wangen. Auf Make-up konnte sie bei den steigenden Temperaturen gut verzichten.

Sie ließ sich Zeit für ein ausgiebiges Frühstück, genoss den Moment, der so ganz anders war als der Alltag, den sie sonst kannte.

Für heute stand ein Stadtbummel auf ihrem Programm. Valerie wollte die Krefelder Fußgängerzone kennenlernen, auf dem *Neumarkt* einen Eisbecher vertilgen, durch die Einkaufspassage *Schwanenmarkt* schlendern und zum Abschluss die Gewissheit erhalten, dass sie hier mit Sicherheit dieselben Ladenketten vorfand wie in Heidelberg.

Aber das war ihr egal. *H&M, C&A, Galeria Kaufhof, Thalia und Co* gab es schließlich überall in deutschen Landen. Sie wollte einfach nur das Herz der Stadt pulsieren sehen, in der sie einst das Licht der Welt erblickte.

Dafür ließ sie auf Anraten der netten Empfangsdame von der Rezeption sogar ihren Wagen am Hotel stehen und fuhr die vier Haltestellen von *Sprödental* bis *Ostwall* mit der Bahn. Sie bereute es nicht, denn nie und nimmer hätte sie hier einen Parkplatz gefunden. Für den Samstagmorgen war schon ganz schön viel los in der City.

Valerie begann ihre Erkundungstour auf der *Rheinstraße* und näherte sich mit jedem Schaufenster der imposant aufragenden *Dionysius-Kirche,* einem Wahrzeichen der Stadt. Sie passierte den Zebrastreifen der *Königsstraße,* überlegte bei einem Blick in *Ansons,* ob sie Jörg vielleicht eine schöne Krawatte mitbringen sollte, ließ es dann aber doch sein, weil er dergleichen eigentlich nicht gerne trug. Obwohl sie ihm gut standen, wie *sie* fand.

Sie bog nach links in die *Hochstraße* ein und befand sich somit nun in der eigentlichen Fußgängerzone. Im Gegensatz zur Heidelberger, dort *Hauptstraße* benannt und sich wie ein langes Band bis zum *Kaufhof* ziehend, schlängelte sich diese hier wie ein Wurm zwischen den unterschiedlich großen Hausfassaden hindurch.

Im *Schwanenmarkt* bot sich ihr eine reiche Vielfalt der unterschiedlichsten Geschäfte. Sämtliche Tische in den Kaffeeshops waren besetzt. Leider auch die des *Eiscafé Venezia,* wie Valerie feststellen musste, als sie geradewegs darauf zusteuerte. Rein zufällig fiel ihr Blick dabei in die halb offenstehende Glastür des Geschäftes, welches sich direkt neben das Café reihte. Sie sah in der Scheibe, wie sich ihr Spiegelbild näherte und dahinter plötzlich eine Frau mit türkisfarbenem Kopftuch und Sonnenbrille. Valerie fuhr ein Schrecken in die Glieder, den sie sich nicht erklären konnte.

Auf dem Absatz schoss sie herum, aber … da war niemand. Oder besser gesagt, jedenfalls nicht die Frau, die sie gerade noch glaubte, gesehen zu haben. Valerie merkte erst jetzt, wie sehr sie zitterte und fragte sich, was in sie gefahren war. Dieses *Kopftuch,* diese *Brille*!, schrie ihr Verstand. Sie hatte genau zwei Bilder vor Augen: Heidelberg, *Molkenkur,* rotes Cabriolet und dessen Fahrerin mit Kopftuch und Sonnenbrille … und dann die Frau auf der Autobahn, die sie später als Linda Hagemanns kennenlernte. Auch die hatte solch auffälliges Kopftuch am Steuer getragen. Was nur daran brachte sie so aus der Spur?

„Ist dir nicht gut?", fragte ein kleines Mädchen, das wie aus dem Boden gewachsen neben ihr stand und an ihrem Arm zupfte.

Valerie lächelte es dankbar freundlich an und hatte sich sogleich wieder gefangen. „Lieb von dir, dass du fragst, aber es ist alles in Ordnung", erwiderte sie und erntete dabei einen kindlich sorgenvollen Blick aus wunderschönen blauen Kulleraugen.

„Bist du sicher?", bohrte das Mädchen weiter. „Ich dachte schon, dir ist schlecht geworden."

„Oh, sah das wirklich so aus?", erschrak Valerie aufs Neue. „Mir geht es gut, ganz bestimmt!" Sie bestaunte das niedliche Kindergesicht unter der blonden Lockenmähne. Wie alt mochte die Kleine sein? Sechs vielleicht, höchstens sieben. „Ich finde es aber ganz toll, dass du so aufpasst und mitbekommst, wenn jemand vielleicht ja wirklich mal Hilfe braucht."

„Das hab ich wohl von meinem Papi, der ist nämlich Arzt, musst du wissen." Das Mädchen kicherte.

Valerie hielt bereits Ausschau und wunderte sich, dass es scheinbar niemanden gab, der zu der kleinen Dame gehörte. „Wo sind denn deine Eltern?"

„Papi ist *daaa* drin!" Das Mädchen zeigte auf den Telefonladen. „Daaas kann dauern! Tut's immer, wenn er da rein muss und da isses sooo laaangweilig", tat es altklug kund.

„Aha." Valerie musste lachen. „Und deshalb gehst du jetzt hier so ganz alleine mal ein bisschen spazieren und hilfst anderen Leuten, die in Not geraten?"

„Genau!", rief es. „Das mach ich immer so."

„Weiß dein Papi denn auch, wo du bist?"

Das blonde Lockenköpfchen senkte schuldbewusst den Blick. Valerie ahnte sofort, dass es seinem Vater, der wahrscheinlich gerade einer Warteschlange anstand und danach ächzte, endlich dran zu kommen, einfach ausgebüchst war.

„Darf ich fragen, wie du heißt?", forschte Valerie mit warmer und verständnisvoller Stimme, die sie in ihrem Beruf oft genug gezielt einsetzte, um ihr jeweiliges Gegenüber zum Reden zu bringen.

„Milli", kam es wie aus der Pistole geschossen.

Valerie überlegte schon, was für ein seltener Vorname das war, als plötzlich ein lauter Ruf durch die Passage hallte. „Millane!"

„Damit bin ich gemeint!", erklärte Milli und drehte sich um. „Papi, hier bin ich!" Sie winkte zu dem Mann hinüber, der vor dem Eingang des Telekomladens stand und den Blick suchend umherschweifen ließ.

Sofort setzte er sich in Bewegung und schoss auf sie zu. „Milli, du weißt doch, dass du nicht immer abhauen sollst! Du hast mir versprochen, vor der Tür zu warten!"

Je näher er kam, desto größer schien seine Statur zu werden. Sorgenvoll duckte er sich zu dem Mädchen hinab, ohne Valerie zunächst weiter zu beachten.

Diese wollte schon einwenden, dass sie wohl die Schuld daran trage, dass Milli sich entfernt habe, als er sich – drohend nach dem Motto: Was wollen Sie von meinem Kind? – vor ihr aufbaute. Im Wechsel eines Sekundenbruchteils jedoch streifte sie sein überaus perplexer Blick. Und dann passierte etwas, was Valerie komplett durcheinander brachte.

„Janna?!" Dieser ihr völlig fremde Mann starrte sie aus tiefgründig dunklen Augen an und rief aufgewühlt: „Milli, warum hast du mir nicht direkt gesagt, dass du Janna getroffen hast?"

Natürlich hatte Valerie nicht den blassesten Dunst, wer diese Janna war. Aber schon im nächsten Moment fühlte sie sich plötzlich von zwei breiten Männerarmen umschlungen und bekam einen Kuss auf beide Wangen.

„Wie schön, dich wiederzusehen!" Überschwängliche Freude spiegelte sich in seinen dunklen Augen wieder.

Valerie stand da wie vom Blitz getroffen, unfähig, auch nur ein Wort herauszubringen. Liefen in dieser Stadt noch mehr von dieser Art herum? Dann war es wohl besser, schleunigst zurückzufahren. Aber nein, meldete sich da ihr gesunder Menschenverstand, hier liegt lediglich eine Verwechslung vor.

„Papi, wer ist Janna?", fragte Milli überrascht und schaute genauso überfordert drein wie Valerie.

Der Mann schien kurz zu überlegen. Sogleich wurde ihm offensichtlich klar, dass seine Tochter diese Frage wohl zu recht stellte. „Wie dumm von mir, Milli … Janna ist eine alte Schulfreundin, aber das kannst du ja gar nicht wissen …", faselte er wie hypnotisiert, ließ Valerie dabei nicht aus den Augen.

„Entschuldigung", wagte die vorsichtig einen Einwand, „ich fürchte, das hier ist ein Missverständnis …" Valerie erwachte aus ihrer Starre. Ganz eindeutig lag hier ein Irrtum vor und sie ahnte in einem Winkel ihrer Psychologenseele, dass diese Janna wohl nicht nur eine Schulfreundin für diesen Mann gewesen sein mochte.

Doch er ließ sie gar nicht ausreden. „Was denn für ein Missverständnis? Ich kann es kaum glauben, dich nach all den Jahren ausgerechnet hier in der Einkaufsmeile zu treffen, und das dank meiner kleinen Milli!" Er strahlte Valerie weiterhin tiefgründig an. Nicht ohne einen gewissen Stolz fügte er hinzu: „Ist übrigens meine Tochter."

Na, das hatte Valerie längst kapiert. Aber offensichtlich wollte er nicht verstehen, dass er einem Trugschluss aufsaß. Wer auch immer diese Janna war, sie hatte einfach nur eine große Ähnlichkeit mit ihr. Es kam schließlich häufiger vor, dass sich fremde Menschen äußerlich glichen. Außerdem schien er diese Frau vor Jahren das letzte Mal gesehen zu haben.

„Ich heiße leider nicht Janna!", gestand Valerie und nannte ihm wie zum Beweis ihren tatsächlichen Namen. Im selben Moment tat es ihr regelrecht leid, dass sie nicht die Frau war, für die er sie hielt, denn das Strahlen seiner Augen verschwand mit einem Schlag und machte einer derben Enttäuschung Platz.

„Oh!" Völlig diffus strich er sich durch das dunkle Haar.

Milli, die bis auf die eben gestellte Frage wortlos daneben gestanden und garantiert jeden Satz in sich aufgesogen hatte, schüttelte verständnislos die blonden Locken. „Ich versteh das jetzt nicht! Kennt ihr euch nun oder kennt ihr euch nicht?"

Doch Millis Papi hatte sich schnell wieder gefangen und begann plötzlich lauthals zu lachen. Er nahm Valeries Hand und drückte sie. „Entschuldigen Sie bitte! So etwas ist mir noch nie passiert!" Er zweifelte eindeutig an seinem eigenen Verstand.

Valerie konnte nicht anders und lachte einfach mit. Nur Milli schien sich zu fragen, ob die Erwachsenen jetzt ganz durcheinander waren.

„Dürfen Milli und ich Sie vielleicht zu einem Eiscafe einladen? Sozusagen als Wiedergutmachung?", bat er fast flehentlich. Weil auch Milli sie jetzt so treuherzig anschaute, konnte sie das Angebot natürlich unmöglich ausschlagen.

„Au fein!", rief Milli freudig aus und hakte sich vertrauensvoll bei ihrer neuen Freundin unter.

„Allerdings, eine Bitte hätte ich schon …", warf Valerie ein.

„Ja?"

„Würden Sie mir zuvor auch noch sagen, wer *Sie* eigentlich sind?"

Millis Papi schaute so verdattert, dass es beiden Frauen, der großen wie der kleinen, einen regelrechten Lachkrampf bescherte.

„Mann, wie peinlich bist *du* denn heute?", hielt er Zwiegespräch und schaute Valerie verlegen an. „Ich bitte nochmals um Entschuldigung und hoffe, Sie verzeihen mir mein schlechtes Benehmen!" Mit festem Druck umschloss er ihre Hand. „Mein Name ist Frederik Berger und die kleine Dame hier ...", er zeigte auf Milli, „ist meine Tochter Millane, die jetzt bald in die Schule kommt", wiederholte er formvollendet.

„Das weiß sie doch schon längst, Papi!", rief Milli altklug aus und setzte der väterlichen Erklärung hinzu: „Aber du darfst mich ruhig Milli nennen! Dieses Milläääiiin", sie zog ihren Vornamen zum Bandwurm, „find ich furchtbar doof. Verstehe auch nicht, warum mich meine Eltern so nennen mussten."

Valerie lachte und sagte ehrlich: „Also, ich finde deinen Namen eigentlich recht hübsch."

„Eeecht?", kam es gedehnt.

Valerie nickte. Doch besann sie sich auf die Zeit, in der sie selbst in Millis Alter war und ihren Vornamen auch nicht leiden konnte. „Damals bin ich zu meiner Lehrerin gegangen und habe sie darum gebeten, mich einfach Gitti zu nennen. Ich hatte nämlich eine Sprechpuppe, die so hieß und dann wollte ich auch so gerufen werden. Die hat vielleicht geguckt!" Allein die Erinnerung an das Gesicht ihrer Grundschullehrerin, Frau Neumeyer hieß sie, kitzelte erneut am Zwerchfell und Valerie trug so zur allgemeinen Erheiterung bei, indem sie Vater und Tochter etwas ausführlicher die Episode aus lang vergangener Zeit schilderte.

„Okay, dann hätten wir das ja jetzt soweit geklärt." Frederik Berger rieb sich die Hand. „Wohin darf ich die Damen denn nun führen?", fragte er, erwartete aber eindeutig die Antwort hierauf von Valerie.

Die zuckte die Schultern. „Ich kenne mich hier nicht gut aus. Ursprünglich wollte ich noch zum *Neumarkt*, aber ich weiß ja gar nicht, was die Stadt an diversen Eisdielen zu bieten hat. Nur ... draußen sitzen, an der frischen Luft ... das wäre schön."

„Oh, dann weiß ich, wohin ..." Damit bot Frederik ihr seinen Arm, in den Valerie sich mit der Rechten einhängte. In der Linken fühlte sie die warme Kinderhand Millis.

So nebeneinander verließ das Trio die Passage und schritt die *Hochstraße* ein Stück weiter entlang zum *Neumarkt*.

Jeder, der ihnen entgegenkam und sie in dieser trauten Harmonie sah, musste unweigerlich glauben, eine glückliche Familie vor sich zu haben.

Dieser Gedanke ging auch der Person durch den Kopf, die ihnen aus einigen Metern Abstand unauffällig folgte.

Das mit dem draußen sitzen zeigte sich gar nicht so einfach. Auf dem *Neumarkt* herrschte ein Trubel wie in der Düsseldorfer Altstadt. Die Sitzmöglichkeiten vor der Eisdiele waren belegt und auch bei sämtlichen Stühlen und den dazugehörigen Tischen des *Café Extrablatt* bestand im Moment keine Aussicht auf Erfolg.

„Hier ist einer der zentralen Knotenpunkte, was?", erkannte Valerie. Aber sie musste zugeben, dieser Ort gefiel ihr. Sie mochte Plätze, an denen sich das Leben tummelte, beobachtete gerne Menschen, studierte vor allem deren Mimik und Körpersprache. Daraus konnte man schon als Fremder sehr viel interpretieren, ohne dass derjenige auch nur im Geringsten davon ahnte.

„Wir könnten uns ein Eis auf die Hand holen und uns solange dort drüben auf die Bänke setzen, bis irgendwo etwas frei wird", schlug Frederik vor.

Doch auch auf den besagten Bänken war kaum Platz, höchstens zum Quetschen.

„Oder wir versuchen es drüben im *Café In*." Er zeigte an der grünen Fassade der *Galeria Kaufhof* vorbei. „Da kann man auch nett sitzen", Frederik Berger grinste, „wenn denn etwas frei ist."

„Gerne", stimmte Valerie zu und wunderte sich einmal mehr, dass Frederik Berger offensichtlich ziemlich viel daran lag, sie für seinen Irrtum zu entschädigen. Allerdings musste sie sich eingestehen, dass ihr das nicht gerade unangenehm war. Im Gegenteil, sie freute sich sogar darüber.

„Duuu …?" Milli sah zu ihr auf. „Wieso kennst du das hier denn nicht? Das kennt doch jeder!"

Der fragende Kinderblick in den blauen Kulleraugen verursachte ein Gefühl mütterlicher Wärme in Valerie. Sie hatte auf eine merkwürdige Art einen Narren an der Kleinen gefressen, was ganz offensichtlich auf Gegenseitigkeit beruhte. Plötzlich fragte sie sich, warum Jörg und sie nicht schon längst Kinder hatten. Sein Gesicht mit dem permanent gestressten Ausdruck tauchte vor ihrem geistigen Auge auf, löste sich jedoch sofort wieder auf, als sie in Frederiks sah.

„Ich wohne nicht hier in der Stadt", besann sie sich auf Millis Frage.

„Nein?" Die Antwort schien der Kleinen nicht zu behagen. „*Wo* denn dann?"

„In Heidelberg. Weißt du, wo das ist?"

Milli schüttelte die Lockenmähne. „Nö, weiß ich nicht! Aber ist das seeeehr weit von hier weg?"

„Es geht so." Was sollte Valerie Milli darauf antworten? Sie versuchte es mit dem Relativen: „Wenn man so alt ist wie du, kommt einem die Entfernung ganz lang vor, aber ist man so alt wie ich, findet man es gar nicht so weit …"

Täuschte Valerie sich, oder blickte auch Frederik enttäuscht?

Er legte den Arm um Millis kleine Schulter und erklärte ihr, dass Heidelberg ungefähr dreihundertfünfzig Kilometer entfernt läge, jedoch eine wunderschöne Stadt sei. Er selbst sei schon oft dort gewesen, bevor Milli geboren wurde, weil ein Studienfreund von ihm dort lebte, den er früher regelmäßig besucht habe.

Einmal mehr kam Valerie in den Sinn, warum so gar nicht von Millis Mutter gesprochen wurde. Schon die ganze Zeit wunderte sie sich, dass weder Vater noch Tochter sie erwähnten.

Sie hatten Glück. Gerade verließ eine Truppe die Lokalität und sie ergatterten den frei gewordenen Tisch in einer Ecke der Bambus-Töpfe, die den Biergarten abgrenzten.

Galant schob Frederik Valerie den Stuhl zurecht, dann bestellten sich alle drei einen großen Eisbecher mit Sahne. Als Valerie dem netten jungen Kellner ihren Sonderwunsch mitteilte, horchte Frederik auf. Ihre Vorliebe für die bestimmten Eissorten Schokolade, Zitrone und Erdbeere ließ ihn erblassen. „Das kann doch nicht sein!", murmelte er und betrachtete Valerie durchdringend.

„Was kann nicht sein?" Längst waren sie zum vertrauten Du übergegangen. Erstens, weil Milli darauf bestanden hatte, zweitens weil man sich sehr sympathisch fand und drittens, weil man im selben Alter war. Völlig zwanglos und unkompliziert also.

„Die Zusammenstellung deiner Eiskugeln", antwortete Frederik ernst.

„Wieso, was ist denn damit?" Valerie verstand nicht, was er

meinte. Wie sollte sie auch?

„Sei mir nicht böse, wenn ich wieder auf Janna zurückkomme, du weißt schon …"

„Der Gegenstand unserer Bekanntschaft. Als wenn ich das vergessen könnte", unterbrach Valerie ihn heiter.

„Janna hat …" Frederik stockte. Es musste sich zu blöd anhören, was er jetzt von sich gab. „… immer genau dasselbe bestellt und auch genau in dieser Reihenfolge, weil sie die Schokolade immer zuunterst haben wollte."

Die Eisbecher kamen. Appetitlich angerichtet und oben drauf ein Klecks Sahne und eine Amarenakirsche.

„Aha!" Was sollte Valerie dazu sagen? Sollte sie ihm gestehen, dass es in der Tat auch zu ihren Marotten gehörte, vor allem dann, wenn sie sich das Eis im Hörnchen holte? Schon wieder eine Gemeinsamkeit mit dieser Janna Irgendwer. Langsam überrollte die Neugierde sie, doch weil Milli daneben saß und genüsslich ihr Eis schleckte, verbot sie sich, jetzt Fragen zu stellen. Ging sie ja an und für sich auch gar nichts an. Wenn sie sich später voneinander verabschiedeten, würden sie sich eh nie wiedersehen. Ein Gedanke, der ihr einen Kloß im Hals verursachte.

„Es ist schon merkwürdig", hörte sie Frederik faseln, „erst diese frappierende Ähnlichkeit und dann auch noch derselbe Eisgeschmack!" Wie zur Untermalung seiner Worte schüttelte er verständnislos den Kopf.

Jetzt konnte Valerie sich ihre Wissbegier doch nicht weiter verkneifen. „Wer ist diese Janna eigentlich, die dich so durcheinander bringt?"

Auch Milli sah von ihrem inzwischen fast ganz vertilgten Eisbecher auf und schien gespannt die Antwort ihres Vaters zu erwarten.

„Wir waren in derselben Stufe auf dem Gymnasium und haben zusammen das Abitur gemacht", erzählte Frederik. Seine Augen nahmen einen träumerischen Glanz an und Valerie fühlte, dass er sich auf dem Weg in die Vergangenheit befand. „Sie hatte lange, dunkelbraune Haare, die sie gerne zu einem Pferdeschwanz gebunden trug. Dann die gleichen dunklen Augen wie du …" Dabei sah er Valerie fest an. „Sie war schlank und sportlich und besaß ein Lachen … das zog einem die Schuhe aus."

Waren das Angaben, die Valerie interessierten? Gut, wer hörte schon, dass er einen Doppelgänger hatte und wollte dann nichts weiter darüber wissen? Aber wenn sie ehrlich zu sich selbst war, wartete sie auf etwas ganz anderes …

Da kam es auch schon: „Wir waren damals heiß verknallt ineinander. Leider ist sie nach dem Abi für ein Jahr in die USA gegangen. Zwar haben wir uns ewige Treue geschworen, aber wie das so ist …" Den Satz brauchte er nicht vollenden, den konnte man für sich selbst weiterführen.

„Dann weißt du also gar nicht, wie sie heute aussieht?", hakte Valerie nach.

„Nein", gestand Frederik kleinlaut. Es war auszumachen, dass ihn die Verwechslung mit Valerie immer noch peinlich berührte. So fügte er schnell hinzu: „Zumindest kann ich mit Bestimmtheit sagen: Janna sah damals aus wie du jetzt … hier … vor mir!"

„Ich auch!", behauptete sie.

„Was, du auch …?" Er stand etwas neben sich, kleine Nachwirkung, so Valeries Eindruck. Aber konnte man es ihm verdenken?

„Nun, ich sah mit achtzehn auch nicht anders aus als jetzt", informierte sie ihn. „Na ja, vielleicht ein wenig jünger halt, aber sonst …", sie kicherte, „bin ich im Hier und Heute noch ganz die Alte!"

Gab es solche Zufälle wirklich? Frederik zweifelte langsam nun doch an seinem Verstand.

„Weißt du was, darauf trinken wir was und das gebe ich jetzt aus!", versuchte Valerie ihn abzulenken. Sie mochte diesen Mann vom ersten Moment an und mit einem Seitenblick auf Milli musste sie sich eingestehen, dass ihr der Abschied von den beiden, der gleich folgen würde, schon jetzt sehr naheging. Frederik hatte ja schließlich nicht ewig Zeit und zu Hause wartete sicher seine Frau, Millis Mutter.

„Milli, möchtest du auch noch etwas trinken?", wandte sie sich an den Blondschopf.

Die schüttelte jedoch den Kopf und hielt sich plötzlich die Hände vor den Magen. „Hab auf einmal Bauchweh! Ich glaub, ich muss mal …!"

„Du weißt, wo die Toiletten sind?", forschte Valerie hilfsbereit.

„Klar!", rief Milli. „Papi und ich sind ja oft hier."

„Na, dann …"

Milli zwängte sich durch die Tischreihen und verschwand durch die Glasfront ins Gebäude.

„Ein tolles Mädchen, was du da hast!", machte Valerie ihrem männlichen Gegenüber ein ehrliches Kompliment.

„Ja, ich bin auch sehr stolz auf sie!", stimmte Frederik dankbar zu.

Valerie gab die erneute Bestellung bei dem netten Kellner von vorhin auf. Auch diese wurde umgehend serviert und sie prostete Frederik zu. „Auf deine Milli und den Zufall!"

„Auf das Unverwechselbare!", gab Frederik zweideutig zurück. Er genoss den Likör scheinbar tröpfchenweise oder wollte er nur den Abschied ein bisschen hinauszögern? Dann schaute er sie mit einem Blick an, der Valeries Blut von einer Sekunde zur anderen in Wallung brachte. Oder war das der Alkohol, den sie eigentlich nicht vertrug?

„Erzählst du mir ein bisschen von dir?"

„Was willst du denn wissen?", giggelte Valerie.

„Zum Beispiel, was dich hierher in diese Stadt führt? Du bist allein hier? Hast du keinen Mann, der auf dich wartet?"

Oh ha! Das war ein heißes Thema! Valerie hätte jetzt erklären können: „In Heidelberg gibt es Jörg und wir wollen in Kürze heiraten." Aber irgendetwas hielt sie davon ab, ihm die volle Wahrheit zu offenbaren. So verschwieg sie ihren Verlobten und den damit verbundenen Papierkram, wegen dem sie eigentlich in Krefeld war. Stattdessen sagte sie schlicht: „Ich bin hier geboren und hatte schon länger das Bedürfnis, diese Stadt einmal kennenzulernen. Dafür habe ich mir einfach ein verlängertes Wochenende frei genommen. Ich habe zwar auch einen Freund, aber es scheint, als gingen unsere Wege langsam auseinander." Was redete sie denn da für einen Schwulst? Valerie verstand sich selbst nicht mehr.

„Und was machst du sonst so? Beruflich, meine ich?", bohrte Frederik genauso wissbegierig wie eben sie im Fall von Janna.

„Ich bin Psychologin und führe eine eigene Praxis im Stadtteil Rohrbach."

Seine Augen wurden groß. „Ist ja witzig! Ich habe auch eine eigene Praxis. Allerdings Allgemeinmedizin."

War das heute der Tag der merkwürdigen Zufälle, oder was? „Dann heißt du also *Doktor* Frederik Berger?", kicherte sie leicht berauscht.

„So ist es!" Doktor Berger schien sich köstlich zu amüsieren.

„Na, dann auf uns … Frau und Herrn Doktor …" Valerie ahnte, dass ihre Laune nicht nur vom Alkohol so überschwänglich ausartete.

Milli kam zurück. „Bin wieder da! Habt ihr mich

vermisst?" Treuherzig schaute sie zwischen Valerie und Frederik hin und her.

„Aber natürlich!", bestätigten die Erwachsenen sofort wie aus einem Mund.

Doch Milli grinste unverkennbar über das süße Gesichtchen und raunte mit der Weisheit einer erfahrenen Frau: „Das glaube ich nicht! Ihr seid bloß mit euch beschäftigt. Das sieht ein Blinder mit seinem Krückstock!"

„Was dieses Kind für Sprüche drauf hat, ist schon eine wahre Wonne", lachte der Herr Papa. „Aber ich muss zugeben, meine Kleine hat da nicht so ganz unrecht, oder?" Damit starrte er Valerie unmissverständlich in die Iris.

Die verspürte ein Kribbeln, das in den Zehen anfing und sich in Windeseile bis hinauf zu den Haarwurzeln ausbreitete.

„Was hast du dir denn für heute noch vorgenommen?", bat Frederik zu wissen. „Weitere Entdeckungstouren?"

„Ich denke, zunächst fahre ich ins Hotel zurück und mache mich ein bisschen frisch. Mir klebt nämlich das Kleid am Leib."

„Wo bist du denn abgestiegen?", erkundigte Frederik sich weiter.

„Abgestiegen? Was ist *das* denn?", wollte Milli wissen.

„Das sagt man so, ist nur eine Redensart", erklärte er väterlich.

„Ach so." Milli gab sich damit augenblicklich zufrieden. „Warum fragst du sie dann nicht endlich, was du fragen willst?"

„Junge Dame, also ehrlich …!"

„*Was* wolltest du mich denn fragen?", griff Valerie hoffnungsvoll den Faden auf, wohl ahnend, was das Kind meinte.

„Hast du Lust, den Tag mit uns zu verbringen?" Sein Blick zeigte sich plötzlich ernst.

„Gern!", rief Valerie freudig. Zu freudig wohl, wie sie sich im selben Moment sagen musste, denn da war noch etwas … „Was ist mit deiner Frau? Wartet die nicht schon längst auf euch beide? Ich meine, ich möchte nicht …!" Meine Güte, was stammelte sie für einen Brei daher. Konnte sie nicht mal mehr richtig sprechen? Sie würde in Zukunft wohl besser die Finger vom Alkohol lassen.

Stand eine Gewitterwolke am Himmel? Im Augenblick genau über ihnen? Jedenfalls zog über des Mannes sowie auch des Kindes Gesicht ein Schatten. Nur flüchtig, dann war er wieder verschwunden.

„Mama ist nicht mehr da!", sagte Milli knapp.

„Meine Frau lebt in Brasilien. Das heißt, sie ist natürlich meine *Ex*frau, denn wir sind schon lange geschieden. Sie hat sich von uns getrennt, als Milli drei Monate alt war."

„Oh, Entschuldigung! Ich wollte nicht indiskret sein."

„Bist du nicht! Du brauchst dir auch deswegen überhaupt keine Gedanken machen. Milli und ich sind längst drüber weg."

Ob Milli wohl auch so dachte?, fragte Valerie sich. Doch als sie wieder die zarte Kinderhand in der ihren spürte, Millis Blick lächelnd wie zuvor von vollster Zufriedenheit zeugte, glaubte selbst die Psychologin in ihr daran.

„Und außerdem", tat die kleine Madame nun wissend kund, „hab ich ja jetzt dich ..."

Valerie schluckte schon wieder.

Schon als Valerie am Morgen aus dem Bett gehüpft war, hatte sie gewusst, dass ein schöner Tag vor ihr lag. Aber dass er letztendlich *so* schön werden würde, konnte sie natürlich nicht im Voraus ahnen. Vor allem nicht den Umstand, dass er ihr ganzes bisheriges Leben in zweierlei Hinsicht auf den Kopf stellen würde.

Vom *Café In* liefen sie erst mal zum *Westwall*, dort hatte Frederik sein Auto geparkt. Danach begleiteten er und Milli sie zum Hotel zurück und warteten geduldig oben in ihrer Suite, bis sie sich frisch gemacht und das rote, verschwitzte Leinenkleid durch hautenge Bluejeans und weiße Bluse ersetzt hatte. Eine Kombination übrigens, die Valerie einen anerkennenden Blick von Frederik einbrachte.

„*Hier* wohnst du?", fragte Milli und sah sich neugierig um. Sie war noch nie in so einem Hotel gewesen.

„Ja, schau dich nur um", rief Valerie, während sie ins Bad sprintete.

„Ist okay, hab schon alles gesehen", gab Milli zurück und setzte sich dann zu ihrem Vater in einen der Clubsessel, die das Zimmer ausstatteten.

Valerie beeilte sich, legte nur noch kurz ein bisschen Rouge nach und schon war sie fertig. „Es kann losgehen!"

„Was möchtest du machen?", forschte Frederik nach ihren Wünschen. Er war für alles offen. „Im Angebot hätte ich:

Eine kleine Stadtrundfahrt mit dem Auto? Ein Picknick am *Elfrather See*? Oder vielleicht eine Kahnfahrt im *Stadtwald*? Und dann natürlich …", er machte eine bedeutungsvolle Pause, „egal, was du dir aussuchst, hinterher ein Abendessen zu dritt."

„Was für eine nette Drohung", flachste Valerie und überlegte. „Tja, weiß ich eigentlich nicht, ehrlich gesagt. Klingt alles verlockend!"

„Dann machen wir eben *alles*!", meinte Milli mit der natürlichen Logik eines Kindes.

„Dafür reicht der Tag leider nicht aus", gab Frederik zu bedenken.

„Na und?" Milli grinste überlegen. „Dann machen wir eben morgen weiter und übermorgen und überübermorgen und …" Die kleine Madame erstellte bereits das ganze Programm.

„*Ich* hätte nichts dagegen!"

Valerie las die Bitte in seinen Augen. Schon wieder verspürte sie diese merkwürdige Wärme. Kam sie jetzt etwa schlagartig schon in die Wechseljahre? Blödsinn, schallte die eine Hirnhälfte in ihr, du weißt genau, was gerade mit dir passiert! Das kann nicht sein, das darf nicht sein!, hielt die andere vehement dagegen.

„Dann würde ich heute gerne Kahn fahren", hörte Valerie sich sagen. Irgendwie war ihr Mund schneller als ihre Gedanken und dies als ein Umstand zu betrachten, mit dem sie bisher eigentlich nie zu kämpfen hatte.

„Gebongt!" Frederik zeigte offen seine Freude. „Es wird dir gefallen", versprach er.

Konnte Valerie sich an den *Stadtwald* erinnern? Sie wusste nur noch, dass sie als kleines Mädchen ein paar Mal dort gewesen war, mehr aber auch nicht. Bilder hatte sie keine vor Augen.

Wie immer bei sonnigem Wetter herrschte auch jetzt im *Stadtwald* ein reges Treiben. Auf dem großen Spielplatz tummelten sich schreiende Kinder aller Altersklassen. Die Bänke unter den Schatten spendenden Bäumen dienten als Übersichtsplattform der dazu gehörigen Eltern. Sämtliche Wiesen, bis hin zum rappelvollen Biergarten zeugten von Decken und Körben. Ganze Clübchen campierten hier.

Beim Kahnverleih dümpelten gerade mal drei Boote am

Steg vor sich hin. Sie hatten Glück. Es war ein Vierer-Treter darunter. Frederik hüpfte als erster hinein, dann hob er Milli hinüber und reichte Valerie die Hand zur Hilfe. Das Boot schaukelte gefährlich, bis alle drei endlich saßen. Milli wurde regelrecht blass um die Nasenspitze und drückte sich zitternd an Valeries Körper.

Die legte sofort schützend den Arm um sie. „Keine Angst, Milli! Dir passiert doch nichts."

Sofort beruhigte Milli sich wieder und lächelte zaghaft. „Ich weiß, aber so ein Boot ist mir nicht ganz geheuer", gab sie leise von sich. „Es ist gut, dass du da bist …"

Valerie wurde einmal mehr warm ums Herz. Millis Zuneigung war offensichtlich.

„Sie wäre als Baby einmal fast ins Wasser gefallen", erklärte Frederik ernst. Als er Valeries fragenden Blick auffing, fuhr er fort: „Ihre Mutter hat einen Moment nicht aufgepasst und nicht bemerkt, dass die Feststellbremse des Kinderwagens nicht richtig angezogen war."

Valerie schlug sich mit der Geste des Erschreckens die Hand vor den Mund. „Um Himmels Willen, und da ist sie mit dem Wagen ins Wasser …?" Sie mochte den Gedanken gar nicht zu Ende bringen.

„Beinahe!" Frederik schauderte genauso, wenn er daran zurückdachte. „Ich kam vom Eisholen zurück, sah sofort, was passierte … rannte so schnell ich konnte, hinterher …". Er stockte. „Der Wagen platschte ins Wasser, aber ich habe Milli im allerletzten Moment herausgezogen."

Wie konnte, *durfte* einer Mutter so etwas passieren? Für Valerie nicht zu verstehen. Oder war sie einfach nur voreingenommen gegen diese Frau, die ihr eigen Fleisch und Blut zurückgelassen hatte, um in Brasilien ein anderes Leben zu beginnen?

„Aber Milli hat es ja, wie wir sehen, gut überstanden." Frederik wollte auf ein anderes Thema umschwenken, nicht mehr daran denken. Schon gar nicht an einem Tag wie heute.

Und Milli? Die schmiegte sich an ihre große Freundin, schaute mit dem überaus ernsten Gesichtsausdruck eines Erwachsenen zu ihr empor und sagte etwas, das sich in Valeries Seele für alle Zeiten einbrannte: „Ich wünschte, du wärst meine Mami!"

Im selben Moment traf Valeries Blick Frederiks. Was sie darin lass, machte sie völlig perplex und ließ sie zugleich wohlig erschauern.

Schnell versuchte sie ihre eigene Unsicherheit zu überspielen, in dem sie irgendeinen Witz zum Besten gab, der ihr gerade einfiel und Vater und Tochter damit vollends aus der Reserve lockte.

Von da an alberten sie nur noch herum und nicht nur Millis Glucksen, auch Valeries glockenhelles Lachen schallte über den Weiher, während sich ihre Beine mit der Treterei abmühten.

Keiner achtete auf die Gestalt, die auf dem Säulen-Plateau stand, jeden Ton Valeries in sich aufsog und sie die ganze Zeit aus der Nähe eingehend beobachtete.

Nun war es kurz vor zwei in der Frühe und Valerie sank todmüde in die Kissen ihres Hotelbettes. Doch sie bekam kein Auge zu, war kolossal überdreht und ließ den Tag wiederholt Revue passieren …

Frederik hatte darauf bestanden, sie noch zum Abendessen einzuladen und fragte nach ihren Vorlieben. „Du, mir wäre einfach nach Roastbeefschnittchen mit Kartoffelsalat", entgegnete sie und ahnte dabei natürlich, dass ihm ursprünglich gewiss etwas anderes vorschwebte. „Gut bürgerlich also?", vergewisserte er sich noch einmal und grinste, als Valerie bejahte.

So kehrten sie in den guten alten *Nordbahnhof* ein. Einer der Ober, die allesamt immer irgendwelche witzigen Sprüche auf Lager hatten, versorgte Milli umgehend mit Buntstiften und Malblatt. Das kleine Fräulein bestellte – wie immer, wenn sie hier aßen – die „Wilde 13" von der Kinderkarte, anschließend ein Eis mit Sahne, und Valerie bekam ihr Roastbeef, nachdem sie so gelüstete.

„Eigenartig!", bemerkte Frederik wie nebenbei. „Janna hat das auch immer gerne gegessen."

„Oh nein, nicht schon wieder!", seufzte Valerie und konnte doch nicht verhindern, dass die Neugierde auf ihre Doppelgängerin rapide anstieg. „Hast du vielleicht ein Foto von ihr?"

Frederik überlegte. „Kann sein, dass ich noch irgendwo eins im Fotoalbum habe. Damals interessierten mich Bilder nämlich nicht so sehr und die paar aus unserer gemeinsamen Zeit habe ich zerrissen, als Janna sich irgendwann nicht mehr meldete. Gekränkte Eitelkeit, wie ich heute weiß." Er lachte im Nachhinein über seine eigene Dummheit. „Auch du würdest sie für dich selbst halten!", setzte er felsenfest überzeugt hinzu.

„Würdest du es für mich suchen?" Valerie verspürte plötzlich den unbändigen Drang, sich selbst ein Urteil zu verschaffen. Gab es das wirklich? Ähnlichkeiten kamen mit Sicherheit immer wieder und überall auf der Welt vor. Aber wenn sie Frederik Glauben schenken konnte, mussten diese Janna und sie sich wie ein Ei dem anderen gleichen. Was doch eher unwahrscheinlich war! Bestimmt übertrieb Frederik einfach nur etwas. Immerhin eine Eigenschaft, die man dem männlichen Geschlecht gerne zuordnete und wie Valerie aus eigener Praxiserfahrung wusste, nicht zu Unrecht.

Frederiks Augen strahlten sie unmissverständlich an. „Du möchtest also noch mit zu mir?", flachste er. „So hat mich noch keine Frau darum gebeten."

Milli kicherte. „Welche Frauen, Papi?"

„Pst, Milli, nicht verraten!" Spaßend hielt er sich den Zeigefinger vor die Lippen.

Milli spiegelte seine Gestik wider, tat es ihm gleich. Dabei zwinkerte sie Valerie mit einem Auge zu. „Dann kann ich dir auch mein Zimmer zeigen!"

„Na, wenn das kein Angebot ist ...", amüsierte Valerie sich.

Frederiks Wohnung lag im ersten Stock eines neu erbauten Hauses an der *Moerser Straße*. Er hatte die großzügig geschnittenen vier Zimmer mit Essküche, breiter Diele, geräumigem Bad, extra Gäste-WC und Diele, die fast schon als fünfter Raum durchging, erst vor knapp einem halben Jahr käuflich erworben. Vorher, so berichtete er, habe er mit Milli in der Nähe des Zoos in einer kleinen Mietwohnung gelebt. Doch der Hauseigentümer versuchte alle Wohnungen zu einem horrenden Preis zu veräußern und da habe er, weil es ihm finanziell nicht gerade schlecht ging, bei diesem Angebot hier sofort zugeschlagen.

Valerie durchschritt die Räume mit einer gewissen Ehrfurcht vor der schlichten Eleganz, die sich hier offenbarte. Was ihr sofort angenehm auffiel: Frederik hatte Sinn für Farben, liebte Sonnengelb genauso wie Apricot.

Millis Zimmer war komplett in Himmelblau gehalten, zu

dem die hellen Buchenmöbel einen warmen Kontrast bildeten. Das Mädchen ließ sich nicht davon abhalten, ihr sofort möglichst alle Spielsachen zu zeigen.

„So, meine Kleine, jetzt darf Valerie aber auch mal was anderes sehen, ja?!", gebot Frederik dem beschlagnahmenden Wesen seiner Tochter lächelnd Einhalt.

„Aber nur, wenn ich dafür eine DVD gucken darf!", kam es postwendend zurück.

„Klare Erpressungsaktion einer Sechsjährigen." Er schmunzelte. „Aber im Schlafzimmer, nicht hier bei uns, okay!"

„Geht klar!", nahm Milli des Vaters Gebot an. Der wandte sich umgehend seinem Besuch zu. „Darf ich dir einen Drink anbieten?", lud er Valerie auf die breite Ledercouch im Wohnzimmer ein, von der man einen direkten Blick durch die Balkontüren in den hinteren Teil des Grundstückes hatte.

„Gern. Einen Ramazotti, wenn du hast …" Sie nahm Platz, schlug die schlanken Beine übereinander und drückte den Rücken gegen die Polster. Einen Moment schloss sie die Lider und spürte auf ihren Wangen den Luftzug, der durch die geöffneten Fenstertüren die Stores leicht hin und her schwingen ließ. Ihre Gedanken schweiften ab nach Heidelberg. Was Jörg wohl gerade machte? Sie wollte sich längst bei ihm gemeldet haben. Gut, gestern war *er* ja nicht erreichbar gewesen und somit eigentlich selbst schuld. Seither hatte sie irgendwie auch nicht die Zeit gefunden … Und dein Handy abgeschaltet, weil du überhaupt keine Lust hast, mit ihm zu sprechen!, rief da wieder diese progressive Stimme in ihr.

Das leise Klirren von Glas drang in Valeries Überlegung. „Träumst du gerade von *mir*?", flüsterte Frederik ganz nah an ihrem Ohr und sie spürte seinen Atem an ihrem Hals.

Sofort fuhr sie hoch, erschrak über sich selbst. In ihrem Bauch kreisten Flugzeuge und ihre Knie fühlten sich an wie Wackelpudding. Das Gefühl wurde auch nicht dadurch besser, dass Frederik sich nun ganz dicht neben ihr niederließ, seinen Arm um sie schlang und ihr dabei so tief in die Iris schaute, dass sie meinte, er könne hören, wie laut ihr Herz klopfte. Im Bruchteil der Sekunde vergaß Valerie Jörg, ihre Eltern, Tina, Heidelberg und … und … und. Was zählte, war nur noch Frederik, und Milli natürlich. Aber die war im Moment ja beschäftigt.

„Du … du wolltest mir doch ein Bild von Janna zeigen!",

stotterte sie aus ihrem Gefühlswirrwarr heraus.

„Gleich!", kam es knapp zurück. Frederiks Blick zeigte sich sehr ernst. Dann spürte sie seine Lippen auf den ihren. Dieser Kuss durchfuhr Valerie wie ein Stromschlag.

Jäh erkannte sie, dass es Liebe sein musste, was sich da gerade in ihr einnistete. Wie konnte das angehen? Sie kannte diesen Mann im Prinzip doch gar nicht! Nur ein paar Stunden erst …"

„Valerie, Valerie!", jubelte er. „Ich habe es geahnt, gespürt, seit ich dich heute Morgen in deine wunderschönen Augen sah …!"

Was sollte sie machen? Sie konnte sich nicht dagegen wehren, versank in einen Taumel unbeschreiblicher Gefühle.

Doch es dauerte nicht lange, da riss sie der *„Freude schöner Götterfunken"* mit aller Macht in die Wirklichkeit zurück. Dieser Klingelton ihres Handys bedeutete: Jörg rief an.

„Wer stört?", wollte Frederik wissen.

Hätte sie jetzt nicht sagen müssen: „Das ist Jörg, mein Verlobter"? Stattdessen gab sie lapidar zur Antwort: „Heidelberg ruft" und fragte sich, warum das ausgerechnet gerade jetzt geschehen musste. Wieso hatte sie das dumme Ding überhaupt wieder auf Empfang gestellt? Wenn auch nicht die Gefühle, jedoch die schöne Stimmung war nun dahin.

Frederik ging aus dem Raum hinüber in die Küche, um eine Flasche Wein aus dem Kühlschrank zu holen.

Sie drückte die grüne Hörertaste und augenblicklich quoll ihr Jörgs lautes Organ ins Ohr. Merkwürdig, wie unangenehm seine Tonlage aus dem Apparat klang. Oder bildete sie sich das nur ein?

„Sag mal, wo bist du denn nur die ganze Zeit? Ich habe schon zigmal versucht, dich zu erreichen …!" Vorwurfsvoll schmetterte er seine Arie dahin.

„Du, entschuldige, aber ich kann jetzt nicht …", versuchte Valerie seinen Wortschwall zu unterbrechen. „Ich melde mich Morgen bei dir, ja?"

„Valerie, warte mal …!", bekam sie noch mit, dann kappte sie die Verbindung. Rein vorsorglich schaltete sie ihr Handy erneut ab und fragte sich zugleich, was nur in sie gefahren war. Noch nie hatte sie auf diese Weise ein Telefonat beendet. Mit niemandem, und am allerwenigsten mit ihrem eigenen Verlobten.

„Was Unvorhergesehenes?", erkundigte Frederik sich wie beiläufig, als er, mit etwas dunklem unter die Achsel geklemmt, ins Wohnzimmer zurückkam und Valerie in Gedanken versunken sah.

Sie drehte den Kopf. „Nein, nein, alles in Ordnung!" Dann erspähte sie die entkorkte Flasche Rosé in seiner Hand und lächelte ihn spitzbübisch an. „Woher wusstest du, dass ich gerade jetzt auf so ein Glas Lust habe?"

„Ich habe es dir angesehen", witzelte Frederik, stellte die Flasche ab und legte ein, in braunes Kunstleder gebundenes, Fotoalbum direkt vor ihr auf den Tisch. Er setzte sich wieder – gefährlich nahe – neben sie und schenkte den Wein ein. Mit begehrlichem Blick reichte er ihr das Glas an und legte erneut seinen Arm um ihre Schulter. „Zum Wohle, mein Schatz!"

Sie stießen an, die Gläser klirrten. Es folgte ein Moment des Schweigens, doch mit den Augen auf eine ganz besondere Art kommunizierend.

Dann griff Frederik nach dem Album, legte es ihr auf den Schoß und begann mit der freien Hand vorsichtig zu blättern. Es gehörte noch zu der Sorte, in die man einst Bilder mit Fotoecken klebte, samt knisternden Pergamentstreifen. Manche Seiten zeigten bereits Anzeichen von Vergilbung. Die Fotos selber zeugten aus dem Beginn der Neunziger Jahre. „Da!" Frederik schien gefunden zu haben, was er suchte. Die bewusste Aufnahme zeigte zwei junge Frauen, die eine mit hellblondem Pagenkopf, die andere mit dunkler Mähne, die weit über die Schultern hinab zu fallen schien und drei geschätzt gleichaltrige Männer. Sie mochten alle so um die achtzehn, zwanzig Jahre alt sein und strahlten ohne Unterlass in die Linse. Im Hintergrund erkannte man ein großes Gebäude. Es sah nach einer Schule oder ähnlichem aus.

Frederik tippte mit dem Finger auf die Dunkelhaarige. „Das ist Janna!"

„Darf ich?" Valerie stellte ihr Glas zurück, nahm das Album mit beiden Händen auf und hob es ein Stück zu sich empor, damit sie die Gesichter auf dem leicht verblichenen Papier besser erkennen konnte. Ihr Augenmerk richtete sich auf die von Frederik bezeichnete Person und sie erstarrte augenblicklich zur Salzsäule.

„Valerie?" Frederik war ihre Reaktion natürlich nicht verborgen geblieben, denn er hatte ja schon gespannt genau auf diese gewartet. Doch jetzt, wo er sie so dasitzen sah, völlig regungslos, bekam er es mit der Angst zu tun. Er rüttelte sie an der Schulter. „Valerie! Schatz! Was ist mit dir?"

Valeries Gestalt zuckte, ihr Mund grummelte etwas Unverständliches.

„Papi! Oh je, was hat Valerie denn?" Milli stand plötzlich im Türrahmen und erschrak, als sie ihre große Freundin so zusammengekauert erlebte. „Ist ihr wieder übel geworden?"

„Nein, nein, sie hat sich nur ein Bild angeschaut", beruhigte er seine Tochter. „Das Bild einer alten Freundin von mir, mit der sie sehr große Ähnlichkeit hat."

Milli überlegte. „Meinst du diese Janna?"

Einmal mehr staunte Frederik über das phänomenale Gedächtnis der Sechsjährigen.

„Papi, du hast doch heute Mittag noch von ihr gesprochen!", erinnerte sie ihn.

„Das bin ich und bin es auch wieder nicht!" Valerie erwachte aus der Starre. „Das kann doch nicht sein! *Wer* ist sie?"

Frederik atmete auf, doch nur ansatzweise erahnte er den Schock, den sie beim Anblick ihres Ebenbildes in seinem Fotoalbum erlitten haben musste.

Nicht wahr, jetzt verstehst du, weshalb ich dich für sie gehalten habe?"

Valerie nickte. Ihr Kopf dröhnte, fühlte sich an wie eine Rührschüssel. „Ich …", stammelte sie, „verstehe das nicht. Wie kann so was sein? Ich meine … diese … Ähnlichkeit ist gar kein Ausdruck! Wie alt, sagtest du, war sie auf dem Bild?"

Frederik rechnete zurück in die Vergangenheit. „Achtzehn! Glaube ich! So genau weiß ich das gar nicht mehr."

„Kannst du dich noch an ihr Geburtsdatum erinnern?", löcherte Valerie. Sie wunderte sich selbst, dass sie bei dem Durcheinander in ihrem Schädel noch diese Frage zu stellen imstande war. Siedendheiß kam ihr der Besuch bei Frau „Sehn wir mal" in den Sinn und ein ungeheurer Gedanke ergriff von ihr Besitz, auch wenn sie zugleich ganz genau wusste, dass dieser vollkommen absurd war.

Frederik zuckte die Schultern und zog die Stirn kraus.

„Bitte, Frederik, erinnere dich!", flehte sie ihn jetzt an.

„Es tut mir leid!", wehrte er mitleidig ab. „Ich gehöre leider zu den Menschen, die froh sein können, wenn sie ihr eigenes Geburtsdatum nicht vergessen." Vollkommen erstaunt, denn er hatte nicht damit gerechnet, dass sie sich so in die Angelegenheit hineinsteigern würde, setzte er noch wissbegierig hinzu: „Warum ist das denn so wichtig?"

Valerie starrte ihn aufs Neue an. „Weil ich mit achtzehn Jahren kurioserweise ganz genauso ausgesehen habe!"

Einen Moment stand Frederik auf der sprichwörtlichen Leitung, doch dann durchfuhr ihn die Erkenntnis, was sie damit zum Ausdruck bringen wollte.

„Ich denke, du hast keine Geschwister?!"

„Das ist es ja! Hab ich auch nicht! Also frage ich dich, wie kann das hier sein …?" Sie klebte den Zeigefinger auf Jannas Konterfei, verstand die Welt nicht mehr. „Das ist doch kein Zufall mehr, oder?"

Frederik konnte sich genauso wenig erklären, wie es möglich war, dass sich zwei völlig fremde Frauen wie eineiige Zwillinge glichen. Valerie hatte Recht, hier konnte man mitnichten von wahlloser Ähnlichkeit sprechen. „Janna besaß auch keine", überdachte er. Jedenfalls damals nicht, als ich mit ihr zusammen war."

„Ich muss sie sehen!" Valerie steigerte sich in die Unruhe, die sie in ihren Klauen gefangen hielt, noch zusätzlich hinein. „Ich muss wissen, wie sie heute aussieht! In Natura!"

„Papi, weißt du denn, wo sie wohnt?", wandte Milli ein.

Der zuckte die Achseln und verneinte. „Ich habe keinen Schimmer, was aus ihr geworden ist, geschweige denn, ob sie sich überhaupt in Deutschland aufhält. Damals schien sie jedenfalls Ambitionen zu hegen, in den USA zu bleiben."

„Dann müssen wir sie eben suchen!", folgerte Milli mit logischer Erkenntnis.

Die kindlichen Worte verfolgten Valerie noch jetzt, bis tief in ihre Träume, während sie sich unruhig in ihrem Bett wälzte.

Valerie sah sich vor einer schneeweißen Villa, die merkwürdigerweise weder in einen Park noch den kleinsten Garten eingebettet schien, dafür aber einen Aufzug an der vorderen Hauswand besaß. Sozusagen also eine Villa mit sieben Etagen. Ein Liftboy wartete bereits, als sie durch das weit geöffnete Portal auf ihn zuschritt. Seine Gestalt entpuppte sich beim Näherkommen als Jörg, der ihr seine Arme weit entgegenstreckte, um sie in den Lift zu locken. Doch je näher sie ihm kam, desto weiter stand er entfernt. Als sie endlich die Kabine erreichte, war Jörg im Nichts verschwunden.

Statt seiner drehte sich plötzlich ein gesichtsloser, dunkelhaariger Mann in grauem Flanellanzug zu Valerie um und riss sie stürmisch in seine starken Arme. „Endlich!", formten seine Lippen tonlos und doch schallte es laut in ihren Gehörgängen.

Zwar hatte die Villa eben noch sieben Etagen, doch der Aufzug fuhr bis hinauf in die Zehn. Ein langer schmaler Gang empfing Valerie, immer noch festgehalten von dem fremden und doch so vertrauten Mann.

Zu jeder Seite öffnete sich wie von Geisterhand Tür um Tür. Arm in Arm strebten sie offensichtlich der letzten auf der rechten Seite zu, die genau in dem Moment von innen aufgerissen wurde, als sie diese erreichten. Eine Frau schwebte auf sie zu. Ihr langes braunes Haar umschmeichelte in sanften Wellen den weichen Gesichtsteil und ihr Mund zeigte beim Lachen ein ebenmäßiges Gebiss mit strahlend weißen Zähnen. Die Augen jedoch versteckten sich hinter einer großen Sonnenbrille. Ihre linke Hand umfasste ein türkisfarbenes Kopftuch. „Du bist es! Endlich!", rief sie Valerie zu. Doch dann löste sich das Bildnis übergangslos in einem unerklärlichen Hauch von Nebelschwaden auf und verwandelte sich stattdessen in die Essecke bei Frau „Sehn wir mal" mit dem Wellensittich-Käfig an der Decke. Und auch der Mann an Valeries Seite – einfach weg. Dann passierte die ganze Karten-Sitzung, wenn auch in völligem Durcheinander, Revue. An der Stelle, als Frau „Sehn wir mal" Valerie wieder erklärte, dass nur eine Pizza-Garzeit ihren Verlobten und sie in der räumlichen Entfernung trenne, wachte Valerie freiwillig auf.

Sie fuhr in die Senkrechte und starrte in die Dunkelheit. Die leuchtende Digitalanzeige ihres Reiseweckers zeigte fünf vor halb fünf Uhr morgens. Feine Schweißperlen standen ihr auf der Stirn und die Mundschleimhaut fühlte sich an, als sei sie total ausgetrocknet. Valerie schob das auf den vermehrten Genuss des Weines, den sie nach dem Schrecken wegen des Bildes mehr oder weniger in sich hineingekippt hatte. Betrunken? Nein, das war sie nun nicht gerade gewesen, aber doch ziemlich angeheitert. Nur zu gerne hätte Frederik sie bei sich behalten, das hatte er ihr klar und deutlich suggeriert, doch brachte er sie auf ihr eigenes Bitten – sie hätte sonst für nichts mehr garantieren können – mitten in der Nacht in seinem Wagen zum Hotel zurück.

Sie schlug die Bettdecke zurück, schwang die Beine hinaus und befeuchtete sich mit Spucke die Mundhöhle. Ob sie die Minibar ein bisschen plündern sollte? Doch sie verspürte so einen enormen Nachdurst, der ihr Budget bei der Schlussrechnung wahrscheinlich ordentlich gesprengt hätte. Besser gab sie sich mit dem Kranwasser aus dem Bad zufrieden.

Viermal ließ sie das Glas voll laufen und trank es in einem herunter. Und doch reichte es nicht aus, sie hatte immer noch einen regelrechten Brand. Also noch eins hinterher und noch eins.

Irgendwann hatte sie endlich genug und merkte, wie müde sie eigentlich war. Erneut legte sie sich hin, kuschelte sich in die Decken und schlief dann endlich tief und fest … durch bis zum Mittag, als das Frühstücksbuffet natürlich schon längst vorbei war.

Der anthrazitfarbene Kombi preschte über den *Europaring* in Richtung A57. An der letzten Kreuzung vor der Autobahn bog er rechts in die *Werner-Voss-Straße* ab, um sich direkt wieder auf die Linksabbiegerspur einzuordnen.

„Jetzt sind wir in *Gartenstadt*", erklärte Frederik wie ein Fremdenführer und lenkte noch einmal links in die *Akazienstraße*. Vorbei an Reihenhäusern an der einen und Mehrfamilienhäusern zur anderen Seite steuerten sie hinter der letzten Kurve geradewegs auf ihr Ziel zu.

„Da drin, im Ärztehaus, hat sie damals mit ihren Eltern gewohnt!" Frederik zeigte auf den siebenstöckigen Steinklotz, der vor ihnen in den Himmel aufragte.

„Ärztehaus?", fragte Valerie verwundert. Sah doch aus wie ein stinknormales Wohnhaus, jede Etage schön in Reih und Glied übereinander gestaffelt.

„Früher waren hier viele Praxen drin, soweit ich mich erinnern kann. Daher der Name."

Vielleicht aber auch deshalb, weil sich von dort oben schon mal hin und wieder einer in die Tiefe gestürzt hat und die gerufenen Notärzte nicht mehr helfen konnten, ging es Valerie durch den Sinn. Der Gedanke mochte makaber sein, aber Hochhäuser waren in dieser Hinsicht ja bekanntlich genauso begehrenswert wie Brücken.

Wenigstens sah man es dem Bauklotz nicht gleich an. Er begrüßte jeden Besucher, der durch den gepflegten Garten Richtung Eingänge spazierte, mit Blumenkästen verzierten Balkongeländern. Jedes Stockwerk zeigte sich zur Straßenseite durchgehend von links nach rechts mit Geranien und Petunien geschmückt. Hier und da überragte eine herausgefahrene Markise die Loggia.

Hand in Hand schlenderten sie den Weg entlang.

„Hier! Nummer 90 war es!", rief Frederik und suchte sogleich mit den Augen die beträchtliche Anzahl der Klingelschilder ab, die rechts neben der Haustür namentlich Auskunft über die Bewohner gaben. Valerie folgte ihm, stolperte prompt die unteren Stufen der kleinen Treppe hinauf und hätte sich um ein Haar auch noch auf den Steiß gesetzt.

„Hoppla!"

„Hast du dir wehgetan?", fragte Frederik besorgt.

„Doch Valerie wehrte ab: „Nein, nein, bin schon in Ordnung!" und fluchte: „So was Blödes kann aber auch nur mir passieren!"

„Also hier scheint es keinen mehr mit dem Namen Kolkner zu geben", stellte Frederik fest.

„Hm", machte Valerie. Sie war enttäuscht, hatte sich mehr von der Fahrt hierher versprochen, nachdem sie gemeinsam im Telefonbuch nachgeschaut und auch dort keinen Eintrag gefunden hatten.

Unzufrieden blickte sie an der Fassade hoch, hörte irgendwo Geschirrklappern, das Brüllen einer Kinderstimme, vermischt mit Hundegebell.

„Aber du bist dir sicher, dass es dieses Haus war, ja?"

„Natürlich", bestand er darauf. „Ich war ja oft genug hier." Er entsann sich, dass Jannas Eltern eine Eigentumswohnung in der Sechsten gehabt hatten. Der Balkon lag zur *Akazienstraße* hinaus, ganz rechts außen. Es fühlte sich schon irgendwie eigenartig an, nach all den Jahren wieder vor diesem Haus hier zu stehen. Frederik war, als käme Janna jeden Moment den Weg entlang.

So gingen sie unverrichteter Dinge wieder zurück zu seinem Wagen, den er auf der anderen Seite der Garagenhöfe abgestellt hatte. Eine alte Frau kam ihnen auf dem Bordstein entgegen, den Rücken leicht gekrümmt und mit Gehstock in der zittrigen Hand. Sie hob das Gesicht, lächelte dem jungen Paar freundlich grüßend zu, während ihr Blick einen Moment erstaunt an Valerie hängen blieb.

Die Frau – Frederik überlegte – sie kam ihm bekannt vor. Er wandte sich um, sah sie gerade noch den Gartenweg zur Nummer 90 einschlagen, da kam ihm die Erleuchtung. „Frau Bauer! Du, Valerie, die kenn ich! Sie wohnt in der Erdgeschosswohnung und hat ihren Balkon direkt an der Hausecke, wo es zu den Eingängen geht."

Valerie staunte. „Das weißt du noch?"

„Na, und ob!", lachte Frederik. „Die Gute sitzt bestimmt auch heute noch den ganzen Tag an der Fenstertür und beobachtet jeden, der rein und raus geht."

„Außer sie ist zwischendurch mal unterwegs", vermutete Valerie und hegte den gleichen Gedanken wie Frederik. „Diese Frau Bauer wohnte also schon zu Zeiten deiner Janna hier?"

Er nickte.

„Dann weiß Frau Bauer vielleicht was, das uns weiterhelfen könnte. Wir sollten sie zumindest fragen", insistierte Valerie.

Auf dem Absatz machten sie kehrt und eilten hinter der alten Frau mit dem Krückstock her. Vor den Stufen zur Haustür holten sie sie ein.

„Frau Bauer?"

Die alte Frau drehte sich erschrocken um. Doch als sie ihre Gesichter erkannte, legte sich wieder ein freundliches Lächeln auf ihre Züge. „Ja?"

„Bitte entschuldigen Sie, wenn wir Sie so überfallen!", rief Frederik. „Dürfen wir Sie etwas fragen?"

„Ja … was denn?" entgegnete Frau Bauer hochgespannt.

„Erinnern Sie sich vielleicht an die Familie Kolkner?", forschte er geradewegs heraus. „Die haben mal hier in diesem Haus gewohnt!"

Frau Bauer schenkte Frederik einen höchst überraschten Augenaufschlag, dem auch eine gewisse Neugierde zu eigen schien. „Ja, die Kolkners haben hier gewohnt. Oben in der Sechsten. Ist aber schon ein paar Jährchen her."

„Wissen Sie rein zufällig, wo sie hingezogen sind?", mischte Valerie sich nun ein.

Frau Bauer staunte noch mehr, als die junge Frau ihr diese Frage stellte. Sie musterte ihr Gegenüber von oben bis unten, dann blieb ihr Blick an Valeries Augen hängen. „Ich verstehe nicht, weshalb Sie das von mir wissen wollen! Sind Sie gar krank oder so was?"

Die Antwort der alten Frau verblüffte Valerie. „Krank? Warum soll ich denn krank sein?", wiederholte sie Frau

Bauers Worte, verständnislos und ein wenig auf den Schlips getreten.

„Valerie!" Sie merkte gar nicht, dass Frederik an ihrem Arm zupfte.

„Ja, Frölleinchen", gab Frau Bauer würdevoll von sich, „sind Sie es denn nicht selbst? Die Janna?"

Valerie stand da wie vom Donner gerührt.

Frederik allerdings überblickte die Situation sofort und erklärte der alten Frau, wer er selbst war und die Sachlage um Valerie, die *nicht* Janna Kolkner war.

Frau Bauers Pupillen wuchsen auf Übergröße. „Nicht möglich!" Sie schlug sich vor Ehrfurcht die Hand auf den Mund. „Aber so wie ich das Fröllein Kolkner in Erinnerung habe … Entschuldigung! Ich hätte schwören können, dass Sie es sind! Ein paar Jahre älter vielleicht, aber sonst …"

Eine klarere Aussage konnte es kaum geben. In Valerie ratterten die Gedanken. Frau Bauer war nun schon die zweite Person, die sie mit derselben wildfremden Frau verwechselte. Das konnte einfach kein Zufall mehr sein und sie verspürte das dringende Bedürfnis, der Sache auf den Grund zu gehen.

Frederik war längst dabei. „Wenn Sie irgendetwas wissen, bitte, Frau Bauer, der kleinste Anhaltspunkt würde uns schon weiterhelfen!", drang er auf sie ein.

Frau Bauer schüttelte den Kopf. „Ich weiß nur, dass die Wohnung damals verkauft wurde. Der neue Eigentümer hat in der Zeit bereits fünfmal neue Mieter reingesetzt."

„Und wann das ungefähr war … ich meine, wann die Wohnung verkauft wurde?", bohrte Frederik weiter.

„Das muss …", Frau Bauer schien ihr Langzeitgedächtnis ordentlich zu durchforsten, „so vor zwölf Jahren gewesen sein!" Schnell setzte sie hinzu: „Ich kann mich da jetzt aber auch mit den Hartmanns aus der Vierten vertun!"

Frederik und Valerie warfen sich einen euphorischen Blick zu. Das war doch immerhin ein Anhaltspunkt, mit dem man etwas anfangen konnte. Vorausgesetzt natürlich, Frau Bauer warf das jetzt tatsächlich nicht mit dieser anderen Familie durcheinander.

„Vielen, vielen Dank!" Valerie lächelte jetzt und Frederik verabschiedete sich von der alten Frau mit einem festen Händedruck. „Sie haben uns wirklich sehr geholfen!"

„Keine Ursache und viel Glück bei Ihrer Suche!" Damit schloss Frau Bauer die Tür auf und verschwand im Hausflur.

„Was machen wir jetzt?", wartete Frederik auf Valeries

Intuition.

Valerie war unschlüssig, überlegte.

„Was hältst du von einem Besuch der *Burg Linn*? Milli ist bis heute Abend bei einer Freundin, da könnten wir zwei doch was ganz in Ruhe unternehmen."

„Ehrlich gesagt …", sie lehnte den Vorschlag nur äußerst ungern ab, „ich kann mich jetzt auf gar nichts so recht konzentrieren. In meinem Kopf ist ein heilloses Durcheinander. Erst muss ich herausfinden, was hier los ist."

„Ich hoffe nur, du steigerst dich am Ende nicht in etwas hinein, was gar nicht vorhanden ist", kamen Frederik plötzlich Bedenken.

„Kann das alles Zufall sein?", setzte sie dagegen. „Ich habe das Gefühl, irgendetwas in meinem Leben stimmt nicht mehr und ich werde keine Ruhe finden, bevor ich weiß, was es ist!" Es klang wie ein Schwur. „Ich meine, wie würde es dir ergehen, würdest du zum wiederholten Male mit jemandem verwechselt, den du gar nicht kennst? Wärst du da nicht neugierig?"

„Doch Valerie, klar wäre ich das auch!", unterbrach er ihren auffälligen Redeschwall, dem sich eine gewisse Nervosität beigemischt hatte. „Aber ich würde auch zu gerne wissen, was hinter *deiner* Fassade steckt!"

Sie fuhr zusammen. „Meine Fassade? Wie meinst du das?"

„Lieber Schatz, du weißt, dass ich in den gerade …", er schaute auf die Uhr mit dem breiten Männerarmband an seinem Handgelenk, „siebenundzwanzig Stunden und zweiunddreißig Minuten, die ich dich kenne und die mir wie ewige Zeiten vorkommen, eines begriffen habe: Ich möchte dich nie wieder loslassen! Aber ich spüre, es gibt da noch etwas …"

„Pst." Sie fuhr mit dem Finger über seinen Mund, stoppte so seine Worte. Dann drückte sie sich in seinen Arm und küsste ihn zärtlich. Im selben Moment sann sie darüber nach, ob sie ihm von den Weissagungen der Kartenlegerin erzählen sollte. Ob Frederik sie auslachte? Sie wusste ja selber nicht, wieso sie das, was Frau „Sehn wir mal" ihr orakelt hatte, plötzlich nicht mehr als hirnrissigen Mumpitz abtun konnte. Zugleich kam Valerie das Verhalten ihres Vaters in den Sinn. Den Zusammenhang konnte sie sich überhaupt nicht erklären. Doch tief in ihrem Unterbewusstsein braute sich etwas zusammen. Nichts Greifbares, nichts Klares … noch nicht. Doch sie ahnte, dass sich dies bald ändern würde und bei dem

Gedanken lief ihr ein kalter Schauer den Rücken hinunter.

„Am besten, wir versuchen es zu allererst mit den bekannten Suchmaschinen", überlegte Frederik, während er den Rechner hochfuhr und sich ins Internet wählte.

Er rief eine bewusste Seite auf und versuchte es mit der erweiterten Suchoption. Gespannt warteten sie nun darauf, was das Netz für Webseiten ausspuckte.

„Keine Ergebnisse für „Janna Kolkner" erschien in der oberen, linken Bildfläche.

„Wäre ja auch zu schön gewesen!" Valerie war enttäuscht.

„Nun wirf nicht gleich die Flinte ins Korn." Frederik streichelte ihr zärtlich die Wange. „Wir haben ja gerade erst angefangen und es gibt sicherlich noch sehr viele weitere Möglichkeiten ..."

Gesagt, getan, dann Resignation. Denn so oft und so unterschiedlich er die Suchmaschinen auch fütterte, es gab keinen einzigen Hinweis, nicht den kleinsten Link zu diesem Namen. Anderthalb Stunden später gaben sie es auf, nachdem Frederik sich auch über Jannas Eltern vergeblich den Kopf zerbrochen hatte, um vielleicht über diese etwas zu erfahren.

„Es ist einfach zu lange her. Ich glaube mich vage zu erinnern – kann aber einfach nicht mehr mit Bestimmtheit sagen, ob der alte Kolkner Harry oder Herbert hieß."

„Vielleicht leben die Eltern auch gar nicht mehr", überdachte Valerie. Möglich war schließlich alles. „Im Prinzip ist das die Suche nach der berühmten Stecknadel im Heuhaufen. Aber was können wir sonst noch tun?"

„Eine Möglichkeit gibt es noch ...", kam es Frederik in den Sinn.

„Du meinst das Einwohnermeldeamt?"

Frederik nickte. „Frau Bauer hat doch gesagt, dass Kolkners vor zwölf Jahren weggezogen sind. Dann denke ich, haben wir relativ gute Chancen, noch an eine Auskunft heranzukommen."

„Aber auch das ist eine verdammt lange Zeitspanne. Meinst du wirklich, da kann uns das Amt weiterhelfen?" Valerie war skeptisch.

„Keine Ahnung!", bekannte Frederik. „Aber ein Versuch ist es wert, kostet wahrscheinlich nur die übliche Gebühr und wenn die uns da auch keine Angaben machen können, haben wir wohl oder übel Pech gehabt." Er zuckte wie zur Untermalung seiner Worte die Schultern.

„Du hast Recht, ich werde gleich morgen eine Anfrage machen." Valerie hatte sich mittlerweile regelrecht in etwas hineingesteigert, von dem sie gar nicht wusste, was sie eigentlich erwartete. Doch dieses eigenartige Gefühl in ihr wollte sie partout nicht aus den Klauen lassen. Sie musste einfach herausfinden, wer Janna Kolkner war und wie viel Ähnlichkeit sie wirklich miteinander hatten.

„Es tut mir nur leid, dass ich nicht mitkommen kann. Ich habe morgen die Praxis ziemlich voll", bedauerte Frederik zutiefst, denn er hätte Valerie nur zu gerne unterstützt.

Valerie verstand ihn nur zu gut, war ihm in keiner Weise dafür böse. „Ein typischer Montag, was?" Den hatte sie mit ihren Patienten in der Regel nicht. In ihrem Metier waren alle Termine von langer Hand feingliedrig abgestimmt. So genannte Notfälle, die den ganzen Ablauf durcheinander wirbelten, gab es da eher nicht. „Aber es ist ja auch nicht nötig, dass du extra mitkommst. Ich werde dich schon unterrichten, was ich in Erfahrung gebracht habe."

Sie wusste, dass Frederik genauso gespannt auf das Ergebnis wartete wie sie selbst, wenn auch aus ganz anderen Beweggründen. Außerdem hatte sie am morgigen Tag ja sowieso einiges zu erledigen und sie ihm gar nicht gesagt, was, und warum. Wobei er sich das Warum mit Sicherheit hätte denken können. Sie verstand sich selber nicht. Normalerweise war es gar nicht ihre Art, etwas zu verheimlichen oder jemanden zu belügen und sie ahnte, dass die Grenze hierzwischen derweil gefährlich unübersichtlich geworden war. Doch was würde geschehen, wenn sie Frederik die Wahrheit sagte? *Was* hatte sie ihm erzählt? Sie habe einen Freund und ihre Wege gingen langsam auseinander? Was, wenn sie ihm gestand, dass sie mit diesem Freund verlobt war? Sie schämte sich, denn sie wusste mittlerweile, sie fühlte für den einen das, was sie dem anderen die ganze Zeit irgendwie nur vorgegaukelt hatte. Unbewusst zwar, dennoch war sie nicht ehrlich gewesen.

Wie Schuppen fiel es ihr von den Augen: Frau „Sehn wir mal" und selbst Tina hatten Recht gehabt mit ihren Vermutungen. Nur sie, Valerie, hatte es nicht glauben wahrhaben wollen … bis Frederik ihren Weg gekreuzt hatte. Doch Dienstag fuhr sie wieder ab. Zurück in ihr bisheriges Leben. Frederik würde sie schnell wieder vergessen und …

Sie war völlig durcheinander.

„Sprechstunde habe ich bis sechs. Sehen wir uns danach?" drang seine Stimme in ihre Gedanken und sein Arm legte sich fest um ihre Schulter. „Ich möchte möglichst viel von dir haben, solange du noch hier bist."

Valerie schmiegte sich an ihn. Sie konnte sich nicht mehr vorstellen, alleine – ohne Frederik – weitere Ausflüge zu unternehmen oder als Alternative auf ihrem Hotelzimmer zu hocken.

„Musst du wirklich schon übermorgen wieder fahren?" Eindringlich sah er sie an. Und als sie tonlos und mit traurigem Glanz in den Augen nickte, fragte er ohne Umschweife: „Kannst du nicht noch ein paar Tage dranhängen?"

„Ich habe nur bis Mittwoch meine Vertretung in der Praxis angemeldet", erwiderte Valerie leise. „Wer konnte denn auch ahnen, dass ich dich kennen…"

Er ließ sie nicht ausreden, drückte ihr einen Kuss auf die Lippen und hauchte dazwischen: „Und wenn du verlängerst? Bitte, Valerie, bleib bei mir! Ich will nicht, dass du mich wieder verlässt!"

Sie schluckte. Schmerzhaft wurde ihr bewusst, dass ihre Rückreise tatsächlich das Ende dieser Romanze bedeutete. Sie sträubte sich dagegen genauso wie er. Doch was war mit ihrem Leben? Ihr Leben, das sich seit ihrem fünften Lebensjahr in Heidelberg abspielte, ihre Eltern beinhaltete, ihren Verlobten, ihre Freunde, ihre Wohnung und nicht zu guter Letzt auch ihre Patienten. War sie in der Lage, das alles aufzugeben für eine ungewisse Liaison mit Frederik, für den sie zugegebenermaßen mittlerweile sehr viel mehr empfand als sie sich wirklich selbst eingestehen wollte.

Als könne Frederik lesen, was hinter ihrer Stirn vor sich ging, sagte er leise: „Du bist für mich nicht irgend so ein kleiner Zeitvertreib, Valerie!" Er sah ihr fest in die Iris. „Es ist viel mehr! Ich liebe dich!"

Sie merkte, wie ihr die Tränen in die Augen schwemmten. „Ich liebe dich auch!", erwiderte sie und ihre Stimme stolperte. „Doch wir haben beide unseren Alltag und ich sehe im Moment keinen Weg …"

„Und wenn du dir einfach zunächst nur ein bisschen mehr Zeit für uns nimmst?", zeigte er ihr eine Option auf. „Ich spreche mich auch mit meiner Vertretung ab und wir machen Urlaub. Irgendwo, wo du möchtest. Dann lernen wir uns noch ein bisschen besser kennen, obwohl ich das Gefühl habe, auf dich bereits immer gewartet zu haben."

„Frederik, ich bin nicht Janna!" Vielleicht war es ja nur ihre Ähnlichkeit, die ihn so von ihr gefangen nahm.

Einen Moment schaute er verdutzt drein, dann lachte er und ihre Eingebung löste sich sofort wieder in Nichts auf. „Das weiß ich!", versetzte er mit Nachdruck: „Und ich bin sogar sehr froh, dass du Valerie bist und ich dich gefunden habe! Bitte bleibe bei mir!"

Die Karten lügen nicht

Die Sonne strahlte auch an diesem Montagmorgen von einem wolkenlosen Himmel.

Gegen zehn Uhr dreißig betrat Valerie das alte, dreistöckige weiße Gebäude am *Uerdinger Marktplatz*, an dessen Front in großen Lettern das Wort Rathaus prangte. An der Hinweistafel im Inneren orientierte sie sich nach der Zimmernummer des Standesamtes und stellte fest, dass sie quasi schon davor stand.

Sie klopfte an die Tür direkt hinter dem Eingang und betrat einen hellen, freundlichen Raum. Er schien nicht sonderlich groß in Quadratmetern gemessen, dafür beherbergte er in seiner Mitte zwei überdimensionale Schreibtische mit je einem PC und allem drum und dran, was in jedem anderen Büro auch zu finden war. Auf der linken Seite freute sich eine riesige Yuccapalme über das durch die hohen Fenster einfallende Sonnenlicht und auf der rechten Seite schmückte ein Sideboard die Wand, dessen Einlegeböden allerdings unter der Last der sich darin befindlichen Aktenordner ein wenig durchhingen.

Der linke Schreibtisch war nicht besetzt, am gegenüber stehenden saß eine Frau mit dem Namensschildchen Gisela Holm, Standesbeamtin, auf dem hellblauen Kaschmirpulli und blickte der Eintretenden abwartend entgegen.

„Guten Morgen", sagte Valerie freundlich.

Die Beamtin erwiderte ihren Gruß und bat sie, doch auf einem der Besucherstühle Platz zu nehmen, die die Kopfseite der Schreibtische schmückten. „Was kann ich für Sie tun?"

„Ich brauche bitte eine aktuelle Ausgabe meiner Abstammungsurkunde", nannte Valerie ihr Anliegen.

„Mit der Abstammungsurkunde kann ich leider nicht mehr dienen", erklärte die Standesbeamtin freundlich, „die sind nämlich seit 2009 abgeschafft. Aber kein Problem, ich besorge Ihnen eine Abschrift des Geburtenblattes." Die Frau im Kaschmirpulli lächelte ihr gefällig zu und musterte sie kurz. „Benötigen Sie die Unterlagen für das Aufgebot oder eher für sonstige Zwecke?"

Welche sonstigen Zwecke sie meinen könnte, war Valerie schleierhaft. „Nein, nein, ich heirate in Kürze", antwortete sie daher schnell und wusste doch zugleich, dass sie genau das wohl eher doch nicht tun würde, ihr Anliegen hier eigentlich eine Farce war. Weshalb war sie überhaupt hergekommen? Das Geld für diese dumme Urkunde könnte sie sich doch eigentlich auch sparen.

„Gut, dann bräuchte ich bitte Ihren Personalausweis."

Sofort holte Valerie ihre Chipkarte aus der Umhängetasche und überreichte sie der Standesbeamtin. Die entschuldigte sich nun für einen Moment und verließ den Raum. Valerie musste sich einige Minuten in Geduld fassen, bis Frau Holm endlich wiederkam und ihr dann zunächst jedoch lediglich eine Abschrift ihrer Geburtsurkunde aushändigte, was Valerie verdutzte.

Die Standesbeamtin sah sie ja plötzlich so merkwürdig an! Oder bildete Valerie sich das nur ein? Sie schaute noch einmal genauer hin und tatsächlich: Frau Holm lächelte gar nicht mehr, sondern machte jetzt vielmehr einen geradezu betretenen Eindruck.

„Stimmt etwas nicht mit meinen Papieren?", argwöhnte Valerie und spürte unterschwellig zum wiederholten Male, dass irgendetwas auf sie zukam.

„Bitte …" Frau Holm reichte ihr einen zweiten Papierbogen. „Dies ist die beglaubigte Abschrift aus dem Geburtenregisterblatt." Deutlich erkennbar wartete sie auf eine Reaktion.

Als Valerie jedoch die Unterlagen bereits ohne großes Interesse in einer Plastikhülle verschwinden ließ, setzte sie hinzu: „Beachten Sie nur bitte, dass die Urkunden lediglich ein halbes Jahr ihre aktuelle Gültigkeit behalten. In dieser Zeit müssten sie sich also trauen lassen."

Valerie wusste schon Bescheid. Dasselbe hatte ihr der Heidelberger Standesbeamte, bei dem sie sich nach den Unterlagen für das Aufgebot vorab erkundigt hatte, auch schon vermittelt. Nur das mit der Abschaffung der Abstammungsurkunde vergaß er wohl zu erwähnen. Aber letztendlich war es ihr auch egal, welche Überschriften die einzelnen Urkunden trugen. Hauptsache, sie bekam sie problemlos.

„Entschuldigung …", die Standesbeamtin räusperte sich

und gab unvermittelt nachdrücklich den sachten Hinweis: „Möchten Sie bitte noch kurz einen Blick darauf werfen … ich meine, wegen der Vollständigkeit …!" Dann stockte sie sogleich und schien äußerst angespannt auf etwas zu warten.

Valerie fand das Verhalten dieser ihr fremden Frau ein wenig abstrus, doch erst, weil diese nun auch noch so seltsam vorsichtig nachhakte, ob sie eventuell noch Fragen zu den aufgeführten Angaben hätte, kam ihr überhaupt in den Sinn, sich das Dokument jetzt und hier anzuschauen, bevor sie die Hülle in ihre Tasche schob.

Valeries Augen schweiften über die schwarzen Drucklettern, die das Papier in ihren Händen als Personenstandsurkunde deklarierte. Was sollte hieran unvollständig sein? Sie überflog die Zeilen. Offensichtlich gab es auf diesem Bogen mehr Einträge, als sie gedacht hatte, dazu allerdings einen Vermerk, den sie im ersten Moment gar nicht realisierte. Dann aber schaute sie noch einmal genauer hin – und wurde regelrecht bleich. Sie merkte, wie ihr die Knie weich wurden und ein grässliches Gefühl ihre Magenwände berührte.

Wieder las sie und wieder, was dort stand …

Eltern: Bemerkungen:

Leibliche Eltern:
Wigbert Overbeck, römisch katholisch, und Helma Walburga Overbeck, geb. Bachmann, römisch katholisch, beide wohnhaft in Krefeld
An Kindes statt angenommen von:
Helmut van der Linden, evangelisch, und Hiltraut van der Linden geb. Falkner, evangelisch, beide wohnhaft in Krefeld

Mit Wirkung vom 26. März 1975
Amtsgericht Krefeld / Urkunden-Nr. 37811/75

Der Auszug verschwamm vor Valeries Augen.

„Möchten Sie ein Glas Wasser haben?" Wie aus weiter Ferne drang die Stimme der Standesbeamtin in ihre Gehörgänge. Sie hob den Kopf, ihre Glieder fühlten sich an, als bestünden sie plötzlich aus Blei. Ihre Hand, die das Papier hielt, begann zu zittern.

„Sie ahnen nicht, wie oft ich das hier schon erlebt habe …", redete sie – für Valeries Ohren – wirres Zeug.

„*Was* haben Sie erlebt?", fuhr Valerie hoch und erschrak zugleich über ihre eigene Heftigkeit. Schließlich konnte doch diese Frau nichts dafür, was sie hier schwarz auf weiß vor sich liegen hatte.

„Beruhigen Sie sich erst einmal. Ich kann Ihnen auch einen Kaffee anbieten." Die Standesbeamtin schaute sie besorgt an.

„Nein danke. Ich nehme lieber das Wasser", antwortete Valerie mit schwankender Stimme und dachte im Stillen: Besser wäre jetzt eine Flasche Schnaps.

Frau Holm öffnete eine Sprudelflasche und goss ein Glas voll. „Hier, bitte. Trinken Sie erst mal einen ordentlichen Schluck", sagte sie leise. „Sozusagen eine Erste Hilfe-Maßnahme nach diesem Schrecken."

Valerie starrte sie an. „Entschuldigen Sie, dass ich eben so aufgebraust bin, aber ich … ich verstehe überhaupt nichts mehr!"

„Das ist gut nachzuvollziehen!", behauptete diese Frau Holm so einfach. „Mir würde es an Ihrer Stelle nicht anders ergehen."

„Ich bin *adoptiert*?" Valerie blickte fassungslos wieder auf das Papier in ihren Händen. „Nicht wahr, das heißt es doch … an Kindes statt angenommen?"

Die Standesbeamtin nickte stumm.

„Was soll ich denn jetzt nur tun?" Valerie war völlig konfus. Ihr ganzes Leben, jedenfalls die Zeit, die in ihrem Bewusstsein brannte, lief im Zeitraffer vor ihrem inneren Auge ab. Ihre Kindergartenzeit, die Einschulung, das Abitur, Ferienreisen mit den Eltern und diverse Querelen mit diesen wegen dem einen oder anderen so genannten Freund. Sie sah ihre Mutter vor sich, die früher so fröhlich durch die Welt lief und heute im krassen Gegensatz dazu niedergeschmettert dreinblickte. Dann ihr Vater, immer Herr aller Lagen und im Augenblick ungenießbar, weil er mit seinem Ruhestand nichts anzufangen wusste. Sein Besuch kam ihr abrupt in den Sinn, der Dienstagmorgen, bevor sie nach Krefeld abgefahren war. Sie hatte nicht verstanden, weshalb er so eigenartig reagiert hatte. Jetzt bekam mit einem Mal alles eine ganz andere Bedeutung. Vater hatte ganz einfach gewusst, was sie, Valerie, hier in dieser Stadt zwangsläufig ereilen würde. Ihre Ankündigung, hierher zu fahren, musste ihren Eltern einen großen Schock versetzt haben. Sie hatten offensichtlich nicht mehr damit gerechnet, dass sie nun Ernst machen und Jörg heiraten würde. Nach all den Jahren des Überlegens ihrerseits auch kein Wunder.

Valerie saß da wie ein Häufchen Elend in diesem Amtszimmer und hatte das Gefühl, nicht mehr sie selbst zu sein. Das musste ein normaler Mensch erst mal verdauen.

„Wissen Sie", antwortete Frau Holm mitleidig, „diese Frage hat mir hier in diesem Zimmer schon manch einer gestellt, der erst durch die Abstammungsurkunde von seiner Adoption erfuhr. Ich weiß, das ist natürlich kein Trost für Sie. Das einzige, wobei ich Ihnen behilflich sein könnte … wäre Einsicht ins Geburtenbuch zu nehmen. Ansonsten kann ich Ihnen nur raten: Sprechen Sie mit Ihren Eltern, denn Sie haben ein Recht zu erfahren …"

„Danke für das Wasser. Was muss ich zahlen?"

Die Standesbeamtin nannte ihr den Gebührenbeitrag, nahm das Geld entgegen, händigte Valerie die Quittung aus und schüttelte ihr zum Abschied mit menschlicher Anteilnahme die Hand. „Kommen Sie jederzeit wieder zu mir, wenn Sie vielleicht doch noch …"

„Danke, aber das Ganze muss ich jetzt erst mal sacken lassen!", wehrte Valerie gequält ab.

„Ich wünsche Ihnen, dass sie die Wahrheit erfahren und damit gut leben können", gab Frau Holm ihr tröstend mit auf den Weg.

Der Satz hallte in Valerie nach. Ob er letztendlich ausschlaggebend dafür war, dass sie es sich dann doch anders überlegte? Denn urplötzlich, als sie wieder draußen vor der Tür auf dem Marktplatz stand und die Sonnenstrahlen in ihr Gesicht fielen, wurde sie von dem Unwissen über ihre wahre Identität so schmerzlich überrollt, dass sie gar nicht anders konnte, als auf der Stelle wieder kehrt zu machen.

„Geburtenbuch, sagten Sie? Was steht denn da noch so drin?"

Frau Holm fuhr erfreut hoch. „Nun, eventuell weitere Angaben zu den Beteiligten, irgendwelche Hinweise."

„Sie meinen, vielleicht die Anschrift dieser …", Valerie brannte der Name im Gehirn, „Helma Walburga Overbeck, die … die meine … wirkliche … Mutter sein soll, könnte in diesem Verzeichnis stehen?"

„Wenn, dann die damalige Anschrift … eventuell … ja!", definierte Frau Holm. „Versprechen kann ich dieses allerdings nicht!"

„Egal, trotzdem … bitte, dann möchte ich doch jetzt gerne

die Informationen haben, die da vielleicht zu finden sind."

Im ersten Impuls war sie geneigt, auf der Stelle nach Heidelberg zurück zu fahren und ihre so genannten Eltern zur Rede zu stellen. Stattdessen aber lief sie durch die Straßen des Rheinstädtchens, irrte ziellos um die Blöcke und gelangte irgendwann mehr oder weniger durch Zufall zur Promenade. Auf einer der Bänke ließ sie sich nieder und starrte den vorbeiziehenden Containerschiffen hinterher. Sie hätte einiges darum gegeben, jetzt in diesem Moment Frederik an ihrer Seite sitzen zu haben. Ein Telefonat hätte gereicht, er wäre bestimmt sofort zu ihr gekommen. Aber sie wusste, er hatte die Praxis voll und für einen Notfall ging es ihr denn doch noch zu gut. Nein, deshalb würde sie ihm nicht den ganzen Terminablauf durcheinander bringen.

So hob sie nur den Kopf gen Himmel und blinzelte in die Sonnenstrahlen. Dann schloss sie die Lider und ihre Gedanken zogen wieder nach Heidelberg. Ihre Eltern waren gar nicht ihre Eltern? Ihre Mutter nicht ihre Mutter und ihr Vater nicht ihr Vater? Wer nun war sie selber eigentlich? Weshalb hatten sie nie mit ihr gesprochen? Ihr so elementares ihres Lebens einfach verheimlicht? Unendlich viele Fragen zugleich stürmten auf Valerie ein, von denen sie sich jedoch keine einzige zu beantworten wusste. Sie hatte das Gefühl, plötzlich in einem tiefen, schwarzen Loch zu sitzen, doch so sehr sie sich auch anstrengte, durch die Öffnung wieder hinaus zu kommen, es wollte ihr nicht gelingen.

War es nicht grotesk? Da behandelte sie zwei Patientinnen, denen das gleiche widerfahren war, die zufällig mal so eben nebenbei erfahren hatten, dass sie adoptiert worden waren und seitdem das Gefühl nicht mehr loswurden, keinen Boden mehr unter den Füßen zu haben. Die deshalb sie, die Psychologin, konsultierten, um wieder einigermaßen klar zu kommen. Da gab sie, Valerie, diesen Frauen weise Ratschläge, führte therapeutische Gespräche und jetzt … passierte ihr genau dasselbe!

Wer wusste wohl noch davon außer Hilla und Helmut van der Linden? Valerie gestand sich ein, dass die sie nie in irgendeiner Form hatten spüren lassen, dass sie nur ein angenommenes Kind war. Sie hatten sie geliebt und aufgezogen wie ihr eigen Fleisch und Blut. Konnte sie diesen beiden, ihr Leben lang vertrauten, Menschen böse sein? Musste sie nicht zumindest erst einmal mit ihnen sprechen, bevor sie sich ein Urteil erlaubte? Diesen Ratschlag gab sie schließlich auch ihren Patientinnen. Jetzt aber fühlte sie sich selbst überfordert.

Das Handy vibrierte und Valerie hätte es in diesem Augenblick am liebsten in den Rhein geworfen. Auf dem Display zeigte sich Jörgs Nummer und sie zögerte, das Gespräch anzunehmen. Sie fühlte sich wie in einer fremden Haut und alles andere kam ihr mit einem Mal so schrecklich unwichtig vor.

Wie fremd gesteuert drückte ihre Hand von selbst auf die grüne Gesprächstaste.

Valerie?" hallte ihr Jörgs Stimme entgegen. „Ja, sage mal, was ist denn da los bei dir?"

„Was meinst du?" Sie hatte Mühe, ihrer Stimme den festen Klang zu geben, den er von ihr gewöhnt war.

„Süße, ich versuche seit vorgestern, dich zu erreichen!" Ein Vorwurf? „Wieso hast du gestern einfach aufgelegt?"

„Ich hab dich Freitagabend angerufen", rechtfertigte Valerie sich genervt. „Da warst wohl du derjenige, den ich nicht erreichen konnte!"

„Freitagabend?", wiederholte er und schien zu überlegen. „Du, da hab ich mich mit Andy zum Squash verabredet."

„Ach, schon wieder?" Valerie hatte das Gefühl, mit einem völlig Fremden zu reden. Nur konnte sie nicht mehr auseinander halten, wer von ihnen beiden der wirklich Fremde war.

„Süße, ich hatte dir doch erzählt …"

Valerie hörte gar nicht richtig hin, was Jörg von sich gab. Nicht nur die räumliche Entfernung lag zwischen ihnen, sondern eine Kluft, wie aus dem Nichts gewachsen.

„Wann am Dienstag bist du denn ungefähr wieder da?", fragte er da unerwartet.

Valerie erschrak. Dienstag, das war ja bereits morgen. Am liebsten hätte sie jetzt herausgeschrien: „Ich komme nicht!" Doch sie besann sich. Schließlich konnte Jörg ja nichts dafür, was hier zutage gekommen war. Sie würde mit ihm darüber sprechen. In aller Ruhe, wenn sie wieder zurück war. Das war sie nicht nur ihm als Verlobten, sondern auch ihrer langjährigen Freundschaft schuldig. Aber nicht jetzt und hier am Telefon, nicht am Dienstag und nicht am Mittwoch und in dieser Woche gar nicht mehr. Sie würde noch hier bleiben und den Dingen auf den Grund gehen. Vorher konnte sie unmöglich weg.

„Jörg, ich hänge noch ein paar Tage dran“, erklärte sie knapp.

„Wieso denn das?“, fragte er verständnislos.

„Weil ich etwas zu regeln habe.“ Dabei starrte sie unbeweglich auf das Papier neben sich. „Ich kann dir das jetzt nicht gut erklären. Aber das hole ich nach, wenn ich zu Hause bin. Sei mir nicht böse, ja.“

„Valerie, ich habe das Gefühl, irgendetwas ist nicht in Ordnung. Sage mir doch bitte, was?“

Sie kannten sich eben doch viel zu lange, als dass sie ihm hätte etwas vormachen können. Und jäh überkam sie das heulende Elend, welches sie bis jetzt mehr oder weniger erfolgreich verdrängt hatte.

„Valerie?“

Sie schluchzte jedoch nur. Jörg musste es unweigerlich hören.

„Was hast du denn bloß? Warum sagst du mir denn nicht, was los ist?“

„Ich kann nicht … bitte … lass mir die Zeit oder …“ und da flutschte es ihr ungezügelt heraus, „… frag doch mal meine Eltern, ob die vielleicht ahnen, was ich habe und was mit mir los sein könnte!“

„Du bist so komisch, ich verstehe gar nichts mehr!“

Klar, wie sollte er auch. Valerie verging auch noch der letzte Rest Lust auf diese Konversation. „Ich erkläre dir alles zu gegebener Zeit! Mach's gut.“ Zum zweiten Mal würgte sie das Gespräch mit ihm ab und drückte einfach die rote Aus-Taste.

Heilfroh, jetzt keinerlei weitere Erklärungen abgeben zu müssen, ließ sie den Apparat schnell wieder tief im Inneren ihrer Tasche verschwinden und lehnte sich zurück.

Was sollte sie nun tun? Es gab nur drei Möglichkeiten: Weinen und im Selbstmitleid versinken. Mom und Paps zur Rede stellen und alles aus ihnen herausholen, was sie wussten. Auf der Stelle zum Jugendamt gehen und dort versuchen, etwas über ihre leiblichen Eltern in Erfahrung zu bringen. Sie war gerade dabei, sich für die letzte Option zu entscheiden und steckte die Dokumente wieder zurück in ihre Tasche, als sie das eigenartige Gefühl eines stechenden Blickes in ihrem Nacken verspürte.

Valerie drehte sich auf der Stelle um und sah …

niemanden. Sie schien das einzige menschliche Wesen weit und breit. Auch die Wohnhäuser im Hintergrund lagen ruhig und friedlich da. Nicht mal hinter den Scheiben war ein Gesicht zu erspähen. So schob sie diese Empfindung auf ihren augenblicklichen Gemütszustand und machte sich schleunigst auf den Weg zu ihrem Auto, welches noch immer auf dem Seitenstreifen in unmittelbarer Rathausnähe auf sie wartete.

Ihr dunkler Wagen stand mittlerweile in der prallen Sonne, so dass Valerie erst mal gezwungen war, sämtliche Scheiben herunterzulassen, um die heiße, abgestandene Luft im Wageninneren erträglich zu machen. Sie lehnte sich derweil von außen gegen die Karosse und zog eine Zigarette aus der Packung, die sie vorhin irgendwo am Automaten gezogen hatte. Doch erst, als diese bereits zwischen ihren Lippen klebte, fiel ihr ein, dass sie gar nichts zum Anzünden dabei hatte. Ob die bei ihrer augenblicklichen Verfassung weiterhalf, war sowieso fraglich, und Valerie rauchte auch eigentlich gar nicht mehr, hatte es vor fünf Jahren aufgegeben. Doch die Ereignisse versetzten sie in einen Zustand, der alle guten Vorsätze mit einem Schlag zunichte machte.

Weil auch ausgerechnet jetzt gerade niemand vorbeikam, der ihr Feuer hätte geben können, nahm sie die Zigarette wieder heraus und schob die Schachtel in ihre Blazertasche. Darin raschelte der Zettel, auf dem sie sich die Angaben notiert hatte, die Frau Holm und sie im Geburtenbuch fanden.

Allzu viel war es doch nicht geworden. Aber immerhin, sie war nun im Besitz der Geburtsurkundennummer einer ihr völlig fremden Frau. Es war einfach grotesk!

Na, denn! Auf zum Jugendamt!

Valerie kam in den Sinn, dass sie gar keine Ahnung hatte, wo sich dieses hier in der Stadt überhaupt befand. Die Standesbeamtin hätte ihr das sagen können, doch Valerie hatte in dem Moment darüber nun wirklich nicht nachgedacht. Sollte sie noch einmal zurückgehen und Frau Holm danach fragen? Dann entschied sie sich jedoch anders, nestelte ihr Mobiles aus der Tasche, die sie auf den Beifahrersitz geworfen hatte, und rief kurzerhand die Auskunft an.

Einmal mehr war sie froh darüber, immer einen Notizblock und einen Schreiber dabeizuhaben. Für alle Fälle, denn man wusste ja nie. Ohne Probleme erfuhr sie Nummer und Anschrift und kritzelte sie mit dem Lenkrad als Unterlage auf das Papier, während sie den Hörer mit dem Kinn einspannte.

Dann holte sie wieder das Navigationsgerät aus dem Handschuhfach, wo sie es in der Regel einschloss, sobald sie den Wagen abstellte, und gab die nächste Zieladresse ein.

Der *Von-der-Leyen-Platz* lag unweit der *Dionysiuskirche*, die sie schon bei ihrem Stadtbummel zwei Tage zuvor bewundert hatte. Hier befand sich das Krefelder Rathaus. Die Dame vom Jugendamt zeigte sich freundlich hilfsbereit und schaute geradezu mitleidig, als Valerie ihr Anliegen vortrug. Doch dann schüttelte sie bedauernd den Kopf. „Also, hier habe ich mit Bestimmtheit nichts von den damaligen Vorgängen. Allerdings könnte ich an anderer Stelle versuchen, etwas herauszubekommen. Nur …, sie machte eine bedeutungsvolle Pause, „heute leider nicht mehr."

„Ich bin nur noch ein paar Tage hier", sagte Valerie enttäuscht.

Die Frau nickte verständnisvoll. „Hinterlassen Sie mir eine Telefonnummer, unter der ich sie erreichen kann. Ich melde mich bei Ihnen." Sie bemerkte Valeries Nervosität und setzte schnell wie zur Beruhigung hinterher: „Es wird aber ein, zwei Tage dauern."

Valerie schrieb die lange Zahlenreihe ihrer Handynummer auf. „Ich wohne im *Mercure-Hotel* an der *Uerdinger Straße*. Für den Fall, dass ich mobil einmal nicht zu erreichen sein sollte, sind Sie doch bitte so nett und hinterlassen dort eine Nachricht für mich."

Die Sachbearbeiterin nahm die Angaben entgegen und versprach, Valeries Bitte, so schnell es ging, nachzukommen.

Als Valerie wieder draußen vor dem imposanten, weißen, schlossähnlichen Gebäude stand und durch ihre Schritte ein paar Tauben aufgeschreckt hatte, die auf dem großen Platz genüsslich in irgendwelche Krümel pickten, atmete sie erst einmal tief durch. Der Besuch beim Amt hatte ja nun rein gar nichts gebracht. Für den Moment jedenfalls nicht. Jetzt konnte sie nur hoffen, dass sich diese Frau Gilles wirklich um die Sache kümmerte und in der angegebenen Zeit bei ihr meldete.

Valerie registrierte reges Treiben um sich herum. Ein paar Jugendliche kickten mit den Füßen gegen ihr Skateboard und einer zischte mit solch einer Geschwindigkeit geradewegs so nah an ihr vorbei, dass sie den Luftzug spüren konnte. Vorne auf der stark befahrenen *St.-Anton-Straße* bimmelte die Straßenbahn der *Linie 041* und aus einem Hauseingang sprang plötzlich ein Mann und sprintete in die Richtung der Haltestelle. Dabei hätte er fast ein altes Mütterchen über den Haufen gerannt, deren Gezeter laut herüber schallte. Dann passierte eine weitere Frau den Platz. Ihr türkisfarbenes Kopftuch und die Sonnenbrille ließen Valerie erschrecken. Litt sie jetzt etwa schon unter Verfolgungswahn? Wieso glaubte sie mittlerweile an fast jeder Ecke dieses Bild vor sich zu haben? Dabei nahm die Frau nicht einmal eine Notiz von ihr, sondern bog schnurstracks in die *Carl-Wilhelm-Straße* ein und war sofort zwischen den Hausbuchten wieder verschwunden.

Valerie lief ein Schauer über en Rücken und sie konnte sich nicht erklären, warum. Plötzlich kam ihr die Szenerie vom vergangenen Samstag in den Sinn, als die kleine Milli sie angesprochen hatte. Milli! Frederik! Siedendheiß fiel ihr ein, dass sie sich beim Einwohnermeldeamt nach Familie Kolkner erkundigen wollte. Dann konnte sie zudem gleich zwei Fliegen mit einer Klappe schlagen, denn nun war sie ja auch noch auf der Suche nach einem gewissen Ehepaar Overbeck. Was wohl würde Frederik sagen, wenn sie ihm alles erzählte? Wahrscheinlich fiel er genauso aus allen Wolken wie sie.

Und dann schoss ihr ein Gedanke in den Kopf. Ein Gedanke, der so ungeheuerlich war, dass er schon alleine seitens der näheren Betrachtung Valerie eine Gänsehaut einjagte. Ob Janna auch adoptiert war? Diese frappierende Ähnlichkeit ließ Valerie einfach nicht los. Und nach allem, was sie heute über ihr eigenes Ich erfahren hatte, glaubte sie an alles. *„Bei diesem Kind könnte es sich um Ihre Schwester handeln!"* So waren doch die Worte Frau „Sehn wir mals"! Genau so und nicht anders! Sie würde diese Episode bei der Wahrsagerin nie vergessen, auch nicht, wie sie, Valerie, anschließend vollkommen erzürnt aufgesprungen war und alles Gehörte weit von sich wiesen hatte. Wie sagte Frau „Sehn wir mal" noch? *„Erlauben Sie mir die Feststellung, dass nicht alles, was Sie für wahr halten, zwangsläufig auch die Wahrheit sein muss!"* Der hintergründige Spruch gewann nun an immenser Bedeutung. Mit ihm im Hinterkopf betrat sie den großen, verwinkelten Gebäudekomplex ein zweites Mal.

Man sieht sich immer zweimal im Leben

Ungefähr zur selben Zeit dröhnte die Glocke der *Antonius-Grundschule* im fünfzehn Kilometer entfernten Neukirchen-Vluyn und läutete den Unterrichtsschluss ein.

Draußen auf der *Sittermannstraße* wurde inzwischen jede noch so kleine Parklücke von wartenden Eltern, meist Müttern, besetzt und Janna Sievers ärgerte sich einmal mehr über diejenigen, die sich genau vor die Einfahrt zum Schulhof stellen mussten, weil sie zu faul waren, ein paar Meter zu laufen. Weder Janna, die schon einige Male an die Scheiben der Leute geklopft und nach erstauntem Herunterlassen derer darauf aufmerksam gemacht hatte, dass die Kinder durch diese rücksichtslose Parkerei nicht die Kreuzung einsehen konnten, noch sämtliche absoluten Halteverbotsschilder bewirkten eine Änderung. Janna musste feststellen, es waren im Prinzip immer dieselben Uneinsichtigen. Selbst das Einschreiten der Polizei, die in unregelmäßigen Abständen an dieser Stelle ihre Visite machte, hielt nicht davon ab. Stattdessen ließ man einfach den Motor laufen und war so für ein plötzliches Auftauchen derer gewappnet.

Janna brauchte nur ein paar Minuten zu warten, da kamen ihre beiden Mädchen auch schon angerannt. Bei Tonia hing der Tornister wie immer nur halb auf dem Rücken, weil sie ständig den Schultergurt baumeln ließ. Dafür trug ihre Schwester Jasmin gewohnheitsmäßig die Butterbrotdose unterm Arm.

Janna stieg aus und klappte die Hecktür hoch.

„Na, ihr zwei! Alles klar?"

„Hallo Mami! Das ist aber schön, dass du uns abholst!", riefen die beiden Mädchen erstaunt, warfen aber sogleich ihre Tonnen in den Kofferraum. „Ist heute etwas Besonderes?"

„Weil ich euch abhole? Lasst euch überraschen!", entgegnete Janna und versuchte, die aufkommende Unruhe in sich zu zügeln. „Wie war es denn heute?", erkundigte sie sich selbst ablenkend interessiert, was ihre Zweit- und Drittklässlerin von heute aus dem Unterricht zu berichteten hatten.

„Wir haben schrecklich viele Hausaufgaben auf!", maulte Tonia, und schüttelte ihre dunkle Lockenmähne im Rückspiegel.

„Sooo schlimm wird es wohl nicht sein!", hielt die sanftmütigere Jasmin dagegen. „Du musst bestimmt nur wieder mehr machen, weil du was vergessen hast, zu machen." Diese Unterstellung versetzte ihr augenblicklich einen Seitenhieb der jüngeren Schwester.

„Lass das!", versetzte Jasmin erhaben.

„Hört auf, euch schon wieder zu zanken!", rief Janna energisch in den Fond. Sie konnte das gar nicht gut vertragen, denn ihre beiden Süßen lagen sich ständig in den Haaren. „So kann ich kein Autofahren."

Sofort war Ruhe auf der Rückbank.

„Fahren wir gar nicht nach Hause?", fragte Jasmin irritiert. Die Achtjährige besaß einen außerordentlich guten Orientierungssinn und bemerkte daher sofort, wenn der Wagen einen anderen Weg als sonst einschlug.

„Ich bringe euch zu Omi und Opi", erwiderte Janna. „Ich habe ein paar Besorgungen zu machen und hole euch später wieder ab. In Ordnung?"

„Und unsere Hausaufgaben?" Die jüngere Tonia hoffte im Stillen, dass die verhasste Arbeit nach Schulschluss heute somit ausfiel.

„Die macht ihr bei Omi und Opi", erklärte Janna jedoch resolut. Sie ahnte schon, was in den Köpfen der beiden vor sich ging. „Und zwar sauber und ordentlich wie immer! Ich werde sie mir nachher, wenn wir zu Haue sind, nämlich ganz genau anschauen."

Jasmin grinste leicht, Tonia mopperte noch ein bisschen hinten herum, schien sich dann aber doch in ihr Schicksal zu fügen. „Na gut, wenn's denn unbedingt sein muss. Vielleicht gibt Opi mir ja wieder einen Euro, wenn ich ganz sauber arbeite."

Typisch ihr Vater, dachte Janna sofort, während sie die *Niederrheinallee* am alten Zechengelände in Richtung Moers entlangpreschte, bei Tonias Bemerkung. Immer dieselbe Belohnungsmasche. So war es schon damals bei ihr gewesen. Hatte sie mal keine Lust, irgendetwas zu machen, so köderte er auch sie problemlos mit einer finanziellen Belohnung. Bei welchem Kind wirkte das nicht?

Hinter der Autobahnbrücke bog Janna in die *Hülsdonker Straße* ein. An der Abbiegerspur der *Geldernschen Straße* hielt sie sich links, passierte den *Moerser Hauptfriedhof*, das *Café Jedermann*, die Überführung der *Rheurdter Straße* und fuhr die *Sandforter Straße* immer geradeaus, an Wiesen und Feldern entlang. Kurz hinter dem kleinen Waldhain hielt sie vor dem schmucken Bungalow, den ihre Eltern erst vor zwei Jahren gekauft hatten.

Noch bevor sie die Fahrertür öffnen konnte, ging auch schon die Haustür auf und ihre Mutter stand auf der Schwelle. Johanne Kolkner winkte den Ankommenden freudig entgegen.

„Omi, Omi!", riefen die Kinder laut und sprangen aus dem Wagen. Johanne spreizte die Arme und jedes Mädchen drückte sich in einen hinein.

„Hui, seid ihr heute wieder stürmisch!", belachte sie die überschwängliche Begrüßung. Dann umarmte sie ihre Tochter. „Na, mein Kind! Du siehst etwas blass aus. Ist dir nicht gut?"

Janna wehrte ab. „Alles in Ordnung, Mutsch."

„Wirklich?" Johanne ließ sich nicht täuschen. Wenn es um ihre Kinder ging, entwickelte sie feine Antennen. Und dass Janna irgendetwas auf dem Herzen lag, spürte sie ganz deutlich. Zumal der Anruf, ob sie heute spontan wegen einem wichtigen Termin die Enkelinnen nehmen könne, auch ziemlich überraschend kam. Das war sie von ihrer Tochter gar nicht gewohnt. Eigentlich hatte Johanne vor, sich mit den Frauen vom Doppelkopfspielen zu einem Stadtbummel zu treffen. Aber als sich Janna am Telefon so merkwürdig anhörte, konnte sie sie ja nicht einfach hängen lassen und sagte ihre eigene Verabredung damit kurzerhand ab.

„Mutsch, bitte frag mich jetzt nicht!" Ungewollt traten Janna Tränen in die Augen. Bis jetzt hatte sie sich vor den Kindern noch einigermaßen beherrschen können, doch nun fiel es ihr zunehmend schwerer. Zumal sie ihrer Mutter wirklich nichts vormachen konnte.

„Trinkst du wenigstens noch einen Kaffee mit mir?", fragte Johanne und hoffte, sie dabei in ein Gespräch verwickeln zu können, um zu erfahren, was denn eigentlich passiert war. Sie verstand Jannas Geheimniskrämerei überhaupt nicht. Warum sagte sie ihr nicht, was das für ein merkwürdiger Termin war, zu dem sie nun so eilte.

Doch Janna schüttelte den Kopf. „Ich möchte lieber sofort weiter." Janna rief ein Tschüss ins Hausinnere und das übliche: „Benehmt euch bitte, hört ihr!" Dann drückte sie der Mutter einen Kuss auf die Wange. „Sei mir nicht böse, ja!"

Johanne sah ihrer Tochter mit sorgenvollem Blick hinterher, bis der schwarze Geländewagen ihrem Blickwinkel entschwunden war.

Janna fuhr in die Moerser Innenstadt. Schon als sie den *Nordring* rückseitig des Finanzamtes hinuntersteuerte, glitzerte ihr in der Sonne die Blechdecke der Wagen entgegen und sie erspähte, wie bei dem Anblick schon zuvor vermutet, auf dem großen Parkplatz vergeblich eine freie Möglichkeit. Also versuchte sie es am *Neumarkt*. Mit dem gleichen Ergebnis. Sie schimpfte, machte damit ihrem angestauten Frust Luft. Dann endlich, am *Kastell*, hatte sie Glück. Zwar musste sie hier Parkgebühren zahlen, aber ihr blieb ja wohl nichts anderes übrig. Janna schaute auf die Uhr. Noch eine halbe Stunde. Sie war viel zu früh und hätte vorhin schon noch Zeit gehabt, mit ihrer Mutter einen Kaffee zu trinken. Doch Janna wusste, die würde sie solange löchern, bis sie ihr sagte, mit wem sie sich hier und heute treffen wollte und das konnte Janna einfach nicht. Jedenfalls jetzt noch nicht. Sie wollte sich lieber selber erst einmal ein Bild machen. Würde keinem etwas davon sagen …

Sechsmal fünf Minuten zum Durchatmen. Sie hatten sich um eins im *Fiddlers* verabredet. Dann würde sie, Janna, vor ihr sitzen. Vor dieser Frau, die plötzlich ihr ganzes Leben durcheinander brachte. Doch aus welchem Grunde nur hatte sich diese Paula Sendler ausgerechnet jetzt bei ihr gemeldet? Nein, die entscheidende Frage war vielmehr: Warum hatte sie sich überhaupt gemeldet? Warum ließ sie sie nicht einfach in Ruhe? Dann bliebe wenigstens alles so, wie es bisher war. Aber jetzt?

Wieder schaute Janna auf die Uhr. Zwanzig vor eins! Die Zeit schien irgendwie gar nicht zu verrinnen. Janna stieg aus, steckte sich eine Zigarette an und lehnte sich ans Auto. Mit jedem tiefen Sog spürte sie eine vermeintliche Beruhigung. Die Sonne wärmte ihren Nacken und ein leichter Wind spielte mit ihren langen braunen Haaren, die sie heute

Morgen zu einem Zopf nach hinten gebunden hatte. Fünf vor! Endlich! Janna drückte den Verriegelungsknopf und schlenderte scheinbar gelassen hinüber zu dem weißen Eckgebäude, in dessen Erdgeschoss der irische Pub seine Gäste zu köstlichen Leckereien oder auch nur auf einen Drink einlud.

Doch als Janna die Stufen zum Eingang hinaufging, stockte sie. War es richtig, was sie hier tat? Sollte sie nicht besser auf der Stelle schleunigst umkehren? Noch war es nicht zu spät. Wer wusste, was diese Frau ihr alles offenbarte? Dinge, die Janna doch gar nicht hören wollte. Oder doch? Janna war vollkommen durcheinander. Sie hatte schlicht Angst vor dem, was sie hier gleich erwartete.

Der Kontrast zum Tageslicht war beachtlich. Die Räumlichkeiten des *Fiddlers* empfingen Janna mit seiner immergleichen Schummerbeleuchtung, schon alleine durch die ringsum dunkel gehaltenen Wandverkleidungen bedingt. Janna wunderte sich, dass das Restaurant relativ leer wirkte. Aber in der Regel war sie ja auch eher abends hier, auf ein Guinness, mit Gerrit, ihrem Mann. Gerrit, der von nichts ahnte. Sie hatte auch ihm nichts von dem ominösen Anruf dieser Paula Sendler gesagt. Der war ja auch erst heute Morgen gekommen und sie hätte Gerrit im Büro damit behelligen müssen. Doch da rief sie wirklich nur im äußersten Notfall an. War das hier jetzt so ein Notfall? Janna wusste es noch nicht. Sie setzte sich in die Nähe des Eingangs an einen Fenstertisch und harrte voller Ungeduld der Dinge, die da auf sie zukamen. Dabei behielt sie ohne Unterlass die Tür im Auge.

Es war kurz vor eins, als eine Frau hereinkam und sich suchend umblickte. Ob das diese Paula Sendler war? Janna wusste weder, wie alt die Frau war, mit der sie sich hier verabredet hatte, noch kannte sie deren Äußeres.

Am Telefon klang die Stimme einfach nur ziemlich rauchig und geheimnisvoll. „Spreche ich mit Janna Kolkner selbst?", hatte sie gefragt.

Und als Janna, wenn auch mit ihrem Mädchennamen angesprochen, bejahte, folgte dann das schier Ungeheuerliche: „Ich bin Paula Sendler, die Hebamme, die Ihnen vor sechsunddreißig Jahren auf die Welt geholfen hat."

„Wie bitte?" Janna war vollkommen platt gewesen. Irgend so ein dummer Telefonscherz, dachte sie zunächst. Doch als die Stimme am anderen Ende der Leitung offerierte: „Sie sind geboren am 8. März 1975 in *Krefeld-Uerdingen*!" fing Janna an zu begreifen. Nein, dies war kein Scherz, sondern todbitterer Ernst. Schmerzhaft erkannte sie, dass ihre Vergangenheit sie einzuholen schien. Eine Vergangenheit, die sie eigentlich gar nicht kannte und auch gar nicht mehr kennenlernen wollte, weil sie diese für sich selber längst abgeschrieben hatte.

„Was wollen Sie von mir?" Janna war bemüht, ihrer Stimme eine gewisse Festigkeit zu verleihen.

„Ich habe lange nach Ihnen gesucht!", kam es zurück und ein merkwürdiges Rauschen in der Leitung übertönte die rauchige Stimme. „Endlich habe ich Sie gefunden!"

Janna verstand nicht. „Nach mir gesucht? Warum?"

„Weil ich den Auftrag dazu bekommen habe", war jedoch alles, was Paula Sendler vorab preisgab. „Verzeihen Sie, wenn ich am Telefon nicht weiter hierauf eingehen möchte. Können Sie ein persönliches Gespräch einrichten? Können wir uns treffen? Heute vielleicht noch?"

Janna überkam eine Mischung aus Neugierde und Unruhe. Was bedeutete das alles? Ihre Hand, die den Hörer hielt, begann zu zittern. „Heute?", echote sie entgeistert und überlegte zugleich, ob ihre Mutter die Kinder nehmen würde, denn die konnte sie ja schlecht mitnehmen, wenn sie sich mit dieser Paula Sendler traf. Und bevor sie weiter überlegte, flutschte es einfach aus ihrem Mund: „Um eins im *Fiddlers* am *Moerser Kastell*. Kennen Sie das?"

„Ich werde es schon finden!", kam es überzeugt zurück.

Die Frau, die eben das Lokal betreten hatte, war offensichtlich nicht Paula Sendler, denn sie nahm Platz am Tisch eines Mannes, der unweit von Janna bis jetzt in irgendeiner Zeitung gelesen hatte und diese nun freudig lächelnd beiseite legte.

Zwei Minuten nach. Wieder ging die Tür auf. Diesmal betrat eine wesentlich ältere, elegant gekleidete Dame die Schwelle und ließ ihren Blick suchend umherschweifen.

Janna überlegte schon, ob diese auch mit jemandem hier verabredet war, als deren Blick an ihr hängen blieb. Sofort stolzierte sie auf Janna zu. Ihr Gesicht wirkte irgendwie ziemlich herb, doch es zeigte direkt vor Janna ein freundliches Lächeln.

„Frau Kolkner?"

„Jetzt Sievers!", verbesserte Janna sie diesmal und wies einladend auf einen der freien Plätze an ihrem Tisch. „Frau

Sendler, nehme ich an?"

Sie saßen sich gegenüber und musterten sich aufmerksam.

„Aus Ihnen ist eine sehr hübsche Frau geworden", sagte Paula Sendler anerkennend. „Es sind so wahnsinnig viele Jahre vergangen."

Janna wusste nicht so recht, was sie darauf erwidern sollte und nickte stattdessen einfach nur. Allerdings nicht ohne ihr Gegenüber genauer in Augenschein zu nehmen. Altersflecken auf den Armen und die faltige Haut am Hals ließen Janna ihr Gegenüber um die Achtzig schätzen. Ihre Haltung war leicht gebeugt, doch durch das Kostüm, das sie trug, wirkte Paula Sendler trotzdem irgendwie hoheitlich. Allerdings bildete ihre Stimme dazu einen krassen Gegensatz, denn sie klang rau wie ein Reibeisen.

Eine der netten jungen irischen Kellnerinnen kam und fragte nach ihren Wünschen.

„Trinken wir einen Kaffee zusammen?", fragte Paula Sendler und es schien Janna, als wolle sie damit dem Gespräch einen alltäglichen Klang angedeihen lassen.

Wieder nickte Janna nur. Sie fühlte sich schrecklich befangen.

Paula Sendler ahnte wohl, was in der jungen Frau vorging. „Ich danke Ihnen, dass Sie ein Zusammentreffen möglich machen konnten. Und ich möchte Ihre Zeit auch gar nicht über Gebühr in Anspruch nehmen." Sie lächelte immer noch freundlich. Doch Janna konnte trotzdem keine so rechte Sympathie für diese Frau empfinden. Eher hatte sie das Gefühl, vor ihr auf der Hut sein zu müssen.

Janna wartete noch, bis die Bestellung serviert wurde, dann legte sie los: „Sie sprachen davon, jemand habe Ihnen den Auftrag gegeben, mich zu suchen …" Janna sah ihr jetzt direkt ins Gesicht. „Wer?" Sie wollte endlich zur Sache kommen. „Und warum?"

Paula Sendler senkte die Lider, so als ob ihr das folgende auf eine gewisse Art peinlich sei. „Ihre Mutter!"

Janna riss vor Schreck die Augen hoch. „Wer?!"

Die Sendler verbesserte sich. „Ihre *leibliche* Mutter!"

„Aha." Janna war platt. Sie hatte seit dem Anruf heute Morgen ja schon damit gerechnet, dass sie nun Dinge erfahren würde, die sie gar nicht mehr hören wollte. Hatte in gewisser Weise sogar ein wenig Angst davor verspürt. Aber dass sie von dieser Frau, die sie einst zur Welt gebracht und dann einfach abgegeben hatte wie ein altes Spielzeug, auf einmal gesucht wurde …?

Janna wusste, seit sie denken konnte, darüber Bescheid. Ihre Eltern – und Johanne und Herbert Kolkner waren und blieben ihre Eltern, egal, was kam! –, hatten sie mit dem Wissen, adoptiert zu sein, aufwachsen lassen. Und dafür war Janna ihnen mehr als dankbar, würde sie schließlich nicht wie so viele andere in ihrer Situation in eine Identitätskrise hineinschlittern, wenn eines Tages aus irgendwie gearteten Gründen die Wahrheit ans Licht drang.

Natürlich hatte es auch bei ihr einmal einen Anflug von Neugierde gegeben und sie versuchte, etwas über ihre leiblichen Eltern herauszufinden. Doch das war lange her. Damals war sie achtzehn gewesen und schnurstracks zum Jugendamt gegangen, weil sie dachte, dort vielleicht etwas erfahren zu können. Und tatsächlich, man hatte ihr eine Kopie mit Daten ausgehändigt. Darauf war in einer Spalte Wigbert Overbeck als Vater eingetragen, und die andere mit dem Namen der Frau versehen, die sie, Janna, tatsächlich zur Welt brachte. Helma Walburga Overbeck, geborene Bachmann. Nie würde sie diese beiden Namenszüge vergessen. Ein paar Wörter nur, die sich in ihr Gedächtnis einbrannten, die sie dann aber in einer Schatulle, die groß genug war, um dieses kostbare Papier darin zu verstauen, versteckte. Zwar wusste sie, dass die Kolkners ihr nie verwehren würden, ihre leiblichen Eltern ausfindig zu machen und einen gewissen Kontakt herzustellen, aber Janna stand sich bei diesem Gedanken eher selbst im Weg. Laut des Papiers waren ihre Eltern miteinander verheiratet gewesen. Stellte sich also die Frage, warum man sie damals wie ein altes Spielzeug ausrangiert hatte. Das einzige, was Janna etwas stutzig machte, waren die vermerkten Geburtsdaten. Doch Janna beschloss, keinen weiteren Gedanken überhaupt mehr an die Sache zu verschwenden und hütete ihr Wissen als ureigenes Geheimnis. Nicht mal Freddy, ihrem damaligen Freund, hatte sie etwas davon gesagt. Warum auch? Sie stand kurz davor, für ein Jahr in die USA zu gehen und wusste nicht einmal, ob ihr Freddy auch weiterhin die große Liebe blieb, die er zum damaligen Zeitpunkt wirklich für sie war. Und letztendlich sah man ja, es war doch alles ganz anders gekommen.

„Und warum bemüht die Frau sich nicht selber? Erst ihr Baby weggeben und dann von anderen suchen lassen? Was ist das nur für ein Mensch?" Klirrend stellte Janna die

Kaffeetasse auf den Untersatz. Verflogen war ihre Angst, jetzt packte sie nur die nackte Wut.

„Bitte, es ist nicht ganz so, wie Sie denken!"

„Wie ist es denn dann?", ereiferte Janna sich. Sie hatte wirkliche Mühe, ruhig zu bleiben.

Paula Sendler sah sie aus seltsam glasigen Augen an. Dann schien jäh ein weiches Lächeln der Erinnerung ihre herben Züge zu durchbrechen. „Sie waren eigentlich schon damals die vorlautere von beiden …"

Eigentlich hätte der Satz Janna stutzig machen müssen, doch die war so mit ihrer Abneigung beschäftigt, dass sie nur halb hinhörte. Sie verschwendete auch keinen Gedanken daran, ob es wohl üblich war, dass Gebärende und Hebamme auch nach so vielen Jahren noch Kontakt hatten. „Wissen Sie was, richten Sie dieser so genannten Mutter aus, jetzt ist es zu spät, ihr Gewissen reinzuwaschen.

Die Sendler zuckte unter Jannas harten Worten zusammen. Sie argwöhnte von vornherein, dass es schwer werden würde, der jungen Frau die Wahrheit zu gestehen. Eine Wahrheit, an der sie selbst nicht unbeteiligt war.

„Frau Sievers! Janna! Ich bitte Sie, hören Sie mir nur einen Augenblick zu!", bat Paula Sendler eindringlich. „Ich werde, nein, ich möchte Ihnen gerne alles erklären …. es ist wirklich nicht so, wie Sie denken …!" Sie stockte, schien das Hoheitliche von einer Sekunde zur anderen abgelegt zu haben. Die sehnigen Hände zitterten und unter den Augenhöhlen zeichneten sich Ringe ab. Von einer Sekunde zur anderen sah sie nur noch aus wie ein alter, betrübter Mensch.

„Nicht so, wie ich denke? Na, Sie sind gut! Die Frau muss selbst damit klarkommen …", wiederholte Janna eisig.

„Sie tun ihr Unrecht, glauben Sie mir!", behauptete die Sendler und setzte zögernd hinzu: „Eigentlich bin mehr *ich* es, die die Absolution sucht …"

„Ich verstehe kein Wort!" Janna war schon im Begriff, die Kellnerin heranzuwinken, um ihren Kaffee zu bezahlen und dann schleunigst von hier zu verschwinden. Was redete diese Frau für einen Wirrwarr? Doch plötzlich fühlte sie sich wie ein hypnotisiertes Kaninchen. Sie ließ die Hände sinken, sah Paula Sendler fest in die Augen und entgegnete: „Also gut. Anhören kann ich mir die Version ja mal."

Die Mittagszeit war längst vorüber, als sich Janna Sievers und Paula Sendler draußen voneinander verabschiedeten. Nach der angenehmen Kühle in den Räumen des Pubs schlug ihnen eine drückende Hitze entgegen. Die ehemalige Hebamme verschwand mit einem ehrlich gemeinten: „Ich wünsche Ihnen alles Gute!" in Richtung Fußgängerzone aus Jannas Leben genauso blitzartig, wie sie erschienen war.

Janna spürte noch jetzt den kräftigen Druck ihrer Rechten und wunderte sich auch im Nachhinein, welche Kraft in so einer betagten Hand liegen konnte. Wie im Trance ging sie zu ihrem Wagen, der jetzt in der prallen Sonne stand. Umständlich kramte sie den Autoschlüssel aus der Tasche und öffnete alle Türen, damit die drückende Hitze wenigstens ein bisschen entweichen konnte, bevor sie losfuhr. Sie setzte sich auf den Beifahrersitz und atmete langsam tief ein und aus. Tränen bahnten sich den Weg durch die Iris. Den Kindern und ihrer Mutter konnte sie so unmöglich unter die Augen treten. Sie schloss die Lider, das soeben Gehörte hallte in ihren Ohren wider und hatte Mühe mit der Aufnahmefunktion ihres Gehirns. Es war so unglaublich, so unfassbar, was Paula Sendler ihr mitgeteilt hatte. Janna stöhnte vor Schmerz. Jetzt empfand sie alles noch viel schlimmer als vorher.

Nagende Wurzeln

W ie … adoptiert?" Frederik glaubte, seine Ohren spielten ihm einen Streich. „Und du wusstest das nicht?" Es war unglaublich, was Valerie ihm da bruchstückweise vorstotterte. „Das kann doch nicht sein …! Und wie hast du das ausgerechnet jetzt erfahren?" Er versuchte, Valeries unverständlichen Bericht zu sortieren.

„Ich …", Valerie schluchzte. „Ich … war … auf dem … Amt, hab mei … meine Pa…pie…re geholt. Und … und dann … hat mir diese Frau da gesagt, nein … sie hat es mir … eigentlich gar nicht gesagt, sie hat mir nur die Unterlagen gegeben und …" Valeries Stimme brach weinend ab.

Frederik verstand nun überhaupt nichts mehr. „Von was für Unterlagen redest du?" Doch seine Frage ging ins Leere, blieb unbeantwortet, denn Valerie war völlig neben sich. Stattdessen kratzte sie sich unentwegt an der Handfessel und streifte den Armreif vom Gelenk, der dabei augenfällig störte.

Frederiks Besorgnis über ihr völlig konfuses Verhalten ließ die Beantwortung seiner Frage in den Hintergrund rücken. Valerie würde ihm bestimmt alles genauer berichten, wenn sie sich von ihrem deutlich erkennbar seelischen Schock wieder einigermaßen erholt hatte.

„Das ist ein so grauenhafter Tag für mich, das kannst du dir gar nicht vorstellen!"

„Mein armer Schatz! Wie kann ich dir nur helfen?" Er wollte sie trösten, doch hatte er sichtlich Mühe, die rechten Worte zu finden. So nahm er sie einfach nur ganz feste in die Arme und ließ sie weinen.

„Was hat Valerie denn?" Milli, die gerade aus dem Kinderzimmer kam, erschrak, als sie ihre große Freundin so aufgewühlt vorfand.

Valerie streckte den Kopf vor und schluchzte. Wie sollte sie der Sechsjährigen ihre Situation erklären? „Ich bin ziemlich traurig", sagte sie deshalb einfach. „Das ist man halt schon mal."

„Hm", machte Milli, die schon verstanden hatte, dass Valerie einen bestimmten Grund hatte, ihn aber nicht nennen wollte und ihr blondes Lockenköpfchen schien zu überlegen. „Dann muss man dich ganz schnell wieder aufheitern. Komm, wir laufen hinüber in den *Stadtwald* und essen Brezel mit Quark. Danach geht es dir bestimmt wieder besser."

„Das ist ein geniales Angebot, mein kluges Fräulein Tochter." Dankbar nahm Frederik diesen Einfall auf. „Valerie?"

Doch die schüttelte den Kopf. „Seid mir nicht böse, aber ich glaube, ich fahre lieber ins Hotel. Ich muss alleine sein und meine Gedanken ordnen. Sonst dreh ich noch durch."

„Och, schade! Kannst du es dir nicht noch mal überlegen?", quengelte Milli.

„Mir ist lieber, ich fahre, statt euch weiter die Stimmung zu vermiesen. Ihr könnt ja eine Brezel für mich mitessen." Valerie versuchte zu lachen, aber das scheiterte kläglich an ihrer augenblicklichen Verfassung. Dieses Auf und Ab der Gefühle war grausam. Einmal ging es ihr glänzend und sie dachte, über den Dingen zu stehen. Schließlich hatte sie ja Eltern, die sie zudem sehr liebte und ein geregeltes Leben. Dann wieder fühlte sie sich deprimiert, hatte das Gefühl, ihrer Wurzeln beraubt worden zu sein. Sie war sich plötzlich selber fremd und das war das Allerschlimmste. Kein Frederik, keine Milli konnten ihr aus der Misere heraushelfen. Niemand konnte das.

„Mir ist nicht gut dabei, dich so ziehen zu lassen", widersprach Frederik besorgt. „Ich mache mir schließlich Gedanken um dich!"

Dafür küsste sie ihn innig und raunte in sein Ohr: „Das ist lieb, aber das brauchst du nicht. Ich komme klar."

„Wirklich?" fasste Frederik noch einmal nach. So ganz wohl war ihm nicht dabei. Er war so glücklich, Valerie getroffen zu haben, Valerie, die alles in ihm verändert hatte, Valerie, die er trotz der kurzen Zeit mehr als alles andere liebte. Mit Ausnahme von Milli natürlich, aber das war schließlich eine andere Form von Gefühl. Angst beschlich ihn. Angst, Valerie wieder zu verlieren. Er wusste einfach noch viel zu wenig über sie.

Valerie griff in ihre Hosentasche und fischte nach dem gebrauchten Tempo. Dabei fiel ein weißer Zettel heraus.

„Ach, das hätte ich ja fast vergessen, weil ich so durcheinander bin", schniefte sie und reichte ihn Frederik.

„Hier habe ich alles aufgeschrieben, was ich beim Einwohnermeldeamt über Kolkner in Erfahrung bringen konnte. Verzogen 1998 nach *Duisburg-Wedau*. Mehr hatten die nicht. Wir müssen uns ans Duisburger Amt wenden. Gleich Morgen werde ich …“

„Das ist doch jetzt nicht so wichtig!“ Frederik legte die Notiz unbeachtet auf den Tisch.

Aber da hatte er nicht mit Valeries unerwartet heftiger Reaktion gerechnet. „Wie … nicht wichtig? Spinnst du? Für mich jetzt mehr denn je!“

„Schatz“, versuchte er sie zu beschwichtigen, „du verrennst dich da jetzt in irgendwas! Siehst Gespenster, wo keine sind. Glaube mir, Janna hat mit dir bestimmt rein gar nichts zu tun.“

Valerie sah ihn an wie einen Geist. „Ach, auf einmal? Und diese Ähnlichkeit? Kannst du mir sagen, wo die herkommt? Bis heute Morgen war ich schließlich auch noch nicht adoptiert!“ Sie redete sich in Rage.

„Ich weiß ja, wie du dich fühlst, aber …“, versuchte er sie zu beschwichtigen, doch sie fiel ihm ins Wort.

„Gar nichts weißt du! Woher auch? Oder hat dir auch schon mal jemand gesagt, dass du gar nicht du bist?“ Hämisch sah sie ihn an. Nichts zeugte in diesem Moment von dem tiefen Gefühl für ihn. „Wer war es denn, der mich überhaupt mit Janna Kolkner verwechselt hat?“ Valerie sprang mit einem Satz auf. Sie musste schnellstens hinaus an die frische Luft. Hier drin bekam sie das Gefühl, sämtliche Wände rückten näher.

Völlig besinnungslos und ohne ein weiteres Wort hastete sie aus der vermeintlichen Enge dieser Wohnung. Eine traurige Milli und ein bestürzter Frederik schauten ihr wehmütig hinterher, als die Tür ins Schloss knallte.

Valerie lag auf ihrem Bett und hatte die Arme unter dem Kopf verschränkt. Sie starrte zur Zimmerdecke und ließ sich auch nicht durch irgendwelche Klingeltöne ihres Handys aufschrecken. Viermal bereits in der letzten halben Stunde versuchte Jörg sie zu erreichen und einmal ihre Eltern. Aha, dachte sie nur, Jörg hatte wohl mit ihnen gesprochen. Doch fehlte ihr jegliche Lust, jetzt mit auch nur einem von ihnen zu reden. Zu sehr war sie mit sich selbst beschäftigt.

Wie bereits heute Vormittag stellte sie sich erneut die Frage, was nun vor ihr lag. Konnte sie tatsächlich einfach so wieder in ihren ganz normalen Alltag zurückkehren? So tun, als ob die Welt noch in Ordnung sei? Wohl kaum, denn sie, Valerie, war nicht mehr dieselbe.

Zunächst einmal aber war sie fest entschlossen, alles über Janna Kolkner zu erfahren. Sie fühlte, es gab eine Verbindung zwischen ihnen. Und egal, welche – sie würde es herausfinden. Valerie dachte an Frau „Sehn wir mal" und leistete ihr im Stillen Abbitte. Auch Tina konnte sie jetzt nur noch beipflichten, die ja immer geprahlt hatte, wie gut diese Frau ihr Handwerk verstand.

Wieder ging das Telefon. Der normale Klingelton besagte, Unbekannt rief an. Bestimmt Frederik, denn seine Nummer hatte sie noch nicht eingespeichert. Valerie überlegte schon, ob sie nicht einfach die Ohren auf Durchzug stellen sollte, dann überlegte sie es sich doch und nahm das Gespräch an.

„Valli? Hey, meine Liebe! Na, wie geht es dir denn so da oben in den niederrheinischen Gefilden?", schallte es ihr munter entgegen.

„Tina!" Das war zur Abwechslung wirklich einmal etwas Erfreuliches. „Mit dir habe ich ja gar nicht gerechnet."

„Nein? Warum denn nicht? Wir telefonieren doch sonst auch ständig miteinander."

„Da bin ich ja auch in Heidelberg. Nee, weil ich keine Nummer auf dem Display habe."

„Kannst du auch gar nicht, weil ich mich gerade Axels Apparillo bediene", kicherte Tina.

„Ach so."

„Na, sag mal, was ist denn mit dir los? Klingst gar nicht wie jemand, der bald glücklich verheiratet sein wird."

Bei dem Gedanken wurde es Valerie noch elender zumute, als ihr ohnehin schon war. „Ach, Tina, fang nicht wieder davon an."

„Nanu!", kombinierte die sofort hellhörig. „Nachtijall, ick hör dir trapsen! Hast du etwa jemand kennengelernt?"

Was jetzt? Sollte sie Tina die Wahrheit gestehen und ihr von Frederik erzählen?

„Komm schon! Wir kennen uns lange genug und der guten alten Tina kannst du nichts vormachen! Das weißt du!"

Dem musste Valerie unbedingt beipflichten. „Also gut, ich habe tatsächlich jemanden kennengelernt", bekannte sie wahrheitsgemäß, betonte allerdings schnell hinterher: „Aber es ist nichts Ernstes!"

„Ah ja?" Tina ließ sich nicht hinters Licht führen. „Du hast an diesem Wochenende wahrscheinlich nur rein zufällig eine Menge mit ihm erlebt, was?", griente sie.

„Das kann man wohl sagen!", entgegnete Valerie bitter und ahnte zugleich, dass Tina jetzt erst recht hellhörig wurde.

Da kam es auch schon. „Wie meinst du das? Du bist so komisch. Sag mal, ist was passiert?"

„Was passiert?", wiederholte Valerie ungewohnt heftig, was ihr direkt schon wieder Leid tat, schließlich konnte Tina ja nichts für ihre Situation. „Das ist gar kein Ausdruck dafür." Und dann begann sie, Tina alles von Anfang an zu berichten.

Die blieb mucksmäuschenstill und lauschte gebannt dem, was ihre Freundin im fernen Krefeld da von sich gab. Als Valerie geendet hatte, schluckte sie. „Das ist … das kann …" Tina fehlten schlichtweg die Worte, was bei ihr nun wirklich nicht allzu häufig vorkam. „Was wirst du denn jetzt tun?

„Tja, wenn ich das mal so genau wüsste! Auf jeden Fall werde ich noch ein Weilchen hier bleiben und recherchieren."

„Und du glaubst, diese Janna könnte tatsächlich deine Schwester sein?"

„Ich weiß es nicht", erwiderte Valerie ratlos. „Aber Fakt ist, dass sie eine sehr, sehr große Ähnlichkeit mit mir hat. Um nicht zu sagen: Auf dem Bild, was ich gesehen habe, gleichen wir uns wie ein Ei dem anderen."

„Aber deine Eltern müssen das doch sicher wissen!", rief Tina geschockt.

„Meine Eltern?" Valerie stöhnte auf. „Die wussten zumindest, dass sie mich adoptiert haben. Nur ich … ich wusste nichts von alledem." Valerie merkte, wie ihre Augen wieder feucht wurden.

„Du, ich weiß gar nicht, was ich sagen soll. Ich bin … ich bin restlos platt, jawoll! Das gibt es doch alles gar nicht!"

„Dann geht's dir wie mir", sagte Valerie leise.

„Weißt du was, ich komme!", rief Tina spontan. „Und dann machen wir uns zusammen auf die Suche nach deiner leiblichen Verwandtschaft." Ihre Stimme überschlug sich fast, als sie sich wiederholte: „Das kann doch alles gar nicht sein!"

„Kannst du denn weg?", fragte Valerie hoffnungsvoll und resigniert zugleich.

„Das krieg ich schon geregelt!", kam es burschikos zurück.

Ich nehme mir mal ein paar Tage Urlaub, hab schließlich noch etliche Überstunden beim Chef gut und im Moment ist sowieso nicht gerade der Bär los."

„Und dein Axel?"

Tina lachte schon wieder. „Für den werd ich doch erst richtig interessant, wenn ich mal nicht zu erreichen bin, oder?"

„Wenn du meinst." Valerie war sich da nicht so sicher.

„Aber deinen Frederik, den musst du mir unbedingt vorstellen, hörst du, Valli!", rief Tina keck. „Schließlich bin ich deine beste Freundin und …"

„Ja, ja, Tina!", unterbrach Valerie ihren Redeschwall. Doch spürte sie, wie wohl ihr Tinas Temperament in diesem Moment tat. „Ich weiß nur nicht, ob er mich noch sehen will, nachdem ich mich so blöd aufgeführt habe." Ihr wurde augenblicklich beschämend klar, dass sie sich wirklich unmöglich benommen hatte. Nicht nur ihm gegenüber, nein, auch der kleinen Milli.

„Papperlapapp!", gab Tina unbeirrt zurück. „Klar will der dich wiedersehen! Glaube mir, er wartet nur darauf, dass du dich besinnst."

„Hm", machte Valerie, davon nicht so recht überzeugt.

„Tu mir den Gefallen und höre nur ein einziges Mal auf deine gute alte Freundin Tina, ja! Schließlich habe ich dir auch immer schon damit in den Ohren gelegen, dass Jörg Ramers für dich nicht Mr. Right ist und du hast es mir auch nicht geglaubt."

„Ach, Tinchen, du bist einfach unverbesserlich!" Valerie konnte plötzlich wieder lachen.

„Na, dann weißt du ja Bescheid! Also, es bleibt dabei, übermorgen Nachmittag rolle ich bei dir im Hotel an!"

In Heidelbergs Stadtteilen *Neuenheim* und *Handschuhsheim* standen die Alarmzeichen auf Rot.

Jörg Ramers hatte bereits unzählige Male versucht, seine Verlobte telefonisch zu erreichen. Merkwürdigerweise war es ihm bisher nur zweimal geglückt und da hatte sie sich mehr als eigenartig verhalten, in ihm Prinzip mehr oder weniger quasi abgewürgt. Jörg konnte sich überhaupt keinen Reim auf die Aussage machen, er solle sich doch an ihre Eltern wenden. Was hatte das bloß zu bedeuten? Und weshalb meldete sich bei jedem weiteren Versuch weder sie noch ihre Mailbox? Also beschloss Jörg zunächst, tatsächlich Hilla und Helmut, seine zukünftigen Schwiegereltern, nach einer Erklärung zu fragen.

Als die schwarze Limousine vor dem schmucken Einfamilienhaus der van der Lindens hielt, stand Hilla bereits wartend hinter der Gardine. In ihrer Magengegend rumorte es gewaltig und ihre Hände zitterten vor Nervosität. Sie ging zur Haustür und öffnete sie, noch bevor Jörg den Klingelknopf erreichte.

„Hallo Hilla! Hast du mich schon kommen sehen?", rief Jörg überrascht und drückte ihr wie immer einen freundschaftlichen Kuss zur Begrüßung auf die Wange.

Sie hielt sich den Finger vor die geschlossenen Lippen. „Pst! Helmut hat sich hingelegt."

„Am helllichten Tag?", wunderte Jörg sich, doch beherzigte er den Wink und folgte ihr mehr oder weniger flüsternd ins Wohnzimmer.

„Helmut ist zurzeit etwas angeschlagen."

„Du meinst, weil er sein Problem mit dem Ruhestand nicht in den Griff bekommt?", forschte Jörg.

Hilla versuchte zu lächeln, doch es misslang ihr. „Als wenn das nicht schon schlimm genug wäre …!" Sie schaute ihn an. Ihre großen dunklen Augen schimmerten verdächtig und vermittelten Jörg sofort den Eindruck, dass es da offensichtlich noch etwas anderes gab.

„Hilla, ich habe mit Valerie gesprochen." Vorsichtig wollte er sich herantasten an etwas, von dem er nicht einmal wusste, was es war.

Verdutzt registrierte er ihre Reaktion, als Hilla plötzlich zusammenzuckte, richtiggehend erschrak. Ihre Gesichtsfarbe wechselte in Sekundenschnelle auf blass und ihre Augen wirkten glasig und feucht.

„Du hast sie erreichen können?" Hillas Stimme hörte sich völlig fremd an.

„Ja, wenn ich auch nicht verstehe, wieso das so schwierig ist. Anscheinend hat sie ihr Handy die ganze Zeit ausgeschaltet."

„Ich weiß, ich hab es auch schon ein paar Mal versucht", bekannte Hilla hölzern.

„Verstehst du das? Ich meine, seit sie in Krefeld ist, benimmt sie sich so …" Hilflos brach er ab. Ja, was meinte er denn eigentlich? Da stotterte er vor seiner Schwiegermutter in spe herum wie ein kleiner Junge und fand einfach nicht die rechten Worte. Das passierte ihm sonst merkwürdigerweise nirgendwo.

„Ich ahne, was du mir sagen willst", sagte Hilla leise. Sie erkannte, dass der Augenblick der Wahrheit eigentlich schon viel zu lange überschritten war und wenn sie schon im Moment nicht die Möglichkeit bekam, mit Valerie zu sprechen, dann sollte sie wenigstens Jörg jetzt reinen Wein einschenken. Valerie selbst, so spürte Hilla mit jeder Faser ihres Mutterherzens, wusste inzwischen über alles Bescheid und sie, Hilla, trug schwer daran, dass ihr Kind die Tatsachen nicht von ihr selbst erfahren hatte.

Hilla setzte sich zu Jörg auf die Sessellehne und fuhr ihm mütterlich über den Kopf. „Du musst ihr ein bisschen Zeit lassen."

„Aha?" Jörg fuhr auf. „Komisch, genau dieselben Worte hat sie mir auch gesagt. Was geht hier eigentlich vor?" Jetzt konnte er nicht mehr an sich halten. Dass hier etwas nicht Greifbares in der Luft lag, brannte ihm die ganze Zeit schon auf der Zunge. Jetzt wollte er endlich wissen, was.

„Valerie sagte mir auch, ich solle mich an euch wenden."

Hilla nickte und hörte ihre eigene Stimme wie aus weiter Ferne. „Ich vermute, sie hat in Krefeld erfahren, dass Helmut und ich nicht ihre leiblichen Eltern sind. Das wird ein sehr großer Schock für sie gewesen sein …"

„*Wie bitte? Was* sagst du da?" Jörg glaubte seinen Ohren nicht zu trauen und fuhr mit dem Oberkörper vor. „Nicht ihre leiblichen Eltern? Ihr habt … Valerie adoptiert?"

Hilla nickte wortlos.

„Und ihr habt beide geschwiegen? Ihr nichts davon gesagt?" Jörg begriff erst nach und nach die Reichweite der Tragik. Fassungslos ließ er sich in den Sessel zurückfallen und starrte Hilla kopfschüttelnd in die Augen. „Aber warum?"

Hilla senkte beschämt den Kopf und die Tränen bahnten sich nun endgültig den Weg unter ihren Lidern hervor. „Ich konnte kein eigenes Kind bekommen und sehnte mich doch so sehr danach. Wir standen doch so lange zur Vermittlung auf der Warteliste. Und dann ging auf einmal alles so schnell. Das Jugendamt meldete sich, man habe einen Säugling, ob wir bereit seien und das Kind noch am selben Tag in Empfang nehmen könnten. Helmut und ich waren so glücklich …" Trotz der Erinnerung wusste Hilla natürlich, dass ihr Schweigen Valerie gegenüber nicht richtig gewesen war. Auch Helmut war sich dessen bewusst. Aber wann, wann hätten sie es sagen sollen? Als sie noch klein war? Da hätte sie es doch gar nicht verstanden und als sie größer wurde, trauten sie sich nicht aus Angst, die Familie zu zerstören. Je älter Valerie wurde, desto mehr wuchs auch die Angst und die Chance auf ein Gespräch wurde immer geringer. Als es hieß, Jörg und sie heiraten, begann das Kartenhaus bereits extrem zu wackeln. Denn es war den van der Lindens natürlich klar, durch die Abstammungsurkunde, die für eine Heirat unerlässlich war, würde alles auffliegen. Irgendwie ergab sich aber auch dann kein guter Zeitpunkt und als sie merkten, dass weder ihre Tochter noch Jörg besonders eilig hinter der Trauung standen, ließen sie die Dinge phlegmatisch weiterschleifen. Ein großer Fehler, wie sich jetzt herausstellte.

Jörg schluckte hart. Jetzt schien ihm klar, warum Valerie Abstand brauchte, sich nicht meldete und auch andersrum für niemanden zu sprechen war. Zwar konnte er seine Schwiegereltern irgendwie verstehen, doch einem Menschen so schwerwiegenden Aspekt seines Lebens vorzuenthalten, schien ihm mehr als fragwürdig. Valerie hätte ein Recht darauf gehabt, es zu erfahren. Und das nun nicht unbedingt von einem wildfremden Standesbeamten!

„Meinst du, wir sollten zu ihr nach Krefeld fahren?", fragte Hilla ihn zaghaft nach seiner Meinung.

Jörg schüttelte sofort den Kopf. „Ich glaube nicht, dass das eine gute Idee wäre. Eure Tochter besitzt nämlich einen ziemlichen Dickschädel." Dann schmunzelte er und setzte zweideutig hinterher: „Woher sie den auch immer hat!"

„Und wir können nichts tun!?" Hillas Resignation war nicht zu überhören.

„Sie wird euch nicht sehen wollen. Besser, ihr lasst Valerie nun einfach die Zeit, die sie braucht", riet Jörg. „Wovor hast du Angst? Du und Helmut, ihr seid die Eltern! Und Valerie wird euch nicht von sich stoßen, nur weil sich plötzlich die Lebensumstände ändern."

Seine feste Überzeugung dessen wirkte wohltuend auf Hillas, im Augenblick ziemlich gebrandmarktes, Gemüt. Sie überlegte und kam zu dem Schluss, dass Jörg mit seiner Einschätzung bestimmt richtig lag.

Auch Janna wollte alleine sein. Alleine mit sich und ihren Gedanken. Es war ihr in diesem Moment unmöglich, gleich schon wieder ihre quirligen Kinder um sich zu haben oder den neugierigen Blicken der Mutter ausgesetzt zu sein. Nicht jetzt, nicht sofort, nicht nach dem, was sie gerade erfahren hatte.

Was gab es da besseres als frische klare Luft zum Durchatmen? Janna beschloss, noch einen ausschweifenden Spaziergang durch den *Schlosspark* zu machen. Um jeglichen unbequemen Fragen schon im Voraus aus dem Weg zu gehen, schickte sie Johanne kurzerhand eine SMS, in der sie ihr mitteilte, dass sie noch ungefähr eine Stunde bräuchte, bis sie käme, um die Kinder abzuholen.

Den Wagen ließ Janna einfach auf dem Platz stehen, denn vom *Kastell* aus waren es nur ein paar Schritte bis zum Parksaum.

Sie nahm den Weg oben auf dem Wall entlang und sog die frische Luft in sich hinein. Wie schön die Bäume mit ihren dichten, grünen Kronen aussahen. Welch friedlichen Eindruck die Natur machte, wenn man sich nur mal die Zeit nahm, um sie zu genießen. Eine Brise trug die kreischenden Kinderstimmen vom Spielplatz herüber, ein Fahrradfahrer und drei Joggerinnen kreuzten ihren Weg.

Janna setzte sich auf eine freie Bank, schlug die Beine übereinander und lehnte sich mit verschlungenen Armen zurück. Für einen Moment schloss sie die Augen. Doch sofort sah sie das Antlitz von Paula Sendler vor sich, deren Lippen das Unfassbare aufs Neue wiederholten. Janna fühlte sich gerädert, unfähig, einen wirklich klaren Gedanken zu fassen. Wie konnte es so etwas nur geben? Wie schlecht die Menschen doch zu sein vermochten … und dann noch ausgerechnet die eigenen … Janna wollte sich keine weiteren Fragen dazu stellen, sondern versuchte mit aller Macht, jede weitere im Keim zu ersticken.

Plötzlich legte sich ein Schatten über ihr Gesicht und sie hatte das Gefühl, als stünde jemand vor ihr. Sofort öffnete sie die Lider und schaute hoch. Doch da war … niemand. Ihr schauderte. Dieses merkwürdige Gefühl, beobachtet zu werden, begleitete sie schon eine ganze Weile. Woher es rührte, konnte sie sich nicht erklären, denn so sehr sie auch Obacht gab, in ihrer Nähe war bisher keiner sichtbar geworden, der sich auffällig verhielt.

„Oh, ich hoffe, ich habe Sie jetzt nicht geweckt, weil ich

mich einfach hierher gesetzt habe!"

Janna erschrak bis in die Eingeweide, als plötzlich die Stimme von der Seite her schallte. Ruckartig fuhr ihr Kopf nach links und sie schaute unerwartet direkt in das sympathisch lächelnde Gesicht einer dunkelhaarigen Frau, die ihre Sonnenbrille über den Scheitel gesteckt hatte.

„Aber nein … bitte, auf dieser Bank ist schließlich nicht nur für mich Platz …" Janna lächelte unvermittelt zurück. Doch es war ihr peinlich, für eine Schlafende gehalten worden zu sein.

„Dieses Wetter muss man einfach genießen, solange es geht, nicht wahr?", machte die Frau Konversation. „Zum Wochenende soll es laut Wetterbericht ja schon wieder Regen geben."

„Bloß nicht!", ging Janna darauf ein. „Da wollen wir grillen."

„Das geht mir auch immer so …" Jannas Banknachbarin lachte. „Und besonders ärgere ich mich, wenn ich dann auch noch Gäste dazu eingeladen habe. Aber so ist das nun einmal … höhere Gewalt. Da hat man eben keinen Einfluss drauf."

Wie wahr! Von höherer Gewalt konnte Janna heute ein eigenes Lied singen.

Die Unbekannte schien ein sehr extrovertierter Typ zu sein und außerordentlich gerne zu erzählen. Nein, nicht so, das es aufdringlich wirken würde, eher amüsant unterhaltend. Janna schlug die gute Laune dieser Frau wie Balsam auf das Gemüt.

„Verzeihen Sie mir, ich glaube, manchmal rede ich einfach zu viel", bat diese dann. „Und ich halte Sie ja ganz vom Relaxen ab."

Janna lächelte. „Das macht überhaupt nichts. Auch eine nette Unterhaltung bringt einen auf andere Gedanken."

„So schlimm?", fragte die Frau unvermittelt, als habe sie verstanden, was in Janna vorging.

Die schaute verdutzt und noch bevor sie sich entschieden hatte, darauf eine Antwort zu geben, hatte ihr Kopf bereits genickt.

„Ich kann nicht nur gut reden, sondern auch ganz gut zuhören", bot die Frau mitfühlend an.

Janna überlegte, ob sie einfach nur neugierig war. Aber den Eindruck hatte sie zuvor nicht erweckt. Janna starrte zu ihr, spürte, wie locker ihre Tränen saßen. „Aber ich kann Sie doch nicht einfach so mit meinen Problemen behelligen! Wir sind uns doch völlig fremd."

„Manchmal kann man einem Fremden sogar viel besser sein Herz ausschütten", entgegnete die Frau. „Und was den zweiten Punkt angeht, das können wir sofort ändern …", sie reichte Janna freundschaftlich die Hand, „ich heiße Linda."

„Ihr Angebot ist wirklich lieb, doch bitte sind Sie mir nicht böse, aber ich denke, mit gewissen Dingen muss man selbst irgendwie klarkommen" lehnte Janna traurig dankend ab. Selbst, wenn sie gewollt hätte, war sie nicht in der Lage, mit überhaupt jemandem darüber zu sprechen.

„Aber nein. Warum sollte ich Ihnen denn böse sein?", erwiderte die nette Linda Soundso mitfühlend und lächelte verständnisvoll. „Ich wollte auch keineswegs aufdringlich erscheinen."

„Das tun Sie nicht!", widersprach Janna schnell und setzte leise hinzu: „Ganz im Gegenteil. Ich kann …" Sie kam nicht dazu, weiter zu sprechen, ihr Handy meldete sich und am Klingelton erkannte sie, dass der Anrufer ihr Mann Gerrit war. Sie richtete ein knappes „Entschuldigung!" an ihre Banknachbarin und klappte den Hörer hoch.

„Ja, Gerrit?"

„Hallo, mein Schatz! Wo bist du denn?", kam die vertraute Stimme zurück. Doch er klang so leise, dass sie ihn kaum verstehen konnte.

„In der Stadt", rief Janna und fragte sich im selben Moment, warum sie ihm nicht sagte, dass sie auf einer Bank im Park saß.

„Ach so", meinte er lediglich. „Ich wollte dir nur Bescheid sagen, dass es heute Abend später wird bei mir. Der Heitzer hat noch ein Geschäftsessen angesetzt, bei dem er einiges mit mir in der Winkmann-Angelegenheit, du weißt schon, besprechen will.

Ja, Janna wusste schon … Gerrit hatte ihr ein paar kurze Informationen gegeben, jedenfalls, soweit ihm dies zulässig schien. Nach seiner Aussage handelte es sich um ein äußerst schwieriges Mandat, bei dem er einen ehemaligen Arzt vertreten sollte, der vor vielen Jahren Kinderhandel betrieben haben soll. Und da Dr. Richard Heitzer, einer der populärsten Anwälte der Stadt und im Begriff, seine Kanzlei zu erweitern und Gerrit, ihren Mann zu seinem Sozius zu bestellen, musste das Familienleben dafür natürlich eine gewisse Zeit zurückstehen. Das war Janna von vornherein klar gewesen.

„Ist gut", antwortete sie daher nur knapp und wunderte sich nicht einmal. In letzter Zeit kam es häufiger vor, dass Gerrit zu einer Zeit nach Hause kam, wo sie selbst schon längst im Bett lag und schlief. Auch den Kindern war seine Abwesenheit längst aufgefallen und sie beklagten sich, den Papi kaum noch zu sehen.

„Ist alles in Ordnung bei dir?", fragte Gerrit hellhörig. Offensichtlich bemerkte er auch durch die Leitung die Abwesenheit in den Gedanken seiner Frau.

„Aber ja." Was sollte Janna ihm darauf antworten? Sollte sie ihm jetzt hier und am Telefon berichten, dass sie den Anruf einer Paula Sendler erhalten und mit ihr ein sonderliches Gespräch geführt hatte, welches ihre Vergangenheit betraf? Gerrit würde, wie sie ihn kannte, dazu jetzt sowieso nicht den Kopf frei haben und sie wollte ihm auch nicht zwischen Tür und Angel von ihrer Begegnung erzählen.

„Dann bist du mir nicht böse, wenn es heute wieder nichts mit einem gemeinsamen Abendessen wird?", hakte Gerrit noch einmal vorsichtig nach, denn das schlechte Gewissen seiner Frau und seinen Kindern gegenüber schien an ihm zu nagen.

„Ich für meinen Teil nicht!", erklärte Janna zweideutig und Gerrit hörte genau heraus, wen oder was sie damit meinte.

„Es tut mir leid! Aber morgen Abend bin ich pünktlich zu Hause", versicherte er.

Trotzdem nahm sie sich vor, den Mädchen diesmal nichts vorzeitig zu versprechen, was Gerrit dann vielleicht doch wieder nicht halten konnte.

„Ist schon in Ordnung", erwiderte sie und meinte das auch so. Janna gehörte nicht zu den Frauen, die sich schnell zurückgestellt fühlten, zumal sie ja wusste, um welch bedeutende Position es für ihren Mann ging. Letztendlich wirkte sich diese Änderung auch positiv auf sie und die Kinder aus, zumindest, wenn man die Sachen vom rein finanziellen Aspekt her betrachtete.

„Bis später dann, mein Schatz. Ich drück dich!"

„Ich dich auch."

Damit klappte Janna das Handy wieder zu und ließ es in der Tasche verschwinden.

„Ich hoffe, nichts allzu Ernstes?" wagte die fremde Linda einen Vorstoß.

„Wie?" Janna war einen Moment leicht verwirrt.

„Sie sehen aus, als hätten Sie keine besonders gute Nachricht bekommen", befand Linda, und es klang wie eine

Entschuldigung.

Janna lächelte aufgesetzt. „Es war nur mein Mann, der mir sagte, dass er heute später nach Hause kommt." Wieso erzählte sie der Frau das eigentlich? Was ging es diese Linda überhaupt an? Doch irgendwie konnte Janna sich nicht des magischen Eindruck erwehren, den diese auf sie ausübte. Sie war eine völlig Fremde und doch so vertraut zugleich, dass es Janna beinahe unheimlich vorkam. „Dann werde ich mal wieder ...", verabschiedete sie sich nun schnell. „Die Pflichten rufen."

„Schade", erwiderte die fremde Linda und in ihrer Stimme glaubte Janna Enttäuschung zu hören. Oder bildete sie sich das nur ein? Doch Linda Soundso strahlte sie freundlich an und sagte: „Na, dann ... ich wünsche Ihnen noch einen schönen Tag." Und als Janna sich zum Gehen abwandte, sollte ein gut gemeintes: „Lassen Sie sich nicht unterkriegen!" noch lange in ihr nachklingen.

Die andere Seite der Wahrheit

Wer glaubte, alte Leute hätten grundsätzlich Berührungsängste mit Computern, der sah sich im Fall von Paula Sendler deutlich getäuscht. Die besaß sogar einen eigenen Laptop und war in der Lage, sich per Stick von jedem Ort, an dem sie sich aufhielt, ins Internet einzuloggen.

Wie schon bereits eine Woche zuvor erging noch am selben Abend eine weitere Nachricht im Telegrammstil per Email durch das Netz. Diesmal lautete sie: „Habe Janna getroffen … heißt jetzt Sievers … habe mit ihr gesprochen … war über Adoption bereits in Kenntnis gesetzt … P.S.

Und darunter fand die Empfängerin zum zweiten Mal innerhalb kurzer Zeit eine genaue Anschrift samt Telefonnummer.

Gerlinde Hagemanns wischte sich die Tränen aus den Augen. Doch es waren Tränen der Freude. Endlich! Paula übersandte ihr nach und nach Daten, die sie erst lange Zeit selbst versuchte, zu ermitteln. Allerdings ohne Erfolg. Woher Paula diese Daten jetzt nahm, blieb deren Geheimnis. Doch Gerlinde ahnte, dass sie aus ihrer aktiven Hebammenzeit womöglich noch gewisse Kontakte hegte, die ihr zuträglich waren.

Gerlinde brauchte eigentlich – nun endlich auch im Besitz der ihr bisher noch fehlenden Nummer – auch hier nichts weiter tun als diese einzutippen und … Nein, das ging nicht! Gerlinde überlegte. Sie konnte doch nicht am Telefon einem wildfremden Menschen sagen: „Hallo Janna, ich bin's! Deine Mutter!" Das hatte sie schon bei Valerie nicht geschafft.

So schrieb sich Gerlinde zum zweiten Mal innerhalb einer Woche die Adresse, die auf dem Monitor prangte, auf einen Notizzettel, obgleich unnötig, da sich auch diese sofort in ihr

Gehirn einbrannte. Sollte sie Janna besser einen Brief schreiben, um mit ihr Kontakt aufzunehmen? Irgendwie bekam Gerlinde wiederholt Angst vor ihrer eigenen Courage.

Dabei wäre bereits heute im Park eine gute Gelegenheit gewesen, mit Janna zu sprechen, doch es hatte nicht sollen sein. Wenn dieser dumme Anruf nicht dazwischen gekommen wäre, wer weiß ... vielleicht ... Wie traurig und niedergeschlagen sie doch gewirkt hatte! Gerlinde sah noch jetzt den verheulten Schleier in Jannas Augen. Wie gerne hätte sie die junge Frau, die doch ihre eigene Tochter war, auf der Stelle in den Arm genommen. Schon als sie aus dem Pub herausgekommen und mit hängenden Schultern Richtung Park gegangen war. Gerlinde fühlte mit ihr. Sie hatte natürlich gewusst, was für ein Gespräch im *Fiddlers* stattfand. Paula hatte sie telefonisch über ihr Vorhaben informiert, nachdem Janna diesem Treffen zustimmte. Und sie, Gerlinde, war daraufhin in Windeseile nach Moers gedüst und hatte die ganze Zeit, während drinnen das Gespräch geführt wurde, auf dem Parkplatz in ihrem Wagen wie auf glühenden Kohlen gesessen und gewartet. Vielleicht, so ging es ihr jetzt durch den Sinn, hätte sie anschließend direkt auf Janna zugehen sollen. Aber dann? Was wäre dann gewesen? Hätte sie sich ihr mitten auf dem *Kastell* als ihre Mutter vorstellen sollen? Nein, unmöglich! Außerdem: Es war Paulas Part, mit der Wahrheit herauszurücken. Jedoch im Hinblick darauf dann das eigene Kind so verstört zu erleben, tat jeder Faser ihres Mutterherzens weh. Eine haarsträubende Situation. Für alle Beteiligten. Doch was sollte sie tun? Die Dinge einfach ruhen lassen? Die Wahrheit nie ans Licht bringen und alles belassen wie es war? Diese Frage stellte sie sich in der vergangenen Zeit mehr als genug, vor allem nach den etlichen Jahre einer erfolglosen Suche. Bei genauer Betrachtung: Nein, das wollte Gerlinde auf keinen Fall. Sie wollte endlich ihre beiden Mädchen in die Arme schließen und teilhaben an dem, was andere Menschen ihr niederträchtig verwehrt hatten. Und Paula Sendler spielte im Hinblick darauf nun mal eine ziemlich tragende Rolle.

Was es doch für merkwürdige Zufälle im Leben gab! Dass sich ausgerechnet ihre Wege noch einmal kreuzen würden, hätten wohl weder Gerlinde noch die Hebamme gedacht. Doch es sollte ja Menschen geben, die im Angesicht einer fortschreitenden Krankheit Angst vor einem höheren Gericht bekamen und plötzlich das Bedürfnis verspürten, schwerwiegende Fehler noch zu Lebzeiten zu korrigieren. Paulas Fehler war allerdings mehr als schwerwiegend, hatte eine ganze Familie auseinander gebracht. Wenigstens versuchte sie nun zu kitten, was noch zu kitten war. Leider mit sechsunddreißigjähriger Verspätung.

Gerlinde klappte den Rechner zu und setzte sich an den kleinen Sekretär, mit dem ihr Hotelzimmer ausgestattet war, zog Kugelschreiber und Briefblock, den sie extra gekauft hatte, aus der Schublade und sann nach den richtigen Worten. Sie wusste, es wurde Zeit, nun diesen Brief zu schreiben. Diesen Brief an Hannes. Sie hatte seine jetzige Adresse beim Einwohnermeldeamt recherchiert und dadurch Kenntnis erlangt, dass er inzwischen auf *Borkum* lebte. Offensichtlich hatte er seinen Jugendtraum wahr gemacht. Er würde dort oben in seinem Häuschen aus allen Wolken fallen, so oder so, wenn er ihre Zeilen las. Gerlinde konnte sich sein Gesicht dabei lebhaft vorstellen.

Turbulenzen

Lautes Donnergrollen ließ Valerie aus dem Schlaf hochfahren. Ein Blitz durchzuckte in Sekundenschnelle das Zimmer, Hagelkörner prasselten gegen die Fensterscheiben. Valerie schauderte. Schon als Kind wurde sie jedes Mal von einer Heidenangst ergriffen, wenn ein Gewitter nahte. Auch jetzt als erwachsene Frau verspürte sie noch einen Teil dieser Furcht in sich, obwohl sie wusste, dass sie hier oben in ihrem Zimmer mit Sicherheit gut geschützt war.

In Windeseile sprang sie aus dem Bett und schloss umgehend das gekippte Fenster. Dann zog sie die Stores zu. Den schweren Stoff würde nun kein Blitzlicht mehr durchdringen.

Doch als sie wieder unter ihrer Decke lag, konnte sie trotzdem nicht mehr einschlafen. Vor ihre Augen schob sich immer wieder Frederiks Gesicht, sein Erschrecken, als sie wutentbrannt aus seiner Wohnung gestürmt war und Millis von Traurigkeit erfüllter Blick.

Jetzt im Nachhinein schallt sie sich selbst als dumme Kuh. Weshalb nur war sie so außer Kontrolle geraten? Weder Frederik noch Milli hatten ihr schließlich etwas getan.

Eine tiefe Unruhe überkam sie. Wie so häufig in letzter Zeit. Doch im Gegensatz zu sonst vermochte sie dies grässliche Gefühl nun zuzuordnen: Es war die plötzliche Angst, die zarte Pflanze dieser Liebe bereits im Keim erstickt zu haben. Wenn Frederik nun nichts mehr von ihr wissen wollte … sie konnte es ihm wohl kaum verübeln.

Und dann schob sich ein anderes Antlitz davor: Jörgs. Sie musste mit ihm sprechen. Unbedingt. Sie waren so lange schon zusammen, sie war es ihm einfach schuldig, ihm gegenüber ehrlich zu sein. Sie konnte ihn nicht heiraten. Frau „Sehn wir mal" hatte ja so Recht gehabt und Tina …

Ach ja, Tina, wie gut, dass sie herkam. Sie würde ihr, Valerie, helfen, wieder in ein normales Leben zurück zu finden. Morgen schon …

Über dieses Gedankendurcheinander war sie dann doch endlich in, wenn auch unruhigen, Schlaf gefallen. Wirre Träume suchten sie heim, während der Himmel draußen vor dem Fenster unaufhörlich seine Schleusen geöffnet hielt.

Valerie sah sich auf einer Bank sitzen. Sie schaute auf das Wasser des gemächlich vorbeiströmenden Flusses. Der weiße Punkt in der Ferne wurde bei rasantem Näherkommen immer größer und entpuppte sich als Ausflugsdampfer mit einer Menge Passagieren auf dem oberen Freideck, die sich offensichtlich allesamt den Fahrtwind um die Ohren wehen und die Sonne auf den Pelz brennen ließen. Eine Hand winkte wie verrückt. Wer war gemeint? Valerie blickte sich nach allen Seiten um, konnte aber niemanden außer sich entdecken. So winkte sie einfach zurück. Merkwürdig, diese Hand hörte nicht auf, hin und her zu schwenken. Doch wo war das dazu gehörige Gesicht? Valerie erschrak. Jetzt, wo das Schiff auf den Anleger zusteuerte, stellte sie mit Schaudern fest, dass keiner der Passagiere sein Gesicht zeigte. Es waren nur schemenhafte Konturen zu erkennen. Lediglich die immer noch winkende Hand schien greifbar und echt. Valerie fühlte sich unruhig, wollte aufstehen und gehen. Aber so sehr sie sich auch mühte, irgendwie schaffte sie es nicht, sich von diesem eigenartigen Anblick zu lösen. Dann hörte sie plötzlich, dass jemand ihren Namen rief. Die Stimme kam eindeutig von dem Schiff. Dieses legte jetzt am Steiger an und eine Gestalt löste sich aus der unteren Türöffnung. Mit flinken Schritten eilte sie in die Richtung, in der sich Valerie befand. Valerie bekam Furcht, wollte wegrennen, doch sie stand da wie erstarrt. Dann tauchte ein Umriss oberhalb des Kais auf. Valerie klopfte das Herz bis zum Halse. Die Gestalt näherte sich. Valerie wollte schreien, aber da wurde sie schon von zwei kräftigen Armen umschlungen. „Valerie! Endlich! Endlich bist du wieder bei mir!" Sie sah auf und direkt in Frederiks Gesicht. Kein Gespenst, sondern vollkommen real. „Du warst auf dem Schiff da?", stotterte sie verwirrt. „Ja, und ich möchte, dass du mit mir kommst! Da ist jemand, der dich unbedingt kennenlernen möchte." „Mich? Aber wieso? Wer denn?", hörte Valerie sich fragen und wie aus dem Boden gewachsen stand sie plötzlich da: eine Frau mit türkisfarbenen Kopftuch, welches sie nun herunternahm und ihre dunklen schulterlangen Haare schüttelte. Die Augen wurden von einer großen Sonnenbrille verdeckt, der Rest des Gesichtes nicht erkennbar. Mit ausgebreiteten Armen kam die Frau auf Valerie zu und rief freudestrahlend immer wieder ihren Namen. Merkwürdigerweise hatte Valerie nun gar keine Angst mehr, sondern fühlte sich seltsam glücklich. Selbst das Surren, das immer lauter in ihren Ohren dröhnte, tat diesem euphorischen Gefühl keinerlei Abbruch.

Doch sie konnte nicht verhindern, dass dieses Geräusch sie in die Wirklichkeit zurückholte. Es entpuppte sich als Valeries Wecker, den sie vorsichtshalber auf halb neun gestellt hatte, um ja nicht wieder das Frühstücksbuffet zu verpassen. Allerdings dauerte es eine Weile, bis sie das realisierte und fühlte sich wie gerädert.

Mühsam quälte sie sich aus dem Bett. Sie schlurfte zum Fenster und zog den Store zurück. Gewitter und Regen hatten neuem Sonnenschein Platz gemacht und Valerie öffnete beide Flügel, um die frische klare Morgenluft einzuatmen. Welche Wohltat! Sie lehnte sich einen Moment hinaus und ließ ihren Blick an der Gebäudefront hinab gleiten. Unter ihr lag ein hübsch angelegter parkähnlicher Garten, dem das Hotel wohl seinen alten Namen *Parkhotel* zu verdanken hatte. Das reinigende Gewitter der Nacht hinterließ den schweren Duft üppiger Blütenpracht aus den liebevoll gepflegten Beeten.

Es klopfte an der Zimmertür. Valerie erschrak. Wer konnte das sein? Das Zimmermädchen? Um diese Zeit? Eine Nachricht für sie? Doch dann hätte sie wohl die Rezeption per Haustelefon in Kenntnis gesetzt.

Das Klopfen wiederholte sich. Valerie warf einen kurzen Blick in den Spiegel und erschrak ein zweites Mal. Diesmal allerdings mehr über ihr Spiegelbild, das ihr mit bleichem Teint, wild zerzausten Haaren und dunklen Ringen unter den Augen entgegen blickte.

Wer auch immer da draußen Einlass begehrte, er würde vor Schreck rückwärts weichen, sobald sie die Tür öffnete.

Offensichtlich hatte sie zu lange gehadert. Als Valerie endlich aufschloss, stand niemand mehr dort. Sie spähte kurz den Gang nach beiden Seiten entlang und war bereits im Begriff, die Tür wieder zu schließen, als ihr Blick zufällig nach unten glitt.

Zu ihren Füßen lag ein riesiger Blumenstrauß, eingewickelt in das Papier eines örtlichen Floristikgeschäftes. Verdutzt nahm sie ihn auf und sah durch die obere Öffnung, dass es sich um Rosen handelte. Dunkelrote Rosen, und *nur* Rosen, kein Schleierkraut, das sie sowieso nicht besonders mochte.

Dann entdeckte sie eine Karte, die ans Papier geheftet war. Valerie verspürte wieder dieses gewisse Kribbeln im Körper, wie immer, wenn sie an Frederik dachte und trug nun die freudige Ahnung in sich, dass nur er der Absender sein konnte. Doch es stand kein Name darauf, stattdessen ein Smiley, das die Mundwinkel hoch trug, daneben ein großes Fragezeichen, scheinbar mit Filzstift aufgemalt.

Augenblicklich musste Valerie lachen. Das war ja mal was ganz Originelles! So eine Karte hatte sie noch nie bekommen. Und doch sprach diese hier, genau wie die Blumen, eine eindeutige Sprache. Valerie beschloss, Frederik noch vor dem Frühstück anzurufen und sich bei ihm zu entschuldigen und um ihm für diesen wunderschönen Rosen zu danken. Sie wollte sich nur rasch duschen und anziehen.

Doch so oft sie auch Frederiks Zahlenreihe drückte, er ging nicht ans Telefon. Nicht zu Hause, nicht in der Praxis, wo ihr der Anrufbeantworter mitteilte, Herr Doktor Berger habe bis Ende der Woche keine Sprechstunde und man möge sich in Notfällen bitte an seine Vertretung, Herrn Doktor Bilk, wenden. Es folgte die Angabe der Nummer. Auch das Handy brachte keinen Erfolg. Es schien komplett abgeschaltet.

Ratlos überlegte Valerie, was das zu bedeuten hatte. Ihre eben noch unbändige Freude und Euphorie, dass sie sich mit ihrem Verhalten Frederik gegenüber vielleicht doch noch nicht alles verscherzt hatte, sank in Sekundenbruchteilen in sich zusammen. Warum ließ er ihr Blumen schicken und war dann nicht für sie zu erreichen? War er plötzlich verreist? Ohne ein Wort zu sagen? Sie verstand gar nichts mehr.

Obgleich ihr Magen rumorte, der Appetit auf Frühstück war ihr nun wieder vergangen. Sie setzte sich aufs Bett und starrte durch die Öffnung des Fensters hinaus in die Wipfel der sattgrünen Bäume. Augenblicklich füllten sich ihre Augen wieder mit Tränen.

Valerie fühlte sich ausgelaugt, so fremd in sich selbst, sie hätte es jemandem, der sie danach fragte, nicht recht zu beschreiben gewusst. Am liebsten hätte sie auf der Stelle ihre Sachen gepackt und wäre irgendwohin gefahren, wo sie keiner kannte. Möglichst weit am besten, vielleicht ins Ausland. Hier von Krefeld aus war es schließlich nur ein Katzensprung zum *Düsseldorfer Flughafen* und irgendwelche Flieger gingen garantiert irgendwohin. Doch was dann? Weglaufen war auch keine Lösung! Sie schallt sich selbst für ihre Gedanken, zumal sie ihr täglich Brot damit verdiente, andere von ähnlich gearteten Entschlüssen abzuhalten und ihnen klarzumachen, dass Krisen im Leben durchgestanden werden mussten, ja, sogar bereicherten und die eigene Stärke wachsen ließen.

Und nun saß sie selbst hier, Frau Doktor van der Linden, und haderte mit allem, was ihre eigene Persönlichkeit ausmachte? NEIN, zum Donnerwetter noch mal! Valeries Kampfgeist erwachte wieder.

Das Geläut des Zimmertelefons ließ sie zusammenzucken. Sie riss den Hörer von der Gabel, erwartete jede Sekunde Frederiks Stimme zu hören, die sich erkundigen wollte, ob ihr der schöne Strauß Rosen gefiel.

Doch es war nicht Frederik, der anrief, sondern die freundliche Dame von der Rezeption, die ihr Samstagmorgen noch empfohlen hatte, mit der Straßenbahn in die Innenstadt zu fahren.

„Hier steht ein Herr und bittet, Ihnen auszurichten, er wartet in der Lobby auf Sie."

„Wie? Ja, danke!", gab Valerie völlig durcheinander zurück und fragte sich, weshalb Frederik nicht noch einmal zu ihr hoch kam.

Flink schlüpfte sie in ihre Bluejeans und die weiße ärmellose Bluse, schüttelte sich noch einmal schnell die Haare auf und zog den Kajalstift nach. Dann beeilte sie sich so sehr, in die Lobby zu kommen, dass ihr beinahe die Zimmertüre von außen zugefallen wäre, obgleich sich die dazugehörige Chipkarte noch auf der Kommode neben der Sitzgarnitur befand.

Unten angekommen suchte sie mit den Augen jeden Winkel nach Frederik ab, er war nirgends zu entdecken. In der Lobby war kein Mensch, außer … doch, da … vor der Fensterfront stand ein Mann, mit dem Rücken zu ihr gewandt, und schaute hinaus auf die Hoteleinfahrt, die sich zu beiden Seiten jeweils in einer Art Halbkreis unter der Wucht der großen Bäume von der *Uerdinger Straße* zum Portal und vom Portal wieder zurück zur *Uerdinger Straße* schlängelte.

Diesen Rücken kannte sie doch! Valerie stockte der Atem. Aber das war ja gar nicht Frederik, der hier auf sie wartete, sondern …

„Jörg!?"

Jörg Ramers schnellte sofort herum und lächelte freudestrahlend. „Süße! Na, ist das eine Überraschung?"

Und ob das eine war! Valerie wusste nur leider nicht so recht, ob sie sich enttäuscht oder erfreut zeigen sollte. „Doch, ja, aber … was machst du denn hier?", brachte sie nur mühsam heraus, darauf bedacht, sich ihre wahren Gefühle möglichst nicht anmerken zu lassen.

Jörg schien nichts aufzufallen. Er kam mit einem glücklichen „Da bist du ja endlich!" direkt auf sie zu, nahm sie in die Arme und streichelte ihr Haar. Wie ein Bruder, der seine Schwester nach langer Zeit sieht. Der Vergleich ging Valerie in Sekundenschnelle durch den Kopf. Er küsste sie nicht auf den Mund, leidenschaftlich, so wie Frederik es getan hatte. Nein, Jörg berührte sanft ihre Schläfe wie der große Beschützer, den sie fast ein Leben lang kannte. Schmerzlich wurde ihr das bewusst und wieder einmal mehr regte sich ihr Gewissen, ihm reinen Wein einzuschenken und die Verlobung zu lösen. Er sollte nicht als Lückenbüßer für einen anderen fungieren, dafür war ihr seine Freundschaft zu kostbar.

„Und, meine Süße?"

„Und was?" Jörg schien auf irgendetwas zu warten.

„Haben sie dir gefallen?"

„Gefallen?", echote Valerie und schaute ihn verständnislos an. „Was meinst du?"

Jörg machte ein verdutztes Gesicht, dann lachte er plötzlich auf. „Na, die Rosen! Extra ohne Kraut dazwischen. Ich weiß ja, dass du es nicht magst."

Valerie spürte ihren Magen zusammensacken. „*Du* warst das?" Mehr brachte sie nicht heraus.

„Nanu, besonders begeistert hört sich das ja nicht gerade an!", kommentierte Jörg. Doch da er um ihre Situation wusste, zeigte er sich nicht enttäuscht über ihre Reaktion, sondern nahm es gelassen.

„Entschuldige bitte … ich bin …" Ja, was war sie denn eigentlich? „Ich bin nur so überrascht. Ich meine, wann hast du mir das letzte Mal Blumen geschenkt?" Sie konnte sich an keine einzige Gelegenheit erinnern. Jörg war nie der Typ gewesen, der sich Gedanken über das Grünzeug, wie er es im Allgemeinen zu bezeichnen pflegte, machte. Er hatte eher ein Faible für kleine Parfümflakons, die er ihr gerne zu diversen Anlässen schenkte. Aber reichte das als Erklärung für ihr Gestotter? Wohl eher nicht.

„Sag mir, Süße, was ist los mit dir? Freust du dich denn gar nicht, dass ich hier bin?" Jörg versuchte es aus ihr herauszukitzeln. Natürlich merkte er, dass sich ihre Freude arg in Grenzen hielt. Valerie konnte ja schließlich nicht wissen, dass er bereits über alles im Bilde war. Er wollte, dass sie ihm selbst alles erzählte.

Doch Valerie schaute ihn nur aus großen Augen an. Ihr Blick zeugte von einer gewissen Traurigkeit und er war Arzt genug, um längst festgestellt zu haben, dass es ihr nicht sonderlich gut ging. Psychisch zumindest nicht.

„Deine Eltern lassen dich herzlich grüßen!", wagte er einen Vorstoß und studierte genau ihre Reaktion. Er registrierte, wie Valerie auf der Stelle zusammenzuckte. Ihre blasse Miene glich dem eines gehetzten Rehs. „Du solltest dich mal bei ihnen melden, denn so oft sie schon versucht haben, dich zu erreichen, du bist nicht ran gegangen."

„Ja … ich … danke, aber im Augenblick … ich …" Valerie ließ sich in einen der Sessel fallen und wartete, bis auch er sich gesetzt hatte. „Ich kann nicht mit ihnen sprechen!" Ihr Ton wurde hart. „Nicht jetzt! Nicht sofort! Ich … ich brauche Zeit!" Wieder bahnten sich die Tränen ihren Weg nach außen.

„Willst du mir nicht endlich sagen, was passiert ist?", bat er leise, aber eindringlich. „Wie soll ich dir sonst helfen?"

„Mir kann keiner helfen!", fuhr sie auf, während ihre Iris verschwamm. „Geh zu ihnen! Frag sie!"

Er haderte einen Moment mit sich, ob er ihr sagen sollte, dass er diesen Besuch bereits hinter sich hatte. Dann entschied er sich, reinen Wein einzuschenken, denn er befürchtete, sonst würde sie auch ihn nachher noch für einen Lügner halten. „Das habe ich schon." Sein Bekenntnis ließ sie erstarren. „Hilla und ich, glaube mir, wir hatten ein langes, ernstes Gespräch." Er wartete auf einen Einwand, eine Nachfrage, irgendwas. Aber Valerie blieb stumm. Doch vernahmen ihre Ohren, das wusste er, weil er sie seit Kindertagen kannte, wachsam jedes Wort. „Sie grämen sich, weil sie dir nichts gesagt haben. Sie wollten es, aber irgendwie haben sie den richtigen Zeitpunkt verpasst. Sie können verstehen, dass du böse auf sie bist …", er machte eine bedeutungsvolle Pause, „bitte gib ihnen die Chance zu einem klärenden Gespräch! Bestimmt wird sich dann alles finden."

Valerie schaute ihn an wie ein Gespenst. „Bööööse?", echote sie verständnislos. „Böse ist nicht der richtige Ausdruck." Nein, böse war sie nicht auf ihre Eltern, hintergangen fühlte sie sich, schmerzhaft enttäuscht und auf eine groteske Weise ihres bisherigen Seins beraubt. Doch wie sollte dieses Gefühl jemand nachvollziehen können, der es nicht schon selber durchlebt hatte? Jörg konnte da gut reden!

„Lass uns gemeinsam nach Heidelberg zurückfahren und die Dinge klären!", begehrte er und sah sie eindringlich an.

„Das geht nicht!", wehrte Valerie sogleich ab. „Auf gar keinen Fall!"

Er zeigte Unverständnis. „Und weshalb nicht? Was kann wichtiger sein, als mit deiner Mutter und deinem Vater zu reden, ihnen zumindest die Möglichkeit einer Rechtfertigung zu geben?"

Valerie wurde bewusst, dass Jörg also nicht aus Sehnsucht nach ihr die Fahrt auf sich genommen hatte. Er war ganz offensichtlich nur gekommen, um zu vermitteln, nichts weiter.

Sie horchte in sich hinein und stellte erstaunt fest, dass sie diese Erkenntnis überhaupt nicht schmerzte. Sie empfand ein Gefühl tiefer Verbundenheit für ihn, das mit Sicherheit auf all die Jahre der langen Freundschaft zwischen ihnen zurückzuführen war. Wer von ihnen war nur auf die hirnverbrannte Idee gekommen, zu heiraten? Sie wusste es selbst nicht mehr zu sagen. Sie wusste plötzlich nur, es wäre ein schlimmer Fehler, es zu tun. Würde in der Zukunft alles kaputtmachen, was sie seit jeher verband. Valerie fühlte, dass der Zeitpunkt gekommen war, Jörg die Wahrheit zu sagen, die Verlobung zu lösen und darauf zu hoffen, dass er anschließend immer noch ihr Freund blieb, den sie ungern missen würde.

„Lass uns irgendwohin fahren", bat sie leise. „Ich muss mit dir sprechen!"

„Oha", witterte er sofort schwarze Wolken am Horizont, „das klingt ernst! Können wir doch auch oben in deinem Zimmer …"

„Nein, bitte!", unterbrach Valerie ihn sanft. „Ich muss hier raus!"

„So schlimm?", fragte er verdutzt.

Als sie traurig nickte, stand er auf, streckte ihr die Hand entgegen und zog sie aus dem Sessel hoch. „Dann komm, ich fahr mit dir natürlich, wohin du möchtest."

Janna drehte das Papier in ihrer Hand immer wieder hin und her. Zum x-ten Mal sog sie das Geschriebene in sich auf. Paula Sendler hatte ihr den vollen Namen, die aktuelle Anschrift und Telefonnummer ihrer leiblichen Mutter übergeben und nun saß sie hier vor dem Schreibtisch, unschlüssig, was sie mit der Notiz tun sollte. Wegschmeißen, war ihr erster Gedanke, nachdem sie die Daten las. Doch dann hatte sie es sich anders überlegt und den Zettel zunächst bei ihrer Geburtsurkunde in der Schatulle verschwinden lassen.

Sollte sie diese Frau einfach anrufen? Dann konnte sie wenigstens hören, wie ihre Stimme klang. Doch so überraschend schnell, wie ihr der Gedanke kam, verwarf Janna ihn wieder. Was sollte sie denn sagen? Vielleicht: „Entschuldigung, da hab ich mich verwählt."? Oder gar: „Hallo, hier ist Janna, Ihre Tochter!"? War es vielleicht angebrachter, ihr einen Brief zu schreiben? Dann brauchte sie nichts anderes tun, als die Reaktion darauf abwarten. Andererseits: Musste sie, Janna, überhaupt die Initiative ergreifen? Wenn sie der Hebamme Glauben schenken konnte, war es doch ihre Mutter, die *sie* suchte und Paula Sendler beauftragte, ihr dabei zu helfen. Janna war überzeugt, auch ihre Mutter hatte inzwischen Kenntnis über ihren Wohnsitz. Müsste diese daher nicht den Anfang machen und von sich aus Kontakt aufnehmen? Irgendwie war Janna sich sogar sicher, dass dies auch noch geschehen würde. Doch musste sie sich selbst eingestehen, dass Warten nicht unbedingt zu ihren herausragenden Eigenschaften gehörte.

Dabei hatte sie sich doch geschworen, mit ihrer Vergangenheit abgeschlossen zu haben, mit der Frau, die sie einst auf die Welt brachte, niemals etwas zu tun haben zu wollen. Wie konnte sie auch jemals etwas von den wahren Umständen ahnen, die Paula Sendler ihr in der Hoffnung auf Vergebung offenbarte? Umstände, die ihre leibliche Mutter plötzlich in einem ganz anderen Licht erscheinen ließen.

Wieder sah sie auf den Zettel, haderte nochmals einen kurzen Moment und nahm dann entschlossen den Telefonhörer von der Gabel.

Sie saßen auf einer Bank mit direktem Blick auf den Regattateil des *Elfrather Sees*. Die Sonne brannte schon jetzt wieder vom Himmel, es würde einen schweißtreibenden Tagesverlauf geben.

Jörg Ramers schluckte ordentlich nachdem, was seine Verlobte ihm da kundtat. Ein tiefer Seufzer entrang seiner Brust, doch er musste gestehen, es war ein Seufzer der Erleichterung. Im Stillen dankte er Meister Zufall, der hier auf grandiose Weise seine Hände im Spiel hatte und schaute Valerie vielsagend an.

Die befürchtete seine Reaktion und war schlichtweg sprachlos, als er sie wider Erwarten in den Arm nahm und freudestrahlend rief: „Aber das ist ja phantastisch!"

„Wie?" Valerie glaubte ihren Ohren nicht zu trauen und stieß verblüfft hervor: „Es macht dir gar nichts aus?"

„Aber natürlich macht es mir was aus!" Doch Jörg lachte und benahm sich nicht im Mindesten wie ein Mann, der von seiner Verlobten gerade den Laufpass erhielt.

„Dann verstehe ich nicht, wieso …"

„Kannst du auch nicht!", fiel Jörg ihr ins Wort, „ich glaube, ich muss dir etwas erklären …" Er stockte einen Moment, dann lächelte er. „Zunächst einmal wünsche ich dir, dass du mit deinem Frederik das Glück erleben wirst, zu dem wir beide miteinander nicht finden würden." Und weil sie ihm gerade noch berichtete, wie sie sich Frederik gegenüber benommen hatte, setzte er noch einen weisen Ratschlag hinzu: „Du wirst den Schritt zu ihm machen müssen, damit du ihn nicht wieder verlierst, bevor es überhaupt richtig begonnen hat."

„Jörg, ich weiß gar nicht, was ich …"

„Pst, meine Süße!", machte er und hielt ihr sanft den Zeigefinger gegen die Lippen. „Da endlich die Stunde der Wahrheit geschlagen hat … ich muss dir nämlich auch etwas beichten. Dann verstehst du, warum ich dir gar nicht gram sein darf."

Für Valerie sprach er in Rätseln.

„Ich habe auch jemanden kennengelernt und ein schrecklich schlechtes Gewissen euch beiden gegenüber. Da bist du, der ich mein Eheversprechen gab, weil seit unserer Kindheit klar schien, dass wir zwei einmal heiraten. Dann tauchte wie aus dem Nichts Annabell auf und blitzartig war alles so …"

„Anders?", vollendete Valerie seine Beschreibung, konnte sie doch nur zu gut nachvollziehen, was er meinte. Ihr war es mit Frederik schließlich ebenso ergangen. „Wann und wo hast du sie denn kennengelernt?" Ein bisschen Neugierde stand ihr als der zukünftigen Ex-Verlobten schließlich zu.

„Vor zirka drei Monaten. Sie ist eine Bekannte von Andy."

„Andy?" Valerie saß einen Moment auf der Leitung. Sie selbst zählte keinen Andy zu ihrem näheren Bekanntenkreis. Dann aber fiel es ihr ein. „Meinst du Squash-Andy?"

„Genau den."

„Daher dein ungewohntes Interesse für diese Sportart!", folgerte Valerie und konnte schon wieder lächeln.

„Wenn ich ehrlich bin … ich habe nur ein einziges Mal wirklich mit Andy gespielt. Danach dienten die Squash-Abende mehr als Alibi."

Nanu, Jörg entpuppte sich zum Casanova? Wer hätte das gedacht?

„Und welches Alibi hattest du, wenn du bei mir warst?", zog sie ihn auf.

„Gar keins!" Sein fester Blick traf sie und sie begriff, er sagte die Wahrheit. „Annabell weiß von dir. Ich habe von Anfang an mit klaren Karten gespielt, ihr gesagt, dass ich ein bisschen Zeit brauche, um die Dinge ins Reine zu bringen. Nach all den Jahren keine so leichte Angelegenheit."

Da fühlte sie wie er.

„Und was soll deine Annabell davon halten, dass du mir rote Rosen schenkst?"

„Süße, die habe ich dir gekauft, um dich aufzumuntern. Ich weiß schließlich am allerbesten, wie sehr du auf dieses Grünzeug stehst."

„Ach", frotzelte sie, „und dann bekomm ich die Farbe der Liebe ausgerechnet zur Trennung?"

„Erstens wusste ich, als ich im Blumengeschäft stand, noch nichts von Trennung und zweitens …", er war sich unschlüssig, wie er ihr das beibringen sollte, „die hatten nur rote. Sonst wären es wahrscheinlich gelbe geworden."

Na, diese Erklärung war wirklich trivial, aber wenigstens triefte sie vor Ehrlichkeit.

„Sag mal, fährt deine Annabell zufällig ein silbernes Coupé?"

Jörg zeigte sich überrascht. „Woher weißt du das?"

„Dann war sie es wohl, die dich letzte Woche bei mir abgeholt hat?"

Jörg schien zu überlegen, was sie meinte. Dann folgte ein ergebenes Nicken.

„Ich hab gesehen, wie du in ihren Wagen gestiegen bist. Wenn ich deinen Andy auch nicht gut kenne, so weiß ich aber doch, dass er eigentlich einen recht alten Wagen fährt, oder?"

Jörgs Mienenspiel sprach Bände. „Woher kennst du sein Auto?"

„Du hast es mir mal erzählt. Aber ist letztendlich ja auch egal, oder?" Valerie ergötzte sich an seinem erstaunten Gesicht. Er sah aus wie ein kleiner Junge, der von seiner Mutter beim Lügen ertappt worden war. „Du, sag mal …", fiel ihr da noch etwas ein, „hat Annabells Wagen einen Wurm auf der Heckseite kleben?"

Jörg räusperte sich. „Süße, langsam wirst du mir unheimlich! Woher weißt du *das* denn jetzt schon wieder?"

„Weil ich über die *Molkenkur* gefahren bin, als ich mit Tina in der Stadt verabredet war." Mehr brauchte sie nicht zu sagen.

„Du hast Annabell und mich gesehen?", folgerte Jörg sofort und sein schlechtes Gewissen war ihm deutlich anzumerken.

„Nein, gesehen habe ich nur ein Auto mit Wurmaufkleber. Gehört habe ich euch, oder besser gesagt, eher dich. Glaubte ich zumindest in dem Moment. Dann hab ich versucht, dich auf Handy zu erreichen, aber du bist nicht rangegangen. Da ich dich ja brav …", das musste sie ihm jetzt aber doch reinwürgen, „beim Sport wähnte und weiß, dass du dann schlecht an den Apparat gehen kannst, hielt ich es plausibler Weise für eine Verwechslung." Valerie kicherte. „So kann man sich also in der Täuschung täuschen!"

Sie schauten sich an und begannen beide gleichzeitig zu lachen. Es war ein lautes, befreiendes Lachen und jeder, der in diesem Moment an ihnen vorbeikam, musste sich unweigerlich fragen, ob es sich hier wohl um zwei besonders merkwürdige Exemplare menschlichen Lebens handelte.

Valeries Handy sang den vertrauten Ton, der Tina ankündigte. „Ach, du meine Güte", rief sie, „die hab ich ja komplett vergessen!"

„Wen?", fuhr Jörg erschrocken auf.

Valerie winkte ab, gab ihm ein Zeichen, welches um Schweigen bat. Dann rief sie entschuldigend in den Hörer: „Tina, bist du schon im Hotel?"

„Ja, gerade angekommen, aber die Frau van der Linden ist nicht da!" Tina war nicht in der Lage, dies so ernsthaft anzubringen, dass es wie Schelte klang. Sie feixte. „Nun aber mal schnell, ich möchte mich frisch machen."

„Bin schon unterwegs", säuselte Valerie in die Muschel,

„und du wirst dich wundern, wen ich mitbringe!"

„Janna, es tut mir leid, aber ich habe jetzt gleich einen Klienten. Ich ruf dich später zurück, ja!"
Natürlich hatte sie schon damit rechnen müssen, als sie die Nummer der Kanzlei tippte und Frau Held vom Empfang freundlich, aber korrekt bedeckt meldete: „Einen Moment bitte, ich schaue, ob der Herr Rechtsanwalt Sievers gerade einen Mandanten hat."
Brauche ich jetzt auch schon einen Termin, um meinen eigenen Mann zu sprechen?, ging es Janna kritisch durch den Kopf. Nur ganz selten rief sie Gerrit in der Kanzlei an, weil sie ihn dort nicht mit irgendwelchem Alltagsmist stören wollte und wartete geduldig, bis er irgendwann am späten Abend nach Hause kam. Dann aber wirkte er in der Regel so geschafft, dass er zu weiterem Denken nicht mehr fähig schien und so behelligte sie ihn nicht weiter. Ob sich das auf ihre eheliche Kommunikation förderlich und gut auswirkte, mochte dahingestellt sein, doch blieb ihre Rücksichtnahme im Moment einfach angebracht.
Der Fall nun aber war, dass sie, Janna, jetzt wirklich selbst ein Problem hatte, sich in einem fürchterlichen Dilemma befand. Mit wem sollte sie sonst reden, wenn nicht mit ihrem eigenen Ehemann? Und sie stellte sich abermals die Frage, ob sie ihre Eltern nun in die Angelegenheit involvieren sollte oder nicht.
„Wann kommst du heute Abend nach Hause?", schaffte sie es noch, ihn zu fragen, bevor er schnell auflegte.
„Ist es so dringend?", kam es zurück und klang in Jannas Ohren leicht genervt.
„Für mich schon", betonte sie daher etwas unwirsch. „Ich würde dich sonst nicht damit behelligen …"
„Ist ja schon gut, so war's nicht gemeint! Ich verspreche dir, ich versuch, heute pünktlich zu sein." Damit legte er den Hörer auf und das Besetztzeichen tutete in der Leitung.
Hatte er nicht gestern noch von sich aus versprochen, heute früher zu kommen? Dem Anschein nach musste er es selbst schon wieder vergessen haben und wenn sie ihn jetzt nicht gefragt hätte, käme er garantiert erst wieder um Mitternacht oder noch später nach Hause.
Für den Bruchteil einer Sekunde flammte ein

ungeheuerlicher Gedanke in ihrem Kopf auf, den sie sich selbst verbot weiter zu erfassen. War es wirklich nur Arbeit, die Gerrit nicht zu familienwürdigen Zeiten nach Hause kommen ließ? Oder steckte da vielleicht doch noch etwas anderes dahinter? Eine Art Lieblingsmandantin etwa? Oder gar eine der Rechtsanwaltgehilfinnen? Letzteres verwarf Janna sogleich wieder, sie kannte die Damen der Kanzlei und da war nun wirklich keine darunter, die sie als Konkurrenz um ihren Mann fürchtete.

Da konnte man mal sehen, auf was man so alles kommen konnte, wenn sich der eigene Mann nie erreichbar für kommunikativen Austausch zeigte. Eigentlich hätte Janna am liebsten auf der Stelle bei Gerrit einen Überraschungsbesuch absolviert. Doch ihr Stolz war stärker und hielt sie davon ab, sich unter Umständen zum Narren zu machen. Bestimmt tat sie ihm schrecklich Unrecht, solche Möglichkeiten überhaupt in Betracht zu ziehen und schämte sich sogleich ein wenig vor sich selbst.

Wie kam sie nur bloß schnell wieder aus diesem Gefühlsdesaster heraus? Und an allem hatte nur diese Sendler Schuld! Hätte sie doch besser nie etwas von sich hören lassen!

Wie alt bist du eigentlich?, tadelte Janna sich selbst. Sage doch, was du zu sagen hast! Frage, was du zu fragen hast! Was soll schon passieren?

Wieder nestelte sie nervös an dem Zettel in ihrer Hand herum. Bei den in stelziger Schrift von Paula Sendler gemachten Angaben handelte es sich um eine Adresse und Telefonnummer mit Hannoveraner Vorwahl. Ihre Mutter wohnte also auf der *Emslandstraße*, wo auch immer in der niedersächsischen Hauptstadt-Metropole sich diese befinden mochte. Janna hatte keinerlei Bezug zu Hannover, kannte es nur als Autobahnabschnitt der A2 von einigen Fahrten nach Berlin, Gerrits Heimat, zu Verwandtenbesuchen.

Und dann war es, als führe eine unsichtbare Hand die ihre zum Telefonhörer und ließ sie die Tasten drücken.

Aufgeregt wartete Janna auf eine Reaktion am anderen Ende der Leitung. Es klingelte viermal in Folge, dann sprang ein Anrufbeantworter an, dessen weibliche Stimme sich zwar klar, aber lediglich als Anschluss der gewählten Nummer vorstellte und freundlich bat, sich doch bitte noch einmal zu melden oder nach dem zweiten Piepser Namen und Nummer für einen Rückruf zu hinterlassen.

Janna legte so schnell wieder auf, als habe sie sich am Hörer die Finger verbrannt. Und nun? Jetzt stand sie wieder vor derselben Frage wie vorhin: Was tun? Einerseits fühlte sie sich erleichtert, Gerlinde nicht erreicht zu haben, andererseits aber auch enttäuscht.

Zunächst schien es Janna doch sehr fraglich, ob sie noch einmal den Mumm aufbringen konnte, tatsächlich ein zweites Mal dort anzurufen. Plötzlich aber fiel ihr etwas auf. Diese Stimme! Die hatte sie doch schon einmal gehört. Doch wo? Jannas nervöse Unruhe wuchs sekundenschnell wieder an. Tapfer und in dem Bewusstsein, dass offensichtlich niemand zu Hause war, drückte sie nun doch die Wahlwiederholung und lauschte angestrengt erneut der wohlwollenden Ansage. Janna spürte ihren Adrenalinspiegel ansteigen. Sie kannte diese Stimme! Eindeutig! Aber sie wusste partout nicht, woher. Auch der dritte Anruf brachte ihr keine Erkenntnis. Das gab es doch nicht! Janna hatte langsam das Gefühl, verrückt zu werden. Dagegen half auch nicht die Tatsache, dass sie keinen wusste, mit dem sie darüber sprechen konnte. Gerrit hatte keine Zeit und ihre Eltern wollte sie erst informieren, wenn sie für sich selbst entschieden hatte, ob sie den persönlichen Kontakt zu ihrer leiblichen Mutter überhaupt haben wollte. Johanne hätte sie wahrscheinlich, auch wenn sie es mit Sicherheit nur gut meinte, unterschwellig vielleicht zu etwas gedrängt, wozu sie, Janna, selbst noch gar nicht bereit war.

Die Stimme des Anrufbeantworters ließ Janna nicht mehr los, hatte sich mit jeder Nuance in ihrem Kopf festgesetzt. Doch je mehr sie sich diesen zermarterte, desto weniger wollte es ihr einfallen.

„Mama!", rief es da aus dem oberen Stockwerk, in dem die Kinderzimmer lagen, in ihre Gedanken hinein. „Mama, fährst du uns zur Leichtathletik?"

Tonias lautes Organ brachte Janna sofort in die Gegenwart ihres häuslichen Lebens zurück. Ob sie es wollte oder nicht, ihre Gedanken wurden nun gezwungen, sich wieder mit den banalen Alltagsdingen zu beschäftigen. Und dazu gehörte auch Taxi Mama. Der Sportplatz am Schulzentrum lag zu weit entfernt, als dass sie die beiden Mädchen ohne vorhergehend bestandene Fahrradprüfung alleine dorthin hätte radeln lassen können.

Janna sah auf die Uhr und erschrak. Es war bereits viertel vor fünf und um fünf begann das Training. Sie mussten sich sputen, wenn sie nicht zu spät kommen wollten.

„Müssen wir denn heute wirklich?", sträubte sich Jasmin aus der anderen Ecke der oberen Etage. „Es gibt doch Regen!"

Janna wusste, dass ihre Tochter hin und wieder ganz gerne einen Grund fand, um nicht an der Sportstunde teilnehmen zu müssen. Argwöhnisch warf sie somit einen Blick aus dem Fenster und inspizierte den Himmel. Doch sie musste Jasmin Recht geben. Nach den Wolkentürmen zu urteilen, die sich da innerhalb der vergangenen halben Stunde gebildet hatten, schien ein Gewitter heranzuziehen. Keine wirklich gute Voraussetzung für ein Training unter freiem Himmel.

„Dann wird Herr Graf es sowieso ausfallen lassen", überlegte Janna laut. „Also gut, heute bleibt ihr zu Hause!"

„Yeah!", schrie Jasmin begeistert. Die Götter mussten ihr heimliches Gebet erhört haben. Sie verspürte nämlich überhaupt keinen Bock mehr auf die blöde Leichtathletik. Und Mama ließ sich ja nur bei schlechtem Wetter oder Krankheit erweichen.

„Manno!", maulte dagegen Tonia, die gerne zu den Trainingseinheiten ging und mit Freude und Eifer bei der Sache war. „Ich hab mich soooo gefreut …!"

„Dann guck mal hinaus, du dumme Nuss, wie sieht es da wohl aus, hä?", stutzte die Schwester sie hämisch zurecht.

„Ist es jetzt gut da oben?", knurrte Janna. Sie kam gegen die häufiger werdenden Streitereien ihrer Töchter nicht mehr gut an. Ihr Nervenkostüm wurde im Moment sowieso schon genug strapaziert.

In der Ferne grollte es dumpf. Der Horizont verfärbte sich pechschwarz.

„Ich glaube, es ist besser, wenn ihr oben bei euch die Fenster ganz schließt!", rief Janna hinauf. Kaum ausgesprochen krachte ein dermaßen lauter Donner direkt über ihnen, der ihr vor Schreck das Blut in den Adern gefrieren ließ.

In dem Moment legte draußen auch schon ein regelrechtes Unwetter los. Sturmböen peitschten den Regen an die Scheiben, Hagelkörner prasselten hernieder, Donner und Blitz boten sich einen regelrechten Wettstreit, wer wohl Furcht einflößender war.

Janna stand am Fenster und beobachtete das Spektakel der Naturgewalten. Genau wie der Sturm, der zurzeit in ihrem Innersten tobte, sann sie, während gleichzeitig von oben die vertrauten Töne einer Bibi Blocksberg durchs Treppenhaus drangen, die wieder einmal ein neues Abenteuer durchlebte.

Auch über der Krefelder City tobte das Gewitter vom Feinsten. Valerie, Jörg und Tina saßen zunächst draußen vor dem *Café Extrablatt* und unterhielten sich so angeregt, dass keiner der drei bemerkte, wie schnell sich der Himmel zuzog. Als plötzlich die ersten dicken Tropfen in die Eisbecher platschten, rafften sie schnell alles zusammen und beeilten sich, schleunigst hinein zu kommen. Rechts neben dem Eingangsbereich in der Fensternische war noch ein Tisch frei und kaum hatten sie sich dort niedergelassen, öffnete der Himmel seine Schleusen vollends. Donner und Blitz fegten in Nullkommanichts den eben noch belebten Neumarkt komplett leer. Die Äste der Bäume bogen sich gefährlich im Wind, sahen aus, als brächen sie jederzeit vom Stamm ab und die Blätter flogen durch die Luft, als sei stürmischer Herbst.

Im Café wurde es immer voller, die letzten Passanten suchten, manche, wie es aussah, bis auf die Haut durchnässt, einen Platz zum Sitzen.

Valerie saß mit dem Rücken zur Tür. Deshalb bemerkte sie auch nicht den Mann, der in letzter Sekunde ins Trockene flüchtete und seinen Blick suchend umherschweifen ließ. Sie sah auch nicht den perplexen Gesichtsausdruck, als seine Augen ihr Konterfei erfassten. Er schien einen Moment zu überlegen, dann wandte er sich ab und stieg hastig die Treppe zur Raucher-Etage hinauf.

„Die Geschichte ist ja unglaublich!", erzürnte Tina sich, nachdem Valerie ihr alles in Wiederholung haarklein geschildert hatte. „Und du meinst wirklich, diese Janna Kolkner ist deine Zwillingsschwester?"

Valerie zuckte ratlos die Schultern. „Ich weiß es doch nicht! Aber ihr hättet das Bild sehen müssen …" Beschwörend sah sie Jörg und Tina an. „Sie sieht darauf wirklich genauso aus wie ich!"

„Von einer Schwester wissen deine Eltern scheinbar nichts, sonst hätten sie diese bestimmt erwähnt!", bekundete Jörg und ließ sein Gespräch mit Hilla Revue passieren. „Außerdem denke ich, und davon bin ich sogar fest überzeugt, wenn sie dich schon adoptiert haben, so würden sie doch nie Geschwister auseinander reißen." Wie zur

Bekräftigung seiner Worte schüttelte er den Kopf.

„Wie meinst du das?" Valerie konnte irgendwo nicht mehr so richtig folgen, was mit Sicherheit aus der Ursache rührte, dass sie vollkommen neben der Spur war.

„Jörg will sagen, wenn sie dich genommen haben, dann hätten sie mit Sicherheit auch deine Schwester nicht zurückgelassen", kam Tina Jörg zu Hilfe. „So wie ich deine Eltern kenne, muss ich ihm da vollauf beipflichten."

„Hm." Valerie wusste nicht mehr, was sie glauben sollte und konnte. Sie fühlte sich mittlerweile als Fall für die eigene Praxis. Ihr Urvertrauen war bis in die Grundfessen erschüttert.

„Und gerade weil sie so sind …", fügte Tina noch eindringlich hinzu, „muss ich Jörg beipflichten. Du solltest ihnen wenigstens die Chance geben, ihr Schweigen zu erklären."

„Das werde ich sicherlich", blockte Valerie ab, „nur jetzt nicht! Erst muss ich rausfinden, wer meine Eltern sind und vor allem, ob ich tatsächlich eine Zwillingsschwester habe. Wisst ihr, bei dem Gedanken erhält jetzt manches für mich eine ganz andere Bedeutung."

„Wie meinst du das?", fragte Tina wissbegierig.

„Das würde mich nun aber auch mal interessieren!", brachte Jörg sich betreten ein. „Meinst du unsere Beziehung damit?"

„Quatsch", wehrte Valerie ab. „Nein, es ist vielmehr so …", sie suchte nach den richtigen Worten, damit sie keiner am Ende für verwirrt hielt, „dass ich mir permanent vorkomme wie ein halber Mensch. Als ich Kind war, hatte ich das Gefühl besonders häufig und mir immer sehnlich eine gleichaltrige Schwester gewünscht."

„Hm", machte Tina. „Und du meinst nicht, dass jeder mal so ein Gefühl hat?"

„Ich zum Beispiel, wenn ich zuviel getrunken habe", ulkte Jörg. „Süße, dass müsstest du aber wissen."

„Nein, ich meine das anders!" Valerie sah die beiden jetzt ernst an. „Es war … nein, es ist auch heute noch so … manchmal weniger, manchmal mehr … als ob mich die Sehnsucht nach etwas Verlorenem geradezu auffrisst."

Jörg und Tina warfen sich einen fragenden Blick zu.

Valerie bekam es mit und bekannte: „Dieses Gefühl ist der Grund, warum ich Psychologin werden wollte. Und ob ihr es glaubt oder nicht, es gibt einschlägige Literatur, die das telepathische Gefühlsphänomen unter Zwillingsgeschwistern beschreibt, die im Säuglingsalter voneinander getrennt wurden."

„Das wäre ja echt der Hammer!", rief Tina aus. „Aber trotzdem, ich bleib dabei: Deine Eltern, und ich rede von Hilla und Helmut, wussten bestimmt nichts davon! Nie und nimmer hätten sie zwischen zwei Babys gewählt wie man vielleicht einen Hund beim Züchter aussucht!"

„Nein, das ist auch nicht so!", beharrte Jörg auf seiner Meinung. „Deshalb kann ich nur raten, dich schnell mit ihnen auszusprechen. Vielleicht war ja damals auch alles ganz anders als du glaubst. Und wie bereits erwähnt: Hilla hätte mir was davon gesagt, wenn es wirklich so gewesen wäre."

„Okay, das bringt uns im Moment aber nicht weiter", wandte Tina ein. „Also lasst uns überlegen, wie wir gemeinsam herausfinden, wo sich diese Janna aufhält."

„Wahrscheinlich müsste ich zunächst in Duisburg beim Einwohnermeldeamt nachfragen, denn laut dem hiesigen sind die Eltern von ihr damals nach *Wedau* verzogen."

„Würde vorschlagen, dann machen wir das doch."

„Entschuldigung, ist hier noch ein Platz für mich frei?" Die nur allzu vertraute Stimme, die plötzlich von hinten laut wurde, ließ Valerie siedendheiß zusammenfahren.

Jörg wollte dem Mann bereits klar machen, dass man sich gerade in einem angeregten Gespräch befand und er somit deplatziert wirkte, als Tina ihm jedoch über den Mund fuhr und dem Fremden höflich den freien Platz neben sich anbot. „Aber natürlich. Setzen Sie sich ruhig zu uns."

Was war denn das jetzt? Tina schmachtete ihn ja regelrecht an. „Das ist aber auch ein Sauwetter da draußen, was?"

Unverkennbar, denn dem Mann, der noch hinter Valerie stand und nun im Begriff war, sich zu setzen, trieften die Haare vor Nässe.

Valerie, die am liebsten jetzt hier und auf der Stelle im Boden versunken wäre, stockte der Atem. Der wohlriechende Duft seines Rasierwassers streifte ihre Nase, als er sich auf seinem Weg zu Tina links an ihr vorbei quetschte. Irgendwie kam sie gar nicht dazu, etwas zu sagen und er hatte offensichtlich auch nichts dergleichen vor.

„Hoffentlich holen Sie sich nicht noch eine dicke

Erkältung!", ergriff Tina sofort wieder das Wort und lächelte dem Mann offen zu.

„Ach, wissen Sie, ich bin hart im Nehmen!", entgegnete er witzelnd, dafür in Valeries Ohren ziemlich zweideutig. „Ich muss mir dann halt nur jemanden suchen, der mir Kamillentee mit Honig kocht."

„Das wird Ihre Frau doch sicher gerne für Sie tun!", sprang Tina voll auf den Schabernack an.

Der Mann grinste süffisant und sein Spott traf Valerie bis ins Mark. „Meine Frau? Die ist leider mit einem anderen …", plötzlich wurde sein Gesichtsausdruck ernst, „ach, lassen wir das besser …"

Nur Valerie verstand, was er eigentlich wirklich damit sagen wollte. Er wusste also schon Bescheid?! Sie schämte sich so sehr. Warum hatte sie ihm nur nicht von Anfang an die Wahrheit gesagt? Dann würde er jetzt auch nicht dieses merkwürdige Theaterspiel hier aufführen. Was war denn nur in ihn gefahren?

Stinksauer wird er sein auf dich!, dröhnte es in ihr.

„Frederik, bitte, lass das doch!", brach es plötzlich aus Valerie heraus. „Wir müssen reden …!"

„Reden? Worüber?", kam es ironisch zurück. „Ich weiß inzwischen alles, was ich wissen muss." Sein Blick wurde bitter. „Nur leider nicht von *dir*!"

Tina und Jörg starrten die beiden an, als sei gerade eine Straßenbahn an ihnen vorbeigedonnert. „Ihr kennt euch?", brachte Jörg, der sich bisher ruhig verhalten hatte, verblüfft hervor.

„Dachte ich zumindest!", gab Frederik ironisch zurück und sein Blick haftete strafend an Valerie.

„Das ist Frederik Berger … äh, Doktor Frederik Berger!", stellte Valerie kleinlaut vor. „Tina Wittenfeld, meine langjährige Freundin und Jörg Ramers, mein …"

„Langjähriger Verlobter, nicht wahr?!", schnitt Frederik ihr zynisch das Wort ab.

Sein bissiger Blick tat ihr mächtig weh.

Oh ha, da war aber einer verdammt eifersüchtig! Jörg durchschaute Frederik Bergers Verhalten sofort und freute sich im Stillen für seine Ex-Verlobte.

„Sie sind Frederik? *Der* Frederik?", Tina konnte es derweil nicht fassen.

„Wenn Sie offensichtlich so gut informiert über uns sind", fuhr Jörg dazwischen und ließ sich die Worte in kameradschaftlichem Ton auf der Zunge zergehen, „dann müssten Sie doch eigentlich auch wissen, dass sich das mit der Verlobung längst in Luft aufgelöst hat!" Gespannt wartete er auf Frederiks Reaktion. Er konnte nicht umhin, den Mann irgendwie sympathisch zu finden.

Frederik horchte auf. Was hatte dieser Jörg Ramers da gerade gesagt? „Ist das wahr?", rief er durchdringend. „Schau mich an, Valerie … bitte!"

Doch Valerie hielt den Kopf gesenkt. „Ja, es stimmt!", antwortete sie leise und beschämt. „Jörg und ich sind einfach nur gute Freunde und wollen es auch bleiben." Sie brachte es immer noch nicht fertig, Frederik in die Augen zu schauen. Sie wusste, es tat ihm weh, dass sie nicht mit offenen Karten gespielt hatte. Wenn ihr auch ein Rätsel war, woher Frederik seine Kenntnis nahm.

Jörg schubste Tina mit dem Fuß unter dem Tisch an. „Ich glaube, wir gehen jetzt besser und lassen die beiden allein."

„Aber nicht doch …!", rief Valerie hilflos.

„Sprecht euch aus und alles wird wieder gut!", insistierte Jörg und lächelte Erfolg versprechend.

„Genau, das wird nämlich höchste Eisenbahn!", haute Tina in dieselbe Kerbe. Sie schaute kurz aus dem Fenster. „Oh, sieht aus, als kommt gleich die Sonne wieder raus. Na, wenn das kein Omen ist!" Was immer sie genau damit auch meinte.

Tina stand auf, duckte sich zu Valerie hinunter, drückte ihr einen freundschaftlichen Kuss auf die Wange und flüsterte: „Lass den süßen Knaben bloß nicht wieder laufen! Also, bis später. Ich drück dir den Daumen."

Frederik zwinkerte sie nur zu. Er verstand.

Jörg umarmte seine Ex-Verlobte kurz und raunte ihr knapp zu: „Mach es jetzt bloß richtig, ja, meine Süße!" und zu Frederik gewandt: „Und du", er ging wie selbstverständlich zum Du über, „mach mir meine Valerie niemals so unglücklich wie sie mit mir in einer Ehe geworden wäre!"

Tina rollte die Augen. „Komm, lass uns jetzt gehen!"

„Danke!", rief Frederik hinterher. Da waren Jörg und Tina jedoch bereits hinaus. Im Vorbeigehen winkten sie noch einmal ermunternd durch die Scheibe, dann verschwanden sie aus dem Blickfeld.

Frederik wandte sich wieder frontal seinem Gegenüber zu. „So, und nun zu uns, Valerie …!"

Die Luft zwischen ihnen knisterte gewaltig. Einen Moment lang saßen sie da und starrten sich wortlos an. Ungeduldig brach Frederik das zermürbende Schweigen. „Warum hast du mir nichts von deinem Verlöbnis gesagt?" Seine Mimik zeugte von herber Enttäuschung.

Valerie konnte ihm nicht einmal übel nehmen, dass er sie so barsch anfuhr.

„Ich wollte es ja, ich …", schuldbewusst brach sie wieder ab. Sie hatte es aber nicht, und das war Fakt.

„Sag mir nur eines …", er ließ sie nicht aus den Augen, „was empfindest du wirklich für mich?"

Seine Frage traf sie zutiefst. Wie ein waidwundes Reh starrte sie ihn an. „Du musst doch wissen, dass ich dich liebe!"

„Entschuldigung, aber davon habe ich in den letzten achtundvierzig Stunden nicht allzu viel bemerkt!", entgegnete er sarkastisch.

„Ich weiß", sagte sie leise, „und es tut mir fürchterlich leid! Ich wollte das doch so gar nicht. Ich …"

„Wie wolltest du es denn dann?" Frederik beugte sich mit dem Oberkörper vor, so, dass er über den Tisch langte und mit seinem Mund dem ihren gefährlich nahe kam. Seine Iris hypnotisierte sie, während er raunte: „Weißt du eigentlich, wie weh das tat?"

Sie spürte, wie es heiß in ihr hochstieg und ihre Arme schlangen sich wie von selbst um seinen Hals. „Bitte verzeih mir! Ich hatte nie vor, dich zu belügen, wollte dir alles sagen, aber irgendwie war nie der richtige Zeitpunkt … und dann das mit meiner Adoption, das muss ich doch auch erst noch verarbeiten."

„Das wirst du", antwortete er sehr ernst, doch sein Blick war voller Gefühl, „und ich werde dabei an deiner Seite sein!"

„Das tut gut zu wissen!" Sie rückte zu ihm hinüber und er umarmte sie, bedeckte ihr Gesicht mit Küssen und setzte eindringlich hinzu: „Noch einmal werde ich dich nicht mehr einfach abhauen lassen, hörst du!"

„Versprichst du mir das?", lächelte sie und hatte das Gefühl, vor Glück fast zu zerplatzen. „Manchmal braucht man vielleicht auch einfach mal jemanden, der einen vor sich selber schützt."

„Das wird meine Hauptaufgabe sein, darauf kannst du Gift nehmen!"

„Beweis es mir!"

„Wie?"

„Warte ab! Zwei kleine Zwischenfragen hätte ich nämlich noch zuvor."

„Aha, du machst es ja richtig spannend! Na, denn … welche?"

„Dass ich einen Freund habe, hatte ich dir gesagt, doch woher wusstest du das mit der Verlobung?"

Er betrachtete sie einen Moment nachdenklich. „Erinnerst du dich daran, dass du dich dauernd am Arm gekratzt hast?"

Valerie überlegte. „Ja, weil mich irgendein Insekt gestochen hat. Aber was hat das mit Jörg zu tun?"

Frederik ließ sich von ihrer Zwischenfrage nicht beirren. „Du legtest deswegen deinen Armreif ab …" Er ließ ihr die Zeit zum Erinnern.

Jetzt fiel es ihr wieder ein. Valerie griff sich an den Kopf. „Und dann hab ich ihn bei dir liegen lassen?" Das Dumme war, sie hatte den Reif zwar vermisst, aber vergessen, dass sie ihn ausgerechnet bei Frederik abgenommen hatte, wo sie dann so blind hinausgestürzt war …

„Ich hab ihn in die Hand genommen und dabei die Gravur auf der Innenseite bemerkt. Mehr brauch ich wohl nicht zu sagen, oder?"

Sie wusste nur zu gut, was er meinte. Denn es handelte sich um den Goldreif, den Jörg ihr samt seinem Namen und dem Datum der Verlobung geschenkt hatte.

„Vor lauter Frust hab ich mir bis Ende der Woche frei genommen, wollte eigentlich morgen mit Milli an die Nordsee fahren, die letzte Möglichkeit nutzen, bevor sie eingeschult wird. Wenn ich dich jetzt eindringlich darum bitte … würdest du dann mitkommen?"

„Ich würde nur zu gerne", sie stockte, wollte ihn nicht schon wieder vor den Kopf stoßen, „aber jetzt sind Jörg und Tina extra aus Heidelberg her gekommen … ich kann die doch nicht einfach hier sitzen lassen."

„Du hast Recht, das geht wirklich nicht. Aber du bist mir auch nicht böse, wenn ich trotzdem fahre?"

„Frederik, ich bitte dich, woher denn! Außerdem hast du es Milli versprochen, dann mach das auch bitte", bat sie eindringlich. „Hauptsache, zwischen uns ist sonst wieder alles gut."

Mit dieser Antwort gab er sich gern zufrieden. Frederik hatte die vorhergehende Bitterkeit längst abgestreift, er lächelte Valerie voller Wärme an. „Welche Frage kam noch?"

„Wo ist Milli?"

„Bis Morgen früh bei einer Freundin. Warum?"

„Na, dann … die Zeit müssen wir nutzen …", forderte sie ihn kokett zum Gehen auf.

Ob Frau „Sehn wir mal" im fernen Heidelberg wohl in ihren Karten lesen konnte, wie sehr sich die Ereignisse im Leben der Valerie van der Linden von nun an überschlugen?

Valerie selbst jedenfalls ahnte noch nicht, welche Lawine mit dem Anruf ins Rollen kam, den ihr Handy just in diesem Augenblick von „Unbekannt" ankündigte. Sie schlenderte gerade mit Frederik Arm in Arm über den grünen Mittelstreifen am *Ostwall*, hin zu seinem Wagen, den er in einer der Seitenstraßen geparkt hatte. Erst wollte sie gar nicht abnehmen, doch dann ging ihr das Gedudel auf die Nerven, denn es zerstörte die schöne Stimmung zwischen ihnen.

„Entschuldige Schatz, aber da scheint jemand dringendes von mir zu wollen!" Damit klappte sie das Display hoch.

„Frau van der Linden?", klang ihr eine helle Stimme entgegen.

Valerie überlegte, ob sie die Anruferin kannte oder ob das nur so eine Aufschwatz-Tante war. „Ja bitte?!", brachte sie dementsprechend reserviert hervor.

„Gilles hier! Annette Gilles vom Jugendamt Krefeld! Sie erinnern sich?"

Valerie fühlte auf der Stelle ein undefinierbares Gefühl in sich emporsteigen. Und ob sie sich erinnerte! Diese Frau Gilles hatte tatsächlich Wort gehalten und sie angerufen, das konnte doch nur bedeuten …

„Wäre es Ihnen möglich, morgen Vormittag gegen elf zu mir ins Amt zu kommen?" Die Aufforderung klang in Valeries Ohren auf eine gewisse Weise geheimnisvoll nach.

„Sie haben etwas gefunden?", rief Valerie euphorisch aus und flüsterte Frederik, der verwundert lauschte, schnell von der Seite zu, wen sie da gerade am Apparat hatte.

„Sie wissen etwas über meine leiblichen Eltern? Bitte sagen Sie mir …"

„Liebe Frau van der Linden", unterbrach Annette Gilles Valeries Redeschwall freundlich, aber bestimmt, „am Telefon kann und darf ich Ihnen keine Auskunft geben! Sie verstehen das sicher!? Deshalb … kommen Sie morgen zu mir und ich werde Ihnen mitteilen, was aktenkundig vorliegt."

„Selbstverständlich!", gab Valerie einsichtig zurück. „Entschuldigen Sie bitte, wenn ich so überschwänglich reagiere, ich freu mich nur so sehr, endlich einen Hinweis zu bekommen. Denn ich weiß momentan gar nicht so richtig, wer ich eigentlich bin."

„Sie glauben gar nicht, wie gut ich das nachvollziehen kann!" Die Worte der Gilles drangen erst nach und nach in Valeries Gehirn ein. „Mir ist es nämlich ähnlich ergangen wie Ihnen!"

Jetzt war Valerie vollends geplättet. Doch noch bevor sie etwas darauf erwidern konnte, hatte Annette Gilles das Gespräch mit einem hastigen: „Bis Morgen also!" abrupt beendet.

„Was war das jetzt?", kam auch sogleich Frederiks Neugierde hinterher.

„Ich war doch beim Jugendamt … du weißt schon, ich hatte es dir erzählt …". Sie senkte schuldbewusst den Kopf und setzte erklärend noch hinzu: „Bevor ich mich bei dir und Milli so dumm benommen hab."

„Ach ja? Ich erinnere mich nur ungern an diesen Montag!", flachste er. „Aber richtig, jetzt, wo du es sagst, fällt es mir wieder ein." Dann setzte er mit einem Mal sehr ernst hinzu: „Allerdings hoffe ich inständig, dass solche Tage nie wieder bei uns vorkommen!" Dabei hob er mit dem Daumen ihr Kinn an und sah ihr tief in die Iris. „Versprichst du mir das?"

„Ich verspreche es!" Valerie schluckte immer noch schwer an ihrer übertriebenen Reaktion, auch wenn mit Frederik wieder alles gut schien.

„Und diese Sachbearbeiterin vom Amt hat Unterlagen über deine leiblichen Eltern gefunden?", vergewisserte Frederik sich interessiert.

„Was genau sie nun für mich hat, werde ich erst morgen wissen. Ich soll um elf zu ihr kommen."

„Na, dann bin ich ja mal gespannt. Möchtest du, das ich mitgehe?", bot er an.

„Nein, nein, nicht nötig", wehrte Valerie ab, auch wenn sie ihm dankbar für sein Angebot war. „Das muss ich alleine machen. Außerdem bist du doch um diese Zeit längst in Vlissingen, oder nicht?"

„Ich könnte später fahren", schlug er vor.

„Dann wird Milli nur wieder enttäuscht sein. Nein, lass nur, ich bin ja schon ein großes Mädchen."

„Sicher?", hakte er noch einmal nach. Eigentlich wäre er jetzt viel lieber hier bei Valerie in der Stadt geblieben, und zur Stelle, wenn sie mit den neuen Kenntnissen über ihre wahre Herkunft konfrontiert wurde. Natürlich konnte er sich auch nicht der natürlichen Neugier des Menschen erwehren.

„Ich melde mich per Handy bei dir und berichte. Am Samstag bist du ja auch schon wieder zurück und darauf …", sie liebkoste ihn mit ihrem Augen und streichelte seinen Nacken, „freue ich mich jetzt schon."

„Wirst du mich denn vermissen?", kam es typisch männlich zurück.

„So sehr, dass es weh tut!", bekannte sie ehrlich. „Die letzten beiden Tage ging es mir schließlich auch nicht besonders gut ohne dich."

Genau die Antwort, die Frederik hören wolle. „Na schön", entgegnete er zufrieden gestimmt. „Aber dann zeig mir jetzt endlich wieder dein Lächeln … die Grübchen um deinen Mund, die ich in dieser kurzen Zeit so sehr lieben gelernt habe!" Es war eine leise Bitte, aber gefüllt mit einer Inbrunst, die ihr erneut das Blut in den Adern wallen ließ.

Sie drückte sich in seine offenen Arme, die sie sofort umschlangen, als wollten sie sie nie wieder freigeben und flüsterte: „Lass uns zu mir ins Hotel fahren."

Dort oben in ihrem Zimmer, zwischen den kuscheligen Decken und Kissen auf dem geschmackvollen Doppelbett, zeigte sie ihm nicht nur ihr schönstes Lächeln, sondern auch Einblick bis in den allerletzten Winkel ihres Herzens.

Unerwartete Post

Nachdem Fiete, der Postbote, die *Süderreihe* auf dem schönen Eiland *Borkum* durch hatte und ihm das weiße Kuvert mit der glorreichen Bemerkung: „Is man keine Rechnung, sieht nach persönlich aus!" in die Hand drückte, wurde Hannes Winkler augenblicklich blass. Er hätte diese Schrift, die in schnörkeligen Buchstaben seine Adresse als Empfänger auswies, unter Tausenden wiedererkannt. Hannes spürte, wie sein Herz zum Halse pochte. Er drehte den Umschlag und seine Ahnung bestätigte sich, als er auf der Rückseite den Namen des Adressaten las. Gerlinde! Gerlinde schrieb ihm?! Ihm wurde flau in der Magengegend und ein zerreißendes Gefühl zwischen unbändiger Freude und Traurigkeit bei der Erinnerung an die damals so schmerzliche Trennung überkam ihn.

Hannes konnte sich nicht vorstellen, was sie jetzt plötzlich von ihm wollte … nach all den Jahren des Schweigens. Mach ihn auf, dann weißt du es, drängte es in ihm! Doch er legte den Brief zunächst auf dem Küchentisch ab und genehmigte sich aus dem Barfach im Wohnzimmerschrank einen Schnaps. Und weil Hannes schon im Voraus ahnte, dass da etwas Unglaubliches auf ihn zukam – warum kontaktierte Gerlinde ihn wohl sonst? – stellte er sich vorsichtshalber gleich die ganze Flasche daneben.

Hannes spürte, wie der beißende Alkohol seinen nervösen Mageneingang passierte und holte einmal scharf Luft. Dann nahm er wieder den Umschlag und drehte ihn in den Händen. In einem Anflug wilder Entschlossenheit zog er den Brieföffner aus der Tischschublade und ritzte das Papier auf. Hannes zog mehrere Blätter im DIN A4-Format heraus, eng und von beiden Seiten in Gerlindes nach wie vor wunderschöner Zierschrift beschrieben, und faltete sie auseinander.

Hannes goss sich zum zweiten Mal ein und begann zu lesen. Anfangs fühlte er sich noch gewappnet, doch jede weitere Zeile zog ihn immer tiefer in den Sog der Unfassbarkeit.

Am Schluss rannen ihm offen die Tränen aus den Augen, so ungeheuerlich, so unglaublich, so intrigant … ach was, dafür gab es gar nicht den richtigen Ausdruck … war das, was er da gerade erfahren hatte.

Ein paar Stunden mindestens saß er so da und dachte nach. Hannes ließ die Vergangenheit an sich vorbeiziehen, sah Gerlinde vor sich, ihr liebliches Gesicht mit den weichen Zügen und dem leichten Schmollmund. Er hörte ihr ansteckendes Lachen … bis zu jenem Tag, als sie ihm eröffnete, dass sie schwanger sei. Sie hatte nur fürchterlich geheult und auf seine Antwort gar nicht reagiert. Dabei machte er ihr sogar einen Heiratsantrag. Doch sie schrie ihn nur an, er solle sie in Zukunft ein für allemal in Ruhe lassen. Ihm war damals jedoch nicht der riesige Bluterguss, der sich über ihrem rechten Auge erstreckte, entgangen, auch wenn sie sich noch so sehr bemühte, ihn mit ihren dunklen Haaren zu verdecken.

Er öffnete die untere Lade des klobigen Schreibtisches, den er vor zwanzig Jahren von seinem Vater geerbt hatte und zog ein ockerfarbenes Fotoalbum heraus. Ein Album, dem man ansah, dass es in all den Jahren kaum angerührt worden war.

Das holte Hannes jetzt nach, blätterte jede einzelne Seite durch, besah sich Bild für Bild, immer wieder ... Gerlinde und er, er und Gerlinde, mal mit Freunden, mal mit seinen Eltern, die das Mädchen recht gerne mochten, mal mit irgendwelchen Cousinen, soweit er diese noch zuordnen konnte, und die irgendwann in den Sommerferien zu Besuch waren.

Irgendwo musste doch noch der Breitbandfilm herum liegen, den er damals von Gerlinde gedreht hatte. Hannes überlegte, ob er sich vielleicht oben auf dem Speicher befand. Er machte sich sofort auf die Suche. Und richtig! Dort hinten in einer Umzugskiste, die er bis heute nie ausgepackt hatte, lag er, und sogar obenauf.

Hannes wusste selbst nicht, ob ihm das jetzt gut tun würde, doch er überlegte nicht lange, holte die ganze Kiste hinunter und begann mit dem Aufbau. Eine halbe Stunde später hatte sich das Wohnzimmer in ein kleines Kino verwandelt. Er brauchte nur noch die Jalousie herunterlassen, dann konnte es losgehen …

Und so verbrachte der gestandene Mann den Rest des

Tages mit Tränen in den Augen vor Film und Fotoalbum, den Relikten einst so wunderbarer, dann so schmerzlicher Zeiten.

Erst am nächsten Morgen, als die Sonne durch die Wolken brach und ihn mit ihren Strahlen durch die Rolloritzen aus seinem unruhigen Schlaf auf der Couch weckte, wusste Hannes, was er zu tun hatte. Er griff zum Telefonhörer und reservierte kurzerhand beim Ticketverkauf im Inselbahnhof einen Fahrschein für den vierzehn Uhr dreißig Katamaran nach Emden. Dort würde der Zug zur Weiterfahrt pünktlich bereitstehen.

Tränenüberströmt stand Janna vor der Tür ihrer Eltern. Johanne Kolkner erschrak, als sie ihre Tochter sah. „Gott, Kind, was ist denn mit dir passiert? Du siehst ja grauenvoll aus!"

„Ich … ich …" Janna war nicht in der Lage, auch nur ein einziges klares Wort hervorzubringen. Lautes Schluchzen durchzuckte den schlanken Körper, der in diesem Moment besonders schutzbedürftig wirkte.

„Na, nun komm erst mal herein! Und dann setz ich uns beiden einen leckeren Tee auf und du erzählst mir alles in Ruhe, ja!?" Johanne versuchte ihre Aufregung zu unterdrücken. Auch wenn diese nur der natürlichen Sorge um ihr Kind entsprang, so war sie in keiner Weise geeignet, Janna mit klaren Gedanken raten zu können. Und dass ihr Mädchen, auch wenn es schon ein recht großes Mädchen war, nun ihren mütterlichen Beistand brauchte, war nicht zu übersehen.

Sanft schob sie Janna in die Küche und räumte schnell die Zeitungen weg, die sich auf der Eckbank für das Altpapier stapelten. „Komm mein Kind, setz dich. Welche Sorte darf ich dir anbieten? Ich habe Kirsch, Erdbeere, heiße Lie…"

„Mutsch, ich will keinen Tee, ich …", unterbrach Janna mit einer Inbrunst Johannes Emsigkeit, dass diese auf der Stelle zusammenzuckte. „Ist Papa da? Ich muss … was mit euch besprechen!"

„Der ist vorgestern zu seiner alljährlichen Grachtentour aufgebrochen. Hast du das schon vergessen?", entgegnete Johanne verwirrt. Sie ließ sich auf der Stelle nieder und wartete beunruhigt, was Janna ihr nun zu sagen hatte. Im Stillen glaubte sie, dass Gerrit die Ursache des offensichtlichen Übels war. Gerrit, der sich in ihren Augen nicht für seine Familie aufopferte, nur weil er ständig mit Abwesenheit glänzte, sondern vielmehr auf dem eigenen Karrieretrip wandelte – und wer wusste, wo sonst noch … Sie, Johanne, traute ihrem Schwiegersohn mehr zu, als manch einer bei dessen doch so überzeugtem Auftreten zu glauben vermochte. Natürlich behielt sie ihre Gedanken für sich, auch jetzt, als ihre Tochter völlig aufgelöst vor ihr saß.

Doch statt endlich zu reden, kramte Janna in ihrer Tasche herum und holte einen geöffneten Briefumschlag zum Vorschein, den sie Johanne hinhielt. „Der kam heute Morgen mit der Post." Langsam bekam Janna sich wieder in die Gewalt, die Tränen versiegten. Hier in den vier Wänden ihrer Eltern fühlte sie sich geborgen.

„Was ist das für ein Schreiben, es sieht so persönlich aus?", fragte Johanne erstaunt und begutachtete die schnörkelige Handschrift des Absenders. „Und bitte, wer ist Gerlinde Hagemanns? Kenn ich nicht!"

„Lies ihn, Mutsch! Bitte! Dann wirst du verstehen …!"

Johanne faltete den Bogen auseinander, heftete ihre Augen auf das Geschriebene.

Janna beobachte dabei ihr Mienenspiel und registrierte, wie ihre Pupillen erstarrten.

Liebe Frau Sievers,
oder dürfte ich vielleicht auch Du sagen und: Liebe Janna? Nach langem Zögern, ob ich Dich vielleicht einfach anrufen soll, muss ich gestehen, dass mir schlichtweg der Mut dazu fehlte und griff daher zu Stift und Papier. Doch es ist auch nicht einfach für mich, diesen Brief zu schreiben. Diesen Brief an einen Menschen, der mir einerseits sehr, sehr nahe steht und den ich andererseits nie kennengelernt habe. Ich weiß, das muss sich grotesk anhören, aber es ist leider die bittere Realität.
Von Paula Sendler hast Du erfahren, wer ich bin und dass ich lange Zeit auf der Suche nach Dir war. Ohne Erfolg. Sie hat mir dann geholfen, wahrscheinlich um vor sich selbst einiges wieder gutzumachen. Wie auch immer, die Geschichte kennst du ja inzwischen.
Ich möchte an dieser Stelle betonen, dass ich mich nun keinesfalls in Dein Leben drängen möchte. Ich weiß, Du liebst Deine Eltern sehr und es werden auch immer Deine Eltern bleiben! Mein Wunsch ist einfach nur: Ich möchte

Dich wenigstens einmal kennenlernen dürfen, verbunden natürlich mit der vagen Hoffnung, dass ich nach all den Jahren des versäumten Mutterseins wenigstens einen kleinen Platz in Deinem Herzen ergattern kann. Würdest Du mir zumindest die Chance hierzu geben?

Ich will Dir nichts aufzwingen, das kann ich auch gar nicht. Ich könnte Dir nicht mal einen Vorwurf machen, wenn Du nicht willst! Lass Dir alle Zeit der Welt, die Du brauchst, um für Dich herauszufinden, wie es Dir dabei geht und was Du möchtest.

Meine Anschrift und meine Telefonnummer hast Du ja. Ich würde mich so sehr über irgendein Zeichen von Dir freuen. In dieser Hoffnung sei lieb von mir gegrüßt, Gerlinde

„Oh, mein Gott!", rief Johanne aus, als sie zu Ende gelesen hatte. „Deine Mutter, nicht wahr? Das ist deine leibliche Mutter!" Jetzt wurden auch ihr die Augen feucht. „Aber das ist doch … das ist doch wunderbar!"

Janna wunderte sich nicht über diese Reaktion. Sie wusste, Johanne hätte ihr zu jeder Zeit beigestanden und wenn nötig, auch geholfen, ihre Herkunft zu erforschen.

„Aber warum freust du dich nicht einfach darüber? Mensch Kind, sie hat dich gesucht!" Johanne verstand nicht so ganz, weshalb sich ihre Tochter jetzt so bekümmert gab. Die Adoption war doch nie ein Geheimnis zwischen ihnen gewesen. Janna wuchs von klein an mit sämtlichem Wissen auf, was sie und Herbert vorweisen konnten. Dann stutzte sie aber doch. „Nur, von was für einer Geschichte ist hier die Rede, die du bereits kennst?"

Janna vergrub den Kopf unter ihren Händen und stöhnte schwer auf.

Johanne schob ihr sanft die Hände beiseite und zwang sie dazu, sie anzusehen. Sie erschrak über den Seelenschmerz, der sich in den Augen ihres Kindes widerspiegelte. Ihr wurde das Herz schwer, doch sie wusste, mit Mitleid war hier niemandem geholfen, am wenigsten Janna selbst.

„Was sagt denn Gerrit zu dem Brief?"

„Gerrit?", kam es gedehnt zurück. „Der weiß da gar nichts von."

„Wie, der weiß nichts davon?" Johanne schluckte einmal mehr und vergewisserte sich: „Du hast es ihm nicht erzählt?"

Janna schüttelte nur den Kopf.

„Ja, Kind, aber warum denn nicht? Ihm muss doch auch

auffallen, dass es dir nicht gut geht! Hat er mal wieder keine Zeit, um …"

„Bitte, Mutsch, lass gut sein, ja!", bat Janna gebeutelt.

Johanne hätte am liebsten noch so einiges von sich gegeben. Aber wenn sie jetzt auch noch auf Gerrit herumhakte, litt Janna noch mehr. Notgedrungen zügelte sie ihre Zunge und schwang um. „So, und jetzt mach ich uns doch einen Tee und du endlich den Mund auf. Ich sehe doch, dass du mir noch etwas Grundlegendes verschweigst!"

Damit stellte sie den Wasserkocher an.

„Mutsch, ich habe eine Schwester!" Die Worte drangen leise von hinten in Johannes Gehörgänge und es dauerte einen Moment, bis sie diese aufgenommen hatte. Dann aber schnellte sie herum. „Was sagst du da?"

„Ich bin ein Zwilling!"

Johanne ließ sich wie vom Blitz getroffen auf den nächsten Stuhl fallen. „Das ist doch nicht möglich!" Sie konnte nicht glauben, was sie da hörte. „Woher weißt du denn das? In dem Brief steht da aber nichts von."

„Erinnerst du dich an den dringenden Termin am Montag, als ich dir Jasmin und Tonia gebracht habe?"

„Natürlich!" Johanne horchte auf.

„Da habe ich mich mit dieser Paula Sendler, von der in dem Brief die Rede ist, im *Fiddlers* getroffen."

„Wie … getroffen? Wer ist denn überhaupt diese Paula Sendler?" Johanne war nun völlig durcheinander.

„Paula Sendler ist die Hebamme, die mich …", Janna stockte und schluckte schwer, „und meine Schwester damals entbunden hat."

„Und woher kennst du die?"

„Sie rief mich an dem bewussten Morgen an und bat dringend um ein Gespräch."

Johanne fiel es wie Schuppen von den Augen. Deshalb hatte Janna diesen fahrigen und bedrückten Eindruck auf sie gemacht. Und sie, Johanne, schob es im Stillen schon wieder auf Gerrit. So konnte man sich täuschen.

„Und was hat sie mit dir besprochen? Bitte Kind, lass dir doch nicht jeden Wurm aus der Nase ziehen!"

„Ach, warum konnte nicht alles so bleiben wie es war? Es ist so …", die Tränen drohten erneut zu laufen, „so furchtbar … ich weiß gar nicht, wo ich anfangen soll …", rief Janna unglücklich aus.

Johanne legte ihr den Arm um die Schulter und strich

liebevoll über das einst so widerspenstige Haar ihrer Tochter. „Ich würde mal sagen … am besten ganz von vorne."

Valerie atmete erst ein paar Mal tief durch, als sie wieder draußen auf dem großen Platz stand und die Turmuhr der *Dionysiuskirche* den Beginn der Mittagszeit ankündigte.

Annette Gilles vom Jugendamt hatte ihr nicht zu viel versprochen und irgendwo in den Tiefen des Amtes noch Akten ausgegraben, die offiziell schon gar nicht mehr vorhanden waren. Mit einem teilnahmsvollen „Bitte … würden Sie mir erzählen, wie die Suche bei Ihnen ausgegangen ist?" überreichte sie Valerie die bereits gefertigten Abzüge dessen, was in den teils vergilbten und muffigen Papieren noch kenntlich war.

Valerie fiel sofort wieder ein, was sie am Telefon offenbart hatte und forschte neugierig: „Wie ist es denn bei Ihnen gelaufen?"

Annette Gilles lächelte strahlend. „Sie glauben gar nicht, wie gut das tut, wenn man endlich weiß, wer man eigentlich ist! Ich habe leider auch erst quasi bei der Eheschließung von meiner Adoption erfahren. Meine Eltern hatten schlichtweg Angst, mir was zu sagen, weil sie glaubten, ich wolle dann nichts mehr von ihnen wissen. Als es aufflog, habe ich mich tatsächlich von ihnen distanziert. Aus Frust, aus Wut, aus Enttäuschung, aus …" Sie winkte ab. „Doch das ist jetzt vier lange Jahre her und längst Schnee von gestern. Dafür habe ich nun zwei Mütter und mein armer Mann zwei Schwiegermütter." Sie lachte. „Wenn einer also einem leid tun kann, dann er."

„Und wie haben Sie Ihre richtigen Eltern gefunden?"

„Oh, ich habe sämtliche Ämter abgeklappert. Auch das Jugendamt in meiner Heimatstadt." Offensichtlich keine gute Erinnerung, denn jetzt verzog sie das Gesicht. „Leider war man dort nicht sehr bereit, jemandem wie mir zu helfen. Doch dann habe ich tatsächlich durch eine Suchplattform im Internet einen Hinweis erhalten und stieß so auf meine wahren Wurzeln."

Annette Gilles wirkte auf Valerie sehr sympathisch. Sie kehrte nicht wie so mancher die typische Amtsperson heraus, sondern gab sich überaus menschlich und mit Herz. Daher versprach Valerie ehrlich und mit festem Händedruck, ihr den

Ausgang der eigenen Suche in jedem Falle mitzuteilen. Dankbar nahm sie die Papiere entgegen und verließ eilig das Amt.

„Valli!", rief eine Frauenstimme und beim Nähern entpuppte sie sich als Tinas. „Da bist du ja endlich, ich steh schon seit einer dreiviertel Stunde hier rum!"

„Das sehe ich!", grinste Valerie ironisch. „Und wo bitte kommst du dann gerade her?"

„Du, ich war nur mal eben da vorne gucken, du weißt doch, dass ich nicht gut auf einer Stelle sitzen und warten kann."

„Klar weiß ich das", lachte Valerie. „Aber dass du überhaupt hier bist …"

„Natürlich!", rief Tina. „Ich lass doch meine beste Freundin nicht alleine, wenn die vielleicht mit irgendwelchen niederschmetternden Nachrichten aus dem Amt kommen könnte." Dann studierte sie Valeries Mimik. „Und …?"

„Was und?"

„Nun spann mich doch nicht so auf die Folter. Was hast du denn nun von dieser Frau Gilles erfahren? Jörg wartet übrigens auch schon hochgespannt auf deinen Bericht." Sie stockte, dann setzte sie hinzu: „Er muss übrigens noch heute wieder zurück."

Valerie fühlte Enttäuschung in sich hochsteigen. „Warum so plötzlich?"

„Wahrscheinlich verlangt seine Annabell nach ihm", witzelte Tina. Dann ein Blick der Freundin. „Mensch Mädchen, ich weiß es doch nicht. Er wird's dir sicher noch sagen."

Dann bemerkte sie das große Kuvert, unter Valeries Achsel geklemmt. „Sind da deine Neuigkeiten drin?"

Valerie nickte. „Lass uns einen Kaffee trinken gehen, dann zeig ich dir den Kram."

Die beiden Frauen gingen das Stück zum *Schwanenmarkt* hinüber, Tina gelüstete es nach einem großen Eisbecher. Dort setzten sie sich auf die kleine Terrasse, von der man aus auch auf die *Evertsstraße* gelangte, und Valerie erzählte, was Tina wissen wollte. Dabei gab sie ihr die erhaltenen Kopien aus der Adoptionsakte.

„Das ist spannend wie ein Krimi", bekannte Tina und durchforstete sie auf der Stelle voller Faszination. „Also, wenn ich mal Resümee ziehen darf: Du hast die Namen deiner leiblichen Eltern vom Standesamt erhalten, die Geburtsdaten deiner Eltern, die damalige Anschrift und du weißt, dass du nicht in einem Krankenhaus, sondern offensichtlich zu Hause geboren wurdest. Merkwürdig finde ich nur ...", erfasste sie feinspürig, „den Altersunterschied. Du musst die Herrschaften ziemlich spät mit deiner Ankündigung überrascht haben!"

Ja, Tina hatte Recht. Das war ihr auch schon aufgefallen. Ihre Mutter musste bereits Ende vierzig gewesen sein und ihr Vater Mitte fünfzig. Die Frage drängte sich auf, warum Leute in dieser Lebensphase ihr Kind abgaben. Normalerweise schob man derartige Begebenheiten doch eher den Jüngeren oder ganz Jungen zu, die oftmals mittellos und vielleicht obendrauf alleinerziehend dastanden.

„Lass uns mal zu dieser Adresse fahren! Valli?"

Die war wieder derart in ihre Gedanken vertieft, dass sie gar nicht hörte, was Tina sagte. Bis sie einen leichten Schubs von der Seite bekam. „Hallo! Erde an Valli! Bitte aufwachen!"

Valerie zuckte zusammen. „Ja? Was sagtest du gerade?"

„Lass uns da mal hinfahren!", wiederholte Tina geduldig und tippte mit dem Zeigefinger auf die Adresse.

„Und dann? Ich glaube kaum, dass die da noch wohnen werden."

„Das ist wieder typisch du!" Tina schüttelte verständnislos den Kopf. „Die Frau Doktor, die den kleinen Tritt braucht! Sag mal, willst du nun was über deine Eltern herausfinden oder nicht?"

„Ja ... doch ... schon, aber ..."

Tina rollte die Augen. „Dann nichts wie hin. Irgendwo muss man ja schließlich mal anfangen!

An der Bruchmühle, wo mochte das sein? Auch hier in der City oder mehr nach *Uerdingen* runter? Valerie fand es zwar unwahrscheinlich, dass sie an dieser Adresse Erfolg haben würden, doch die Freundin strotzte so voller Tatendrang, dass sie nun gleichwohl ihr Navigationsgerät fütterte. Mit ihrer Vermutung Richtung *Uerdingen* lagen sie erkennbar gar nicht so daneben. Die Entfernung mochte von der Stadt aus zwar schon ein paar Kilometer betragen, aber Tina ließ sich nicht davon abbringen, wenigstens mal vorbeizufahren.

So bogen sie schon knapp fünfzehn Minuten später kurz hinter der Autobahnbrücke der A57 von der *Traarer Straße* nach rechts in die *Bruchmühle* ein. Valerie hatte bereits unterwegs mit Erstaunen festgestellt, dass sie sich hier gar nicht allzu weit von diesem ehemaligen Ärztehaus befanden, zu dem sie mit Frederik gefahren war und in dem vor Jahren Janna Kolkner wohnte.

Bei der angegebenen Nummer handelte es sich um ein dreistöckiges Mehrfamilienhaus. Valeries Wagen passte gerade eben noch so in die schmale Lücke zwischen zwei Kleintransporter, die auf der gegenüber liegenden Seite ziemlich Platz einnehmend abgestellt worden waren.

Die beiden Frauen stiegen aus und ließen ihren Blick über die kahle Front des Wohnhauses schweifen. Die Fassade bestand aus einfachem Putz und überhaupt machte der ganze Bau den Eindruck eines stinknormalen Mietklotzes, der von seinen Bewohnern nicht besonders liebevoll gehegt wurde. Nirgendwo hing eine Geranie oder Petunie von der Fensterbank herab, die der tristen Wand vielleicht frisches Leben eingehaucht hätte. Links und rechts neben dem Eingang eröffnete sich nur blanke Rasenfläche, nicht der kleinste Anflug von Blütenmeer zwischen gedeihenden Grünpflanzen.

Da standen sie nun vor der Haustür und schauten sich die Klingelschilder an. Valeries Vermutung bewahrheitete sich: Hier wohnten keine Overbecks.

„Siehst du, ich wusste es ja gleich …", resignierte sie.

Doch Tina ließ sich nicht so schnell aus der Fassung bringen. „Vielleicht sollten wir einfach mal irgendwo klingeln und nachfragen. Könnte ja immerhin sein, dass sich hier noch jemand an den Namen erinnert."

„Suchen Sie wen?", erklang plötzlich eine rauchige Stimme von hinten.

Erschrocken fuhren die Freundinnen herum. Vor ihnen stand eine, vom Alter her schwer schätzbare, dafür sehr elegant gekleidete, Frau, die so gar nicht hierher passen wollte, und musterte beide zwar freundlich, aber auch sehr abschätzend.

„Ja, ich … wir … äh … wohnen Sie vielleicht hier im Haus?", brachte Valerie auffällig eingeschüchtert hervor.

„Jetzt nicht mehr, aber hab ich mal", entgegnete die Frau mit einem Blick, der merkwürdig starr auf ihr ruhte, „ist allerdings schon eine Weile her."

Eine Weile? Wie lange mochte das sein?

„Sagt Ihnen der Name Overbeck vielleicht etwas?",

flutschte es aus Tina heraus.

Die Gesichtszüge der Frau hafteten wie eine unbewegliche Maske an ihr. „Ja", antwortete sie. „Wir waren Nachbarn." Sie zeigte mit dem Finger die Hauswand hinauf „Ganz oben haben wir gewohnt, direkt nebeneinander. Aber das ist", sie rechnete nach, „oh, da muss ich überlegen … mindestens fünfunddreißig Jahre her."

„Sechsunddreißig Jahre?", wiederholte Valerie frustriert. Der soeben aufkeimende kleine Hoffnungsschimmer löste sich sofort wieder in Nichts auf.

„Kann auch mehr sein. Ein halbes Jahr haben die hier gewohnt, dann sind die schon wieder raus. Weggezogen, irgendwohin nach Süddeutschland, glaube ich. Mehr kann ich Ihnen nicht sagen." Wie eigenartig ihre Worte klangen! Automatisch kam man da auf den Gedanken: Durfte sie nichts sagen oder wusste sie nichts?

„Warum suchen Sie die denn?"

Valerie vermochte nicht zu sagen, woran es lag, aber sie überkam das instinktive Gefühl der Vorsicht. Die Frau war unbestritten freundlich und lächelte sie an, aber dieses Lächeln erreichte nicht ihre Augen. Die wirkten kalt und leblos.

„Alte Erinnerungen", gab Valerie daher nur schlichtweg zur Antwort.

„Warum fra… " Weiter kam Tina nicht, Valerie stieß sie absichtlich in die Seite und bedeutete ihr damit, den Mund zu halten.

Valerie bedankte sich bei der Frau für die Auskunftsbereitschaft und verabschiedete sich schnell. Ohne auf Tina zu achten, eilte sie zurück zu ihrem Wagen.

„Hey, sag mal, spinnst du?" Tina sprang auf den Beifahrersitz und knallte die Tür zu. „Was war denn das jetzt?"

Ja, das fragte sich Valerie in diesem Moment auch. Eine äußerst merkwürdige Eingebung hatte sie von jetzt auf gleich überfallen. „Ich glaube, ich bin dieser Frau schon einmal begegnet!" Der stechende Blick, mit dem diese sie gemustert hatte – irgendetwas in Valeries Unterbewusstsein erwachte.

Doch zugleich schalt Valerie sich für eine Närrin. Das war natürlich absoluter Humbug! Sie war einfach nur völlig durcheinander. Da konnte das Gehirn einem auch schon mal einen Streich spielen. Oder?

„Bist du sicher?", argwöhnte Tina auch gleich.

„Ja … nein … doch, eigentlich schon. Ja!"

„Sicher oder nicht sicher?" Tina gab sich damit nicht zufrieden.

Valerie schaute in den Rückspiegel, doch die Frau war aus ihrem Sichtfeld verschwunden. Sie atmete auf, fühlte sich auf seltsame Art erleichtert. „Ich bin mir sicher!", wiederholte sie fest und diesmal war sie es tatsächlich.

„Aber wer soll das denn sein?", überlegte Tina. „So wie es den Anschein hat, ist die wahrscheinlich nur bei jemandem im Haus zu Besuch."

„Ach Tina, ich weiß es nicht. Nur … diese Augen … hast du ihren Blick gesehen? Irgendetwas ist da in meinem Kopf und ich weiß nicht, wie und wo ich es einsortieren soll."

„Na ja, ist wohl kein Wunder. Ich möchte jedenfalls im Moment nicht in deiner Haut stecken."

Valerie seufzte. „Das ist ja das Schlimme, ich auch nicht!"

Diesmal waren die Positionen vertauscht. Nicht ihre Tochter stand aufgelöst vor der Tür, sondern der selten gesehene Gerrit.

„Ist Janna hier bei dir?", rief er aufgeregt und seine laute Stimme hallte durch das ganze Erdgeschoss bis ins obere Stockwerk.

„Nein, ist sie nicht!", entgegnete Johanne scheinbar gelassen. „Doch ich wüsste gerne, warum du nicht weißt, wo deine Frau ist!"

„Johanne, bitte … ich …!" Gerrit brach ab, als er in das Gesicht seiner Schwiegermutter blickte. „Ich weiß, dass du der Ansicht bist, ich würde Janna vernachlässigen …"

„Das ist ja wohl kein Ausdruck mehr dafür!", fiel sie ihm barsch ins Wort. „Du hast überhaupt keine Ahnung, was im Moment in ihr vorgeht!" Sie hätte ihm jetzt auf der Stelle am liebsten sonst was gesagt, aber mit Rücksicht auf die Kinder, die Janna heute Nachmittag mit zwei gepackten Trollis zu ihr gebracht hatte, beherrschte sie sich und zog den Schwiegersohn am Arm ins Wohnzimmer. Johanne horchte einen Moment an der Treppe, ob die Mädchen gar etwas von dem Krach mitbekommen hatten. Doch oben blieb alles still. Sie schienen endlich eingeschlafen zu sein. Leise schloss sie die Tür hinter sich.

„Ich kam nach Hause und da lag auf der Kommode dieser

nichts sagende Zettel hier …", Gerrit hielt Johanna ein zerknittertes Stück Notizpapier hin, auf dem nur noch vage zu entziffern war:

„Brauch ein bisschen Zeit für mich, die Kinder sind bei meiner Mutter."

„Kannst du mir das denn bitte erklären?"

„Was gibt es da noch zu erklären?", fragte Johanne mit unterschwelliger Wut. „Offensichtlich gab es ja für Janna keine Möglichkeit, sich dir mitzuteilen! Oder?"

Das saß. Gerrit verstand sofort. Plötzlich ließ er sich aufstöhnend in den Sessel fallen und schlug die Hände über dem Kopf zusammen.

Völlig perplex, wenn auch zugegebenermaßen angenehm überrascht obgleich seiner Reaktion, ließ sie sich neben ihm auf der Lehne nieder und legte die Hand auf seine Schulter. „Du machst dir tatsächlich Sorgen, nicht wahr?" Es war mehr eine Feststellung als eine Frage, die ihr da über die Lippen kam.

Gerrit blickte verstört hoch. Er wirkte auf einmal wie ein kleiner hilfloser Junge. Er, der doch sonst immer so sicher auftretende Rechtsanwalt Sievers. „Johanne, ich muss unbedingt mit ihr sprechen! Bitte sag mir, wo ich sie finde!"

Johanne rang mit ihrem Gewissen. Zwar hatte Janna ihr nicht verboten, Gerrit ihren Aufenthaltsort zu verraten, aber genau genommen hatten sie ihn überhaupt nicht bei dieser überstürzten Kurzplanung bedacht. „Ich weiß nicht, ob es richtig ist, wenn …"

„Aber ich muss ihr etwas wichtiges erzählen …!", fuhr Gerrit nervös hoch. „Sehr wichtiges … bitte … sag es mir!"

„Na gut. Aber damit wirst du auch nicht viel anfangen können … sie ist in Heidelberg!"

Gerrit verstand tatsächlich nicht. „Wie … in Heidelberg?"

„Tja, mein Lieber, wenn du mal vorher mit ihr geredet hättest, dann wüsstest du, warum sie dahin gefahren ist", konnte Johanne sich nicht verkneifen, ihn zu belehren. Sie ging zum Wandschrank und holte eine Flasche Cognac mit zwei Gläsern. „Komm mein Junge, ich glaube, so ein kleiner davon wird uns beiden jetzt ganz gut tun."

„Du trinkst Alkohol?", fragte Gerrit noch mehr verwundert. Noch nie hatte er seine Schwiegermutter mit so einem Glas am Mund gesehen?

„Manchmal geschehen eben Zeichen und Wunder!", gab sie vielsagend zurück, ließ den Sinn ihrer Worte allerdings leer im Raum stehen.

Gerrit kippte den Inhalt, der mindestens schon zwei kleine maß, in einem Zug herunter. „Was macht sie denn nun in Heidelberg?", bohrte er weiter.

Johanne musterte ihn mit Habichtblick. Gerrits offensichtlicher Frust stimmte sie milder ihm gegenüber, zeigte er doch, dass ihm wirklich noch etwas an Janna lag. Vielleicht hatte sie ihm ja Unrecht getan? Doch sie fühlte sich in der Zwickmühle. Durfte sie ihrer Tochter vorgreifen und ihm sagen, was passiert war? Würde Janna dann nicht zu Recht böse auf sie sein, weil sie sich in ihre Angelegenheiten mischte?

„Ich mache dir einen Vorschlag …", versuchte sie es auf die diplomatische Tour. „Janna wollte sich bei mir melden, sobald sie angekommen ist …", dabei schaute sie auf die Wanduhr, deren Pendel gleichmäßig hin und her schlugen, „dann werde ich sie fragen, ob sie selbst mit dir reden will oder ob ich …"

Gerrit ließ sie nicht zu Ende reden. Unruhig lief er im Zimmer auf und ab. „Und aus welchem Grund kannst du es mir nicht direkt sagen?"

„Weil ich nicht weiß, ob ich ihr da vorgreifen darf!", erklärte Johanne. „Versteh das bitte!"

„Hast du vielleicht eine Zigarette für mich?"

„Du fängst wieder das Rauchen an?"

„Was soll ich denn jetzt sonst tun?", fragte er resigniert. „Meine Frau haut einfach ab, ich weiß nicht einmal, warum sie das getan hat, ob es an mir liegt …?!"

Johanne mochte seine Worte nicht einfach so im Raume stehen lassen. „Dass sie mit dir sprechen wollte, hast du aber sicher mitbekommen, oder?", stellte sie mit unterschwelligem Sarkasmus klar.

Seine Hände wirkten fahrig, als er sich einen Glimmstängel aus der Packung zog, die Johanne ihm hinhielt. Er griff nach dem Feuerzeug auf dem Wohnzimmertisch und zündete. Ob ihn dieser tiefe Sog innerlich wirklich beruhigte, schien allerdings mehr als fraglich.

„Ich war immer so spät zu Hause, dass ein Gespräch nicht mehr möglich war. Meistens hat sie bereits im Bett gelegen und tief und fest geschlafen, wenn ich kam.", setzte er den Worten seiner Schwiegermutter schuldbewusst entgegen. „Und gestern Abend", versuchte er sich zu erinnern, „da wollte ich wirklich mal früher Schluss machen, aber dann kam der Heitzer wieder rein und hat mir noch ein zusätzliches, neues Mandat auf den Schreibtisch geknallt, was ich mir bitte soooofort durchzusehen hätte."

„Du machst dich kaputt für diese Kanzlei!" warnte Johanne. „Und nicht nur dich, sondern deine ganze Familie gleich mit. Dich, Janna und die Kinder!" Sie schaute ihn streng an. „Sag, ist dieser Heitzer und sein dir versprochener Platz als Sozius das wirklich wert?"

„Leben tun wir zumindest nicht schlecht davon", wandte Gerrit mager ein.

„Soviel ich weiß, möchte Janna in ihren alten Job zurück. Warum legst du ihr da Steine in den Weg? Weil sie selber Rechtsanwältin ist? Hast du etwa Angst, sie könne dir irgendwie den Rang ablaufen?" Johanne wartete nun gespannt auf seine Reaktion, denn bis vor gar nicht allzu langer Zeit noch wehrte er sich genau dagegen vehement. Er verdiene schließlich genug, um seine Familie zu ernähren und Johanne wusste, darüber hatte es oft genug Streit zwischen den beiden gegeben.

„Quatsch, nein!", wehrte Gerrit erschrocken ab. Dann stutzte er. „Das ist aber nicht der Grund, oder …?" Seine Augen flackerten. „Das Thema haben wir nämlich bereits hinter uns. Janna soll selbst entscheiden, wann sie wieder arbeiten möchte."

Seine Worte beruhigten Johanne und plötzlich tat er ihr sogar leid. Ob das nun der ausschlaggebende Punkt war … sie wusste es später nicht mehr zu sagen … jedenfalls brach sie in diesem Moment mit ihren Prinzipien. „Also gut, Gerrit, was ich dir jetzt sage … ich hoffe inständig, Janna verzeiht mir das …"

Und dann trug sie ihm alles vor, soweit sie es wusste.

Gerrit saß im Sessel, rührte sich nicht, unterbrach sie mit keiner Silbe und ließ das Unglaubliche, was seine Schwiegermutter ihm da anvertraute, auf sich einwirken. Erst als sie geendet hatte, sprang er auf und wanderte erneut durch den Raum. Seine Gesichtsfarbe wirkte aschfahl und er machte den Eindruck, als müsse er schleunigst hinaus an die frische Luft.

Johanne wollte schon etwas sagen, da kam er ihr zuvor. Allerdings anders, als gedacht.

„Also doch!" Gerrit schüttelte den Kopf, immer wieder, und klopfte beim Herumlaufen, wie jemand, der äußerst angestrengt nachdachte, mit der Hand auf den Unterarm.

„Overbeck und Sendler!"

Johanne verstand nun überhaupt nichts mehr und erwartete eine Erklärung seinerseits.

„Genau darüber wollte ich ja mit Janna gesprochen haben. Dieses Mandat, für dass ich mir in letzter Zeit die Abende um die Ohren geschlagen habe … ich vertrete doch, wenn auch ziemlich widerwillig, diesen Winkmann …"

Johanne nickte, der Name war ihr durch Janna bekannt.

„Der war früher Arzt, Gynäkologe genau gesagt, und wird des Kinderhandels angeklagt", fuhr Gerrit aufgeregt fort.

„Ja, weiß ich! Und?" Johanne hatte keine Ahnung, worauf er hinauswollte.

„Doch weißt du auch, wer ihn verklagt?"

„Nein, natürlich nicht! Woher auch? Du machst es spannend." Johanne wurde langsam genauso unruhig wie er. „Nur verstehe ich nicht, was das Ganze mit Janna zu tun hat!"

Gerrit starrte sie so fest an, dass sie nun gezwungen war, seinem Blick standzuhalten, als er darauf antwortete: „Eine gewisse Gerlinde Hagemanns geborene Overbeck. Und als Zeugin für die Schandtat des vorliegenden Falles: Paula Sendler!" Er machte eine kurze Pause, ließ Johanne Zeit, seine Worte zu erfassen. „Schon bei der Durchsicht der Akte bin ich auf Dinge gestoßen, die mich stutzig werden ließen. Deshalb habe ich mir die Abende um die Ohren geschlagen! Ich habe versucht, über gewisse Beziehungen einiges herauszufinden. Und worauf ich dabei gestoßen bin, deckt sich exakt mit dem, was du mir eben erzählt hast. Gerlinde Overbeck hat im Jahre 1975 Zwillinge zur Welt gebracht. Und zwar in *Krefeld-Uerdingen*, und das auch noch genau am 8. März. Jannas Geburtsdatum also!" Er fuhr sich nervös mit der Hand durch das Haar. „Und ihr habt sie damals adoptiert. Ich wollte Janna alles erklären, sobald ich Gewissheit hatte, doch die hab ich erst seit heute Nachmittag."

Etwas klirrte zu ihren Füßen. Johanne nahm es gar nicht richtig wahr, obgleich die Scherben des Cognacglases weit fliegend auf dem Steinfliesenboden verteilt lagen und der Rest des Inhaltes dazwischen klebte.

Gerrit lief hinüber zur Küche und holte aus dem angrenzenden Hauswirtschaftsraum Handfeger und Reiniger. Während Johanne wie im Trance auf der Couch kauerte und Zeit brauchte, sich zu sammeln, kehrte er die Bescherung zusammen und wischte mit Küchenkrepp die klebrigen Reste auf.

Und genau in diesem Moment ging das Telefon. Das Läuten ließ Johanne aufschrecken.

„Soll ich dran gehen?", fragte Gerrit. „Vielleicht ist es Janna."

Johanne schüttelte den Kopf. Wieder ging ihr Blick zur Uhr. „Nein, nein, das wird Herbert sein. Er ruft jeden Abend um halb neun an." Sie nahm den Hörer ab und Gerrit brachte derweil die Glasscherben zur Mülltonne, bevor sich jemand daran schnitt. Als er zurückkam, hörte er seine Schwiegermutter Johanne gerade noch *„Dann schlaf gut, mein Grachtengondler, bis Samstag! Und pass auf dich auf, hörst du?"* in die Muschel rufen.

„Und? Wenigstens bei ihm alles klar?", erkundigte Gerrit sich.

„Er macht zumindest den Eindruck", gab Johanne zurück, die sich mittlerweile wieder gefasst hatte, schon allein, damit Herbert nichts merkte.

„Hast du ihm was davon …?", forschte Gerrit.

„Natürlich nicht!", fiel sie ihm ins Wort. „Was soll er da oben in Holland mit anfangen? Ist auch noch Zeit für, wenn er zurück ist." Dann schenkte sie ihrem Schwiegersohn einen dankbaren Blick. „Lieb von dir, dass du mein Missgeschick beseitigt hast." Merkwürdig, aber auf einmal sah sie ihn ganz anders als vorher.

„Und nun? Was machen wir jetzt?" Gerrit lächelte schon wieder.

„Du musst natürlich unbedingt mit Janna sprechen!"

„Aber ich kann ihr das doch schlecht am Telefon …"

„Fahr zu ihr!", half sie ihm auf die Sprünge. „Gleich morgen früh!"

„Ich habe keine Hotelanschrift."

Johanne nahm den Zettel, der die ganze Zeit bereits neben dem Telefon lag, zur Hand und reichte ihn Gerrit. „Hier, mein Junge, hat Janna mir dagelassen …"

Völlig überraschend nahm er seine Schwiegermutter in die Arme. „Danke, Johanne!"

Damit strebte er hinaus. Doch im letzten Moment drehte er sich noch einmal um. „Die Kinder …?"

„Um die kümmere ich mich schon. Sieh du zu, dass du mit Janna wieder ins Reine kommst und Jasmin und Tonia endlich ihren Papi zurückbekommen!"

Hilla van der Linden kniete auf einer Unterlage, die sie sich auf die Pflastersteine gelegt hatte und zupfte das Unkraut aus dem Blumenbeet, welches den Zugang zum Haus säumte. Sie war so in ihre Arbeit vertieft, dass sie die junge Frau, die das Grundstück betrat, zunächst gar nicht bemerkte. Erst, als ein schüchternes „Guten Morgen!" hinter ihr ertönte und die Sonne gleichzeitig einen menschlichen Schatten auf den Boden warf, wandte sie den Kopf und fuhr im nächsten Augenblick freudig hoch.

„Valerie!" Hilla traten Tränen in die Augen. Blitzschnell streifte sie ihre Gartenhandschuhe ab und schloss die junge Frau fest in die Arme. „Kind, endlich … ich glaubte schon, du würdest uns nie mehr sehen wollen."

Die junge Frau blickte sie hilflos an. „Frau van der Linden? Bitte erschrecken Sie jetzt nicht, aber ich bin nicht Valerie!"

„Wie?" Hilla schaute sie an, als sei sie von einem fernen Planeten.

„Mein Name ist Janna Sievers", versuchte Janna zu erklären „und ich bin auf der Suche nach Ihrer Tochter."

„Auf der Suche nach meiner Tochter?" Hilla verstand überhaupt nichts. Hatte sie jetzt schon Halluzinationen? Ihre Arme sackten schlaff herunter, ließen die junge Frau sofort wieder frei.

„Haben Sie vielleicht einen Moment Zeit? Dann erkläre ich Ihnen alles und Sie werden verstehen …"

„Ja … ja, sicher …" Doch Hilla war überzeugt, gar nichts zu verstehen, fühlte sich völlig benebelt. Was war nur mit Valerie geschehen? War sie etwa krank? Litt sie, Hilla, plötzlich an Schizophrenie? Wie im Trance ging sie voraus ins Haus, und wartete wortlos, bis die Besucherin hinterherkam.

„Helmut!", rief Hilla hinauf ins Obergeschoss. „Komm doch bitte mal!"

„Was ist denn?", kam es grummelnd von irgendwo aus dem Haus.

„Komm runter, dann siehst du es!"

Keine gute Stimmung hier!, dachte Janna bei sich und augenblicklich tat ihr diese Frau, die ihr eigentlich recht sympathisch vorkam, leid. Sie schien es nicht einfach zu haben mit ihrem Mann.

„Komm …", wandte Hilla sich an Janna, musterte sie eindringlich, stockte dann aber und verbesserte sich sofort, „kommen Sie bitte durch." Damit ging sie voraus in die gemütliche Wohnküche.

Jannas Blick fing im Nu sämtliche Nuancen ihrer Umgebung ein. Es war merkwürdig, aber sie hatte das Gefühl, in die Küche ihrer Mutter einzutreten, so gleichartig trafen sich hier die Geschmäcker.

„Setzen Sie sich doch bitte. Kann ich Ihnen etwas anbieten? Einen Kaffee vielleicht?"

„Sehr gerne, da sage ich nicht nein", bedankte Janna sich. Sie hatte vor Aufregung heute Morgen beim Frühstück im Hotel keinen Bissen herunter bekommen und ihre Tasse unberührt stehen lassen.

Eilig setzte Hilla den Kaffee auf. Dabei zeigte sie sich so nervös, dass sie einen Teil des Kaffeepulvers auf der Anrichte verstreute.

Während er durchlief, setzte Hilla sich zu ihrer Besucherin an den Tisch und starrte sie abwartend und kritisch zugleich an. „So, Frau … äh … Sievers war richtig? Wer sind Sie denn nun eigentlich?"

Janna spürte, dass Hilla van der Linden ihre Worte bezweifelte. Diese schien tatsächlich der Überzeugung, sie sei Valerie. Dann musste die Ähnlichkeit mit ihrer Schwester wirklich frappierend sein. Demnach waren sie also eineiig. Zwar hatte Paula Sendler was von Zwillingen gefaselt, doch in ihrem Schockzustand hatte sie vergessen, danach zu fragen. Oder die Sendler erwähnte und sie, Janna, überhörte es. Sie wusste es nicht mehr.

„Janna Sievers", wiederholte sie nun noch einmal geduldig ihren Namen, zog dabei zur Bestätigung ihren Personalausweis aus der Handtasche und reichte ihn Hilla hin. „Wie Sie sehen … geboren am 8. März 1975 in *Krefeld-Uerdingen*. Was hier natürlich nicht drauf steht … unmittelbar nach meiner Geburt an Kindes statt angenommen von Herbert und Johanne Kolkner aus Krefeld."

Hilla studierte die Chipkarte genau und begriff erst da richtig. Nur das Rauschen der Kaffeemaschine durchdrang die Stille nach Jannas Worten. Die beiden Frauen sahen sich an. Die eine versuchte in den Augen der anderen zu lesen. Doch Hillas Gesicht war weiß wie die Küchenraufaser.

„Was ist denn das hier für eine Beerdigung?", polterte eine männliche Stimme über die Türschwelle. Der Mann, der dazu gehörte, schlurfte in Pantoffeln zum Küchenschrank hinüber, ohne weiter auf die Personen, die sich mit ihm im Raum befanden, zu achten und bediente sich am fertig durchgelaufenen Aufputschmittel.

„Guten Tag, Herr van der Linden!", begrüßte Janna ihn trotzdem freundlich, so dass er, wenn seine gute Erziehung es hergab, zumindest den Kopf zu ihr wandte, um sie anzublicken. Er wirkte auf Janna wie ein gebrochener, alter Mann.

Helmut sah sich tatsächlich um und Janna direkt ins Gesicht. Bleich, genau wie Hilla, starrte er sie an wie einen Geist. „Du? Du bist zurück?" Man merkte deutlich, wie es in seinem Hirn arbeitete. „Redest du denn noch mit uns? Mit mir?" Zittrig zog er sich den Stuhl heran.

Janna wusste nicht, wovon er sprach. Auch er erkannte nicht auf Anhieb, dass hier nicht Valerie vor ihm saß, sondern eine Fremde.

„Herr van der Linden, ich sagte es bereits Ihrer Frau … ich bin nicht Valerie, die Sie vor fast sechsunddreißig Jahren adoptiert haben, sondern …", sie sprach langsam, damit er die Möglichkeit hatte, jedes Wort aufzunehmen, „Janna Sievers, Valeries Zwillingsschwester."

Helmuts Teint schlug sekundenschnell um. Hilla bemerkte sofort die Zornesfalte auf seiner Stirn, die gerade seit seiner Pensionierung immer dann gefährlich anschwoll, wenn er mit etwas nicht zurechtkam.

„Willst du mich für dumm verkaufen?", ranzte er die Besucherin an. „Weißt du eigentlich, wie oft wir versucht haben, dich zu erreichen? Wir wissen, dass wir einen großen Fehler gemacht haben und bereuen es sehr. Doch du wolltest nicht einmal mehr mit uns sprechen! Und jetzt kommst du hier an und erzählst uns … Er brach ab. „Ich verstehe dieses Theaterstück nicht. Da bin ich offensichtlich zu alt für!"

„Helmut, setz dich jetzt bitte mal her und hör dir wenigstens an, was Frau Sievers uns zu sagen hat!", begehrte Hilla mit fester Stimme. „Ich wollte es erst auch nicht glauben, aber … sie ist wirklich nicht Valerie!"

Und zu Janna gewandt, gestand sie: „Wissen Sie, ich habe Valerie großgezogen. Jedoch Ihre Gestik, Ihre Art zu sprechen … es ist eine andere. Auch ohne Ihren Ausweis ist mir das aufgefallen …"

„Ich wäre Ihnen dankbar, wenn Sie mir möglichst viel von ihr erzählen, mir beschreiben, wie Valerie als Kind war und auch heute ist."

Helmut fixierte Janna mit starrem, unüberzeugtem Blick. Dann sackte er auf einen der Stühle und nestelte in seiner

Hemdtasche herum, wo er seine Pillen versteckte.

„Helmut, was hast du denn da für Tabletten?", rief Hilla erschrocken. „Geht es dir nicht gut?"

Doch er ging gar nicht darauf ein, überhörte die Worte seiner Frau bewusst und wandte sich direkt an die Besucherin: „Woher haben Sie eigentlich unseren Namen und unsere Adresse?"

„Von einer gewissen Paula Sendler", antworte Janna. „Sagt Ihnen dieser Name vielleicht irgendetwas?"

Hilla und Helmut schüttelten beide den Kopf. „Nein, nie gehört. Wer ist das?"

„Paula Sendler ist die Hebamme, die Valerie und mich damals auf die Welt geholt hat und …"

Dann erzählte sie den Adoptiveltern ihrer Schwester der Reihe nach bis ins Detail dasselbe, was sie zuvor auch schon Johanne im rund dreihundertsechzig Kilometer entfernten Moers berichtet hatte …

Es dauerte lange, bis beide van der Lindens sich gefasst hatten. Die Geschichte war einfach furchtbar und sie hatten, ohne es zu wissen, eine schwerwiegende Rolle darin besetzt. Doch bewirkte es, dass sie Janna zugänglich wurden, ihre Skepsis ablegten und sich eingestanden, dass die junge Frau einen ehrlichen und liebenswerten Eindruck auf sie machte.

Helmuts Stimme nahm jetzt sogar einen durchaus freundlichen Ton an, und er fragte hilfsbereit: „Was möchtest du …", das Du kam ihm plötzlich wie selbstverständlich über die Lippen, „wissen?"

„Alles." Janna lächelte ihn an und dieses Lächeln zauberte dem Mann, der in letzter Zeit so griesgrämig durch die Welt lief, einen neuen, völlig anderen Gesichtsausdruck auf die herben Züge.

„Doch zuvor: Wo hält Valerie sich auf? Aus euren Worten entnehme ich, dass sie verreist ist?"

Hilla nickte. „Es ist schon skurril … du kommst zu uns nach Heidelberg, um Valerie aufzusuchen, dabei ist sie in Krefeld. Wahrscheinlich auf der Suche nach dir …"

Jetzt war Janna die Geplättete. Doch dann begann sie zu lachen. Und es war ein befreiendes Lachen, dass auch Hilla und Helmut gleichermaßen rührte.

„So habe ich aber wenigstens euch kennengelernt und ich muss sagen, meine Schwester hatte genauso ein Glück mit ihren Adoptiveltern wie ich. Darüber bin ich sehr froh!", bekannte Janna ehrlich.

„Das mit dem Adoptiv … es ist schlimm … ich …", faselte Helmut schuldbewusst und damit Janna verstand, was er meinte, klärte er nun seinerseits die junge Frau über den schwerwiegenden Fehler auf, den seine Hilla und er gemacht hatten, und um ihre Angst, Valerie würde ihnen dies nie verzeihen können.

„Sie wird es!", versprach Janna, als er geendet hatte. „Wisst ihr, mir geht es mit einem Mal auch viel besser als zum Beispiel gestern noch. Ich fühlte mich wie in einem tiefen Abgrund, aus dem mir keiner heraushelfen konnte und nun plötzlich … seit ich jetzt mit euch gesprochen habe, ist mir, als habe ich auf einmal eine große und liebenswerte Familie dazu gewonnen. Wisst ihr, als Kind habe ich von so einer großen Familie immer geträumt."

Die alltäglichen Arbeiten und Reibereien waren für heute gelaufen. Hillas Unkraut musste sich bis auf Weiteres gedulden und Helmut blühte regelrecht auf, als er sämtliche Fotoalben hervorholte, um für Janna jede einzelne Aufnahme Valeries, die ihr in der Tat zum Verwechseln ähnlich sah, zu kommentieren.

Es war bereits später Nachmittag, als Janna ins *Hotel Monpti* an der *Friedrich-Ebert-Anlage* zurückkehrte, in dem sie für drei Tage ein Doppelzimmer gebucht hatte. Verwundert stellte sie fest, dass sich der Schlüssel ihrer Zimmertür nur einmal drehen ließ. Dabei war sie überzeugt, zweimal abgeschlossen zu haben. Schon aus reiner Gewohnheit, wie zu Hause auch. Als sie öffnete, heftete sich ihr Augenmerk sofort auf den schwarzen Koffer, der vor dem Bett thronte. Jannas Herz tat einen heftigen Satz. Denn sie kannte nur Einen, der seinen Koffer in Hotelzimmern grundsätzlich vor dem Bett abstellte …

Aus dem angrenzenden, kleinen Badezimmer drang das Rauschen der Dusche. Janna riss die Tür auf. „Gerrit?"

Sofort wurde das Wasser abgestellt und hinter dem Duschvorhang zeigte sich das triefende Antlitz ihres Mannes. „Janna! Schatz! Da bist du ja endlich!"

„Wieso endlich?", fragte Janna aufgewühlt. „Und außerdem, wie kommst du hierher? Und wo …", sie sah sich suchend um, „sind die Kinder?"

„So viele Fragen auf einmal? Zur ersten: Mit dem Zug,

damit wir nicht zwei Autos hier herumstehen haben", zog Gerrit sie auf und stieg auf die Matte, die er sich zuvor auf dem Boden bereit gelegt hatte. „Und zur zweiten: Jasmin und Tonia sind bei deiner Mutter. Johanne hat mir alles erzählt. Aber sag mal, freust du dich denn gar nicht, mich zu sehen?" Patschnass zog er Janna an sich.

Die war nicht in der Lage, seine Frage sofort offen und ehrlich zu beantworten. Doch spürte sie ihr Herz lauthals pochen und glaubte urplötzlich wieder an die sinnbildlichen Schmetterlinge im Magen. Allerdings hielt ihr Kopf dagegen. Schnell lenkte sie ab: „Hat Mama dir gesagt, wo ich bin?"

„Ist das so wichtig für dich?", fragte er leise und versuchte, ihren Blick einzufangen, dem sie immer wieder auswich. „Ich bin hier und ich möchte mit dir ein paar Tage in Ruhe und Zweisamkeit verbringen und …" Sein Mund suchte den ihren, so dass sich jedes weitere Wort erübrigte.

Janna sträubte sich nun nicht mehr gegen dieses Kribbeln, dass von ihr Besitz nahm, erlebte endlich wieder diesen lange vergessenen Rausch, der sie gerade überfiel, als stünden sie erst am Anfang ihrer Beziehung. Sie ließ es nur zu gerne geschehen, dass Gerrit sie zum Bett hinübertrug und genoss mit wohligen Seufzern, wie er ihren Körper liebkoste, während er sie langsam, aber sicher, entkleidete.

Nur ein einziges Mal kam Janna zwischendurch flüchtig in den Sinn: „Und dein Dr. Heitzer?"

„Ich werde das Mandat, was er mir da aufs Auge gedrückt hat, niederlegen!", eröffnete Gerrit mit nie gekannter Entschlossenheit. „Aber da reden wir zwei später drüber, ja!? Jetzt gibt es Wichtigeres!" Und sofort, bevor sie auf die Idee kam, jetzt in diesem wunderbaren Augenblick noch weitere Fragen zu stellen, presste er seine Lippen leidenschaftlich auf die ihren.

Erst Stunden später waren sie in der Lage, voneinander zu lassen. So vieles hatten sie schließlich nachzuholen. Doch irgendwann übermannte sie das nagende Hungergefühl, denn weder Janna noch Gerrit hatten den ganzen Tag über etwas Vernünftiges zu sich genommen.

„Du, nicht weit von hier gibt es ein nettes Ristorante. Was hältst du davon …", schlug Gerrit augenzwinkernd vor, „wenn wir eine kleine Pause zum Stärken einlegen?"

„Keine schlechte Idee", freute Janna sich und foppte ihn kichernd wie ein alberner Teenager: „Machst du etwa schon schlapp?"

Kaum ausgesprochen, warf Gerrit mit Wucht das Kissen nach ihr. „Na, warte!", drohte er lachend. „Ich werd's dir schon zeigen!"

Janna warf zurück und traf ihn am Kopf. Er ließ sich wie k.o. geschlagen auf die Matratze fallen und wartete darauf, dass sie kam, um sich besorgt über ihn zu beugen.

Genau in dem Moment, wo sie dies tat, zog er sie mit einem Ruck auf sich hinunter und sah ihr dabei tief in die Augen. „Wir haben einiges nachzuholen, findest du nicht auch?"

Janna nickte, während ihre Hände ihn liebkosten. „Aber Appetit auf eine Pizza hätte ich trotzdem …"

„Sollst du bekommen … gleich …"

„Hättest du wohl etwas dagegen, wenn wir zu viert essen gingen?"

„Zu viert?", fragte Gerrit verwundert. „Von wem redest du? Ich kenne hier keinen außer uns beiden."

„Ich rede von den van der Lindens. Das sind die Adoptiveltern meiner Schwester."

Gerrit fuhr sofort hoch und stellte perplex fest: „Du warst schon bei ihnen?"

„Ja", antwortete sie, „und ich muss sagen, das sind total nette Leute."

„Okay, wenn du meinst!", befand er. „Ich habe nichts dagegen, unseren Familienzuwachs kennenzulernen."

Janna sah ihn kritisch an, doch dann bemerkte sie den Schalk in seinen Augen.

„Ich verspreche dir auch … den Nachtisch nehmen wir wieder hier bei uns ein", kicherte sie vielsagend.

„Das Angebot nehme ich gerne an!" Gerrit lachte.

Als Valerie und Tina ins Hotel zurückkamen, wartete Jörg bereits mit gepackter Tasche im Foyer. „Ah, da seid ihr ja!", rief er erleichtert.

„So eilig hast du es?" Valerie konnte den enttäuschten Ton in ihrer Stimme nicht unterdrücken. „Ich dachte, du würdest schon ein paar Tage mehr bleiben."

„Tut mir leid, Süße, aber die Praxis ruft. Ich habe meinen Vertretungsarzt nur für zwei Tage bestellt." Er sah ihren

Blick und führte entschuldigend an: „Ursprünglich hatte ich ja auch vor, dich wieder mitzunehmen." Damit zog er seine Ex-Verlobte freundschaftlich in die Arme. „Wir sehen uns hoffentlich bald in Heidelberg wieder."

Valerie konnte sich ein paar einsame Abschiedstränen nicht verkneifen. Noch vor ein paar Tagen hätte sie jeden, der ihr die jetzige Situation prophezeite, für unzurechnungsfähig erklärt. So wie die arme Frau „Sehn wir mal", deren Worte ihr jetzt einmal mehr in den Sinn kamen.

„Ich hab da aber noch etwas für dich …." Erst jetzt sah Valerie den Umschlag, den er in der Hand hielt. „Den hat mir eben beim Auschecken die freundliche Dame an der Rezeption überreicht." Er grinste, wollte sie aufheitern. „Der ist heute für Ihre Frau abgegeben worden, hat sie gesagt. Da kannst du mal sehen, wie schnell man für ein Ehepaar gehalten wird, nur weil man eine Nacht das Hotelzimmer teilt."

„Oh, dann bin ich ja froh, dass ich ein eigenes genommen habe", lachte Tina schallend, und an die Freundin gewandt: „Sonst wären wir wohl jetzt verheiratet."

Verwundert nahm Valerie den Umschlag entgegen. „Nanu, was ist das denn für ein Brief? Wer weiß denn, dass ich hier bin außer meinen …"

„Süße, ich habe wirklich keine Ahnung."

„Mach ihn einfach auf, dann weißt du es!", empfahl Tina mit nicht zu überhörender Neugierde.

„Wenn er von Mom und Paps ist …"

„Dann liest du ihn hoffentlich trotzdem!", redete Jörg ihr ernst ins Gewissen. „Du wirst um ein Gespräch mit ihnen sowieso nicht herum kommen, egal, wie lange du hier bleibst. Es sind schließlich deine Eltern!"

Doch der Brief stammte nicht von ihnen. Das erkannte Valerie beim ersten Blick auf die Handschrift. Moms hatte nicht diese Schnörkel und die von Paps konnte kein normaler Mensch lesen, deshalb schrieb er Briefe, selbst persönliche, wenn nötig, nur am Rechner. Und da Mom die Ansicht vertrat, dass sich dies nicht gehöre, nahm sie ihm das Briefschreiben ohnehin schon seit etlichen Jahren von vornherein ab.

„So, ich werd dann jetzt mal …" Jörg nahm seine Reisetasche vom Boden auf und küsste Valerie auf beide Wangen. „Erzähl mir aber, was drin steht, ja!"

„Willst du denn nicht …?"

Er warf einen Blick auf seine Armbanduhr, winkte ab. „Wenn ich mich nicht langsam auf den Weg mache, stehe ich gleich voll im Berufsverkehr. Deshalb möchte ich lieber jetzt fahren."

Valerie bedankte sich noch einmal bei ihm, vor allem aber für sein Verhalten im Bezug auf die Entlobung. Wenn es nun jetzt auch Annabell gab, so wusste sie doch mit Gewissheit, seine Freundschaft war ihr auch weiterhin sicher. „Grüß sie von mir und ich wünsche euch beiden alles Glück der Erde!"

„Danke, Süße!" Jörg warf ihr eine Kusshand zu und verabschiedete sich noch von Tina. „Pass mir gut auf Valli auf, und wenn ihr Hilfe bei der weiteren Suche braucht, lasst es mich wissen."

Damit machte er sich auf den Weg.

Valerie sah melancholisch hinterher.

„So, und ich besorg uns jetzt einen leckeren Cappuccino und dann setzen wir uns hier irgendwo gemütlich hin", erklärte Tina. Ihr war der Blick der Freundin nicht entgangen.

Valerie nickte dankbar und ließ sich in einem der Lobbysessel nieder, während Tina den Kaffee besorgte.

Sie betrachtete den Brief in ihrer Hand etwas genauer und suchte nach dem Absender. Gerlinde Hagemanns. Valerie stutzte. Ein Name, den sie nicht auf Anhieb zuordnen konnte. Merkwürdig. Mit dem Finger schlitzte sie hinten das Kuvert auf und entnahm den Bogen.

Dann begann sie zu lesen und war so in die Zeilen vertieft, dass sie Tina zunächst gar nicht bemerkte, die ein Tablett mit zwei großen Tassen auf dem Tischchen abstellte.

„Na, was steht denn drin?", fragte sie geradeheraus und erschrak im selben Moment, als Valerie das Gesicht zu ihr hoch wandte. „Du bist ja ganz blass!"

„Was sagst du dazu?" Damit hielt Valerie ihr den Brief hin. „Hier, lies mal!"

Nichts, was Tina augenblicklich lieber tat …

Liebe Frau van der Linden,
oder dürfte ich vielleicht auch DU sagen und: Liebe Valerie?
Zunächst einmal: Erschrick nicht, weil Dir der Name auf dem Umschlag wahrscheinlich nicht viel sagen wird. Denn ich kann schließlich nicht davon ausgehen, dass Dir eine einzige Begegnung mit einer Fremden im Gedächtnis haften bleibt. Oder erinnerst Du Dich doch noch?

Ich habe lange gezögert – leider viel zu lange – mich mit Dir in Verbindung zu setzen, denn ich wusste einfach nicht, wie ich dies angehen sollte.

Mir fehlte schlichtweg der Mut und auch jetzt ist es nicht einfach für mich, Dir diesen Brief zu schreiben. Diesen Brief an einen Menschen, der mir einerseits sehr, sehr nahe steht und den ich andererseits nie kennengelernt habe. Ich weiß, das muss sich grotesk anhören, aber es ist leider die bittere Realität.
Doch habe ich Kenntnis erlangt, dass Du gerade erst von Deiner Adoption erfahren hast und nun in Krefeld auf der Suche nach Deinen Wurzeln bist. Dieser Umstand ist für mich sehr, sehr wichtig und der Ausschlag gebende Anlass, Dir mit Freude dabei entgegen zu kommen.

Liebe Valerie, ich bin eine geborene Overbeck und heiße mit vollständigem Vornamen Gerlinde Elisabeth. Ich habe am 8. März 1975 in Krefeld-Uerdingen zwei Kinder geboren, zwei Mädchen, eines davon warst Du!
Bevor Du mich verurteilst, bitte gib mir die Möglichkeit, Dir meine Geschichte persönlich zu erzählen, Dir das alles zu erklären …

„Krass!" Geschockt ließ Tina das Schreiben sinken. „Valerie, deine Mutter! Wir brauchen nicht weiter nach ihr suchen, sie hat uns … äh … dich … gefunden!"

Valerie gab keinen Laut von sich, ihre Augen starrten die Freundin nur an.

„Valli! Hörst du, was ich sage?", rüttelte Tina sie wach.

„Was?"

„Selbstverständlich triffst du dich mit ihr!" Tina schaute noch einmal auf die unteren Zeilen. „Sie macht den Vorschlag, dich morgen Abend um acht ins *Ragusa* einzuladen. Hier steht, das ist am *Uerdinger Marktplatz*. Weißt du, wo das ist?"

Valerie war immer noch nicht ganz bei sich, zuckte erst die Schultern, dann erwiderte sie leicht beduselt: „Ja, ja, ich glaube, da wo das Standesamt ist, wo ich …"

„Na, ist doch prima!", rief Tina aufbauend. „Mensch, Valli, komm zu dir! Brauchst nicht weiter suchen, wirst nun alles von selbst erfahren …" Tina stockte einen Moment. „Auch das mit deiner Schwester. Jetzt hast du es ja sogar schwarz auf weiß!"

„Janna?"

„Wer weiß. Vielleicht ist sie es ja tatsächlich. Morgen bist du klüger."

„Tina, jetzt warte mal! Ich verstehe nämlich nicht, was das hier heißen soll …" Valerie zeigte auf den ersten Abschnitt: „Denn ich kann schließlich nicht davon ausgehen, dass dir eine einzige Begegnung mit einer Fremden im Gedächtnis haften bleibt. Oder erinnerst Du Dich doch noch? Hast du eine Ahnung, was das bedeutet?" Valerie versuchte abermals, eine Verbindung zu finden. Gerlinde Hagemanns? Hagemanns? Nur ganz dunkel haftete da etwas in ihrem Kopf. Doch Valerie war außerstande, es zuzuordnen. So sehr sie sich auch bemühte, so wenig gelang es. Ihr wollte einfach nicht einfallen, woher zumindest der Nachname ihr vage etwas sagte.

„Nein, hab ich nicht. Ist letztendlich doch auch egal", meinte Tina. „Sie wird vor dir stehen und dann wirst du es wissen. Es bringt doch nichts, sich jetzt noch darüber den Kopf zu zermürben."

„Du hast Recht." Valerie war froh, dass sie die Freundin an ihrer Seite hatte. „Kommst du denn mit?"

„Wohin? Zu dem Treffen?" Tina sah sie erstaunt an. „Sag bloß, du hast Angst! Du, sei mir nicht böse, doch ich finde, da musst du jetzt wirklich alleine durch." Sie bemerkte, dass Valerie zuckte und setzte schnell hinzu: „Ich verspreche dir aber, wie auf glühenden Kohlen mein Handy zu bewachen, für den Fall, dass du mich wirklich brauchen solltest."

„Tina, diese Frau hier …", Valerie nahm das Schreiben an sich, klopfte heftig mit dem Handrücken gegen das Papier, das es knisterte, „kann nicht meine Mutter sein!"

„Nicht?" Tina war verwirrt. „Aber da steht doch …!"

Valerie ließ sich nicht beirren, holte wieder die Kopien aus der Tasche, die Frau Gilles ihr ausgehändigt hatte. „Hier ist der Name meiner Mutter angegeben, und zwar identisch mit dem, der im Geburtenregister eingetragen ist. Lautet aber ganz offensichtlich nicht Gerlinde Elisabeth!"

Tinas Moment der Euphorie war mit einem Schlag zunichte gemacht. Jetzt entsann sie sich: Valeries Mutter hieß Helma, so stand es dort. Sie hatte es vor drei Stunden selbst noch gelesen.

„Hm", machte sie und man merkte ihr an, wie ihr Gehirn auf Hochtouren lief. „Da stimmt etwas ganz gewaltig nicht!

Trotzdem, eine Verbindung muss es da irgendwie geben! Beide heißen Overbeck. Oder besser gesagt", verbesserte Tina sich, „diese Gerlinde Elisabeth hieß jedenfalls einmal so. Wahrscheinlich ist sie inzwischen verheiratet."

„Aber genau die ist es doch, die mir hier schreibt, mich geboren zu haben!" Valerie merkte, wie sich ihre Stimmung nach und nach langsam änderte. Die Lethargie, die sie in dem dunklen Loch gefangen hielt, wich und machte einer aufkeimenden Wut Platz.

Tina bekam diese zu spüren, als Valerie plötzlich erbost ausrief: „Verdammt noch mal, ich habe es satt! Warum bin ich nur hierher gekommen? Wäre ich daheim geblieben, hätte ich nie etwas erfahren von diesem ganzen Adoptionsmist!"

Tina blieb die Spucke weg, dann klatschte sie freudig in die Hände. „Endlich findest du in dein altes Ich zurück! Wurde auch langsam Zeit!"

„Na, du bist mir ja eine schöne Freundin!", moserte Valerie.

„Wieso? Weil ich mir Sorgen mache, dass du in deinem dunklen Loch sang und klanglos abtauchst, statt dich nach oben zu kämpfen? Mensch, Valli …", Tina sah sie ernst an, „wie lange kennen wir uns jetzt? Seit der Grundschule, oder? Meinst du nicht, dass ich da auch mal gewisse negative Aspekte an dir aufzeigen darf, wenn ich merke …"

„Ist schon gut, war ja nicht so gemeint!", winkte Valerie schnell ab und gestand ein: „Du bist ja auch mit allem im Recht, was du anbringst! Ich, die Psychologin, habe ein großes Problem mit mir selber und es wird Zeit, dieses zu lösen statt in Selbstmitleid zu versinken!"

Tina klatschte ein zweites Mal.

Die ganze Wahrheit

Valerie stellt ihren Wagen genau an der Stelle ab, wo sie ihn am vergangenen Montag schon einmal geparkt hatte. Zusammen mit Tina, die sich dann doch noch entschlossen hatte, mitzukommen, schlenderte sie hinüber zu dem gepflegten weißgetünchten Altbau an der Ecke, hinter dessen Sprossenfenstern kleine Lämpchen zu einem Essen in behaglicher Atmosphäre einluden.

Es war viertel vor acht. Valeries Nervosität wuchs zunehmend. Mit Absicht waren sie früher gekommen. Doch das Restaurant schien bis auf den letzten Tisch besetzt. Ihr ursprüngliches Vorhaben, sich erst einmal woanders hinzusetzen und Gerlinde unauffällig ein paar Verspätungsminuten zu studieren, wurde somit im Keim erstickt. Eine freundliche Kellnerin kam herbeigeeilt und fragte, ob sie reserviert hätten.

„Hagemanns!", sagte Valerie somit nur und schon wusste man offensichtlich Bescheid.

„Wenn ich Ihnen zeigen darf … es ist schon jemand da."

Valerie und Tina schauten sich verblüfft an und folgten der Kellnerin nach rechts in eine Nische, urgemütlich und mit Liebe dekoriert. Der bewusste Tisch befand sich direkt links unter einem wunderschönen großen Gemälde mit mediterranem Motiv. Ein Platz war tatsächlich bereits besetzt. Die Person, erkennbar eine Frau mit schulterlangen dunkelbraunen Haaren, saß mit dem Rücken zu ihnen, drehte sich jetzt aber um und stand sofort erfreut auf, um die Ankommenden zu begrüßen.

„Sie?" Valerie fühlte sich wie von einem Stromschlag getroffen, verspürte plötzlich einen dicken Kloß im Hals, der sie hüsteln ließ. Vor ihr stand niemand anders als ihre Zufallsbekanntschaft mit dem roten Cabriolet. Das war Gerlinde Hagemanns? Jetzt verstand Valerie die Worte aus dem Brief mit einem Schlag und jetzt fiel ihr auch wieder ein, dass sie sich als Linda Hagemanns vorgestellt hatte.

Gerlinde nickte und ihr abbittender Blick traf Valerie. „Ja, ich! Aber bitte, setzt euch doch erst einmal. Entschuldigung, darf ich überhaupt Du sagen?"

„Selbstverständlich", entgegnete Tina, die Valeries steifes Verhalten und die merkwürdige Konversation der beiden Frauen nicht recht zuordnen konnte. Auf sie jedenfalls wirkte Gerlinde Hagemanns recht sympathisch und deshalb hielt sie es auch für nötig, diese darüber aufzuklären, wer sie war und weshalb sie Valerie zu diesem Treffen begleitete.

„So eine Freundin hätte ich auch gerne gehabt", erklärte Gerlinde anerkennend.

Tina ließ sich neben Valerie auf der Bank nieder und somit bildeten sie gemeinsam das Gegenüber zu Gerlinde Hagemanns.

Valerie schwieg auffällig, fixierte Gerlinde dafür mit undefinierbarem Blick.

Tina stieß sie unter dem Tisch mit dem Fuß an. Doch Valerie reagierte diesmal nicht darauf. Zuviel stürzte hier auf sie ein. Valeries Gedanken jagten nur so in ihrem Kopf hin und her. Was ging hier vor sich? Das war ihre Mutter? Valerie horchte in sich hinein. Gab es irgendetwas an dieser Frau, was ihr auch nur im Entferntesten vertraut vorkam? Doch bei der umgehend inneren Beantwortung dieser Frage entfachte sich in Valerie ein lautloser Schrei, der schmerzhaft bis ins Herz vordrang. Ja! Schon an der Raststätte war dieses skurrile Gefühl über sie hereingebrochen, diese Sinnesempfindung, sie schon ewig zu kennen.

Wie hätte sie auch je ahnen können, in der Zufallsbekanntschaft in einer zufällig ausgewählten Raststätte einer bundesdeutschen Autobahn ihrer leiblichen Mutter zu begegnen, von der sie zu diesem Zeitpunkt noch nicht einmal etwas wusste? Das war wohl mehr als grotesk.

„Bitte sucht euch etwas aus. Ich darf euch doch einladen?"

Tina bedankte sich freudig, warf dann aber einen abwartenden Blick auf die Freundin.

Valeries Hungergefühl jedoch hatte sich im Nu verflüchtigt, ihr nervöser Magen lechzte nur nach Aufklärung. Sie vernahm Gerlindes Stimme wie durch einen dicken Schleier, reagierte nur mit einem mechanischen Nicken, als Tina sie fragte, ob sie wie immer ein Glas Weißwein wolle. Dafür starrte sie permanent die Frau ihr gegenüber an, unfähig, ihrer gestern noch aufkommenden Wut gerecht zu werden. Sie fühlte sich der Achterbahn ihrer eigenen Emotionen in diesem Moment mehr denn je hilflos ausgeliefert.

Gerlinde schien zu spüren, dass Valerie mit sich selbst kämpfte. So ging sie in die Offensive. „Vielleicht ist es besser, wenn ich erst erzähle, essen können wir dann vielleicht, wenn ihr mögt, anschließend noch …?"

„Ja … bitte!", gab Valerie da endlich, wenn auch leise flehend, ein Zeichen von sich.

Nicht nur Tina, die innerlich auf glühend heißen Kohlen saß, vor Neugierde fast barst, auch Gerlinde atmete auf, bereit der Aufforderung umgehend nachzukommen.

Gerlinde berichtete zunächst stockend, doch dann sprudelte es nur so aus ihr heraus. Die beiden jungen Frauen hingen gebannt an ihren Lippen, während sie ihre traurige Geschichte offenbarte.

„Meine Eltern und somit deine Großeltern", wandte sie sich an Valerie, „Wigbert und Helma Overbeck …"

„Wigbert und Helma Overbeck?", wiederholten Valerie und Tina zugleich völlig verblüfft.

„Sind in deiner Geburtsurkunde als deine Eltern eingetragen, ich weiß!", gab sie an Valerie zurück. „Doch warte, gleich wirst du verstehen …!"

Sie atmete einmal tief durch, dann fuhr sie fort: „Meine Eltern waren streng katholisch und haben versucht, auch mich dahin gehend zu erziehen. Doch irgendwie habe ich mich immer gegen dieses ganze Religiöse im Allgemeinen aufgelehnt, und bin somit vollkommen aus der Art geschlagen. Mein Vater hat mich verprügelt, nur weil ich sonntags nicht in die Kirche wollte. Und dann habe ich mit vierzehn Hannes kennengelernt. Er war schon achtzehn, leitete damals die Gruppe in unserem Jugendheim … das einzige, wo ich überhaupt von meinen Eltern aus hin durfte. Ich verliebte mich in ihn und es war für mich mehr echtes Gefühl dabei, als man es einer Vierzehnjährigen zugesteht. Hannes ging es genauso. Anfangs schlich er immer nur um mich herum, doch eines Tages … als die anderen aus der Gruppe schon weg waren und ich ihm freiwillig und nur zu gern beim Aufräumen half, hat er mich plötzlich in seine Arme gezogen und mich das erste Mal geküsst."

Sie machte eine Pause, schwelgte in dieser wunderschönen Erinnerung. Valerie und Tina bemerkten sofort den seidigen Glanz in ihren Augen. „Ich kann mich noch heute daran erinnern, wie mir vor Glück die Knie weggesackt sind. Von da an haben wir uns heimlich getroffen. Meinen Eltern habe ich einfach gesagt, ich ginge zu einer Freundin, Schulaufgaben machen und für die nächste Klassenarbeit lernen."

„Und das haben die geglaubt?", fragte Tina dazwischen. Eine Vorstellung, die sie auf ihre eigenen Eltern jedenfalls nicht beziehen konnte.

„Zuerst ja. Mein Vater war sehr auf schulische Leistung getrimmt. Leider hatte ich das Pech, in ein Elternhaus hinein geboren zu werden, in dem nicht nur das Religiöse Vorrang hatte, sondern dessen Oberhaupt auch noch Oberstudienrat war." Sie seufzte und setzte hinzu: „Und mein Vater hat dem alle Ehre gemacht. Ungefähr ein halbes Jahr lang ging alles gut. Doch dann passierte etwas, womit ich nie gerechnet hätte … die Pille … damals für eine Vierzehnjährige? Und wie hätte ich daran kommen sollen? … ich wurde schwanger."

Täuschte Valerie sich, oder lief da eine dicke Träne über Gerlindes Wange. In diesem Moment spürte sie, dass Gerlinde emotional genauso reagierte wie sie selbst. Valerie erkannte, sie musste Schlimmes durchgemacht haben und ahnte, dass das Eigentliche jetzt erst kam …

„Meine Eltern bekamen Tobsuchtsanfälle, mein Vater hat mich grün und blau geschlagen. Ich sah so schlimm aus, dass ich nicht einmal mehr zur Schule gehen konnte. Dann haben sie irgendwie herausgefunden – ich weiß bis heute nicht, wer es ihnen gesteckt hat, ich weiß nur, dass es ihnen irgendjemand gesagt haben muss – dass ich mit Hannes zusammen war. Mein Vater hat mir gedroht, wenn ich ihm nicht augenblicklich den Laufpass gebe, würde er ihn anzeigen und Hannes müsse sich dann vor Gericht verantworten. Das hat mir solch entsetzliche Angst eingejagt, weil mir klar war, dass er das wahr machte. So habe ich wirklich mit ihm Schluss gemacht."

„Wusste er denn zu dem Zeitpunkt, dass du schwanger warst?" Das Du kam Valerie jetzt wie selbstverständlich über die Lippen.

Gerlinde nickte traurig. „Ja, ich habe es ihm noch gesagt."

„Und dann hat er sich von selbst aus dem Staub gemacht?", argwöhnte Valerie.

Gerlinde sah sie mit schmerzhaftem Ausdruck an. „Nein, nein!", wehrte sie erschrocken ab. „Ganz im Gegenteil! Hannes wollte mich damals sogar heiraten. Doch das hätten unsere Eltern nie erlaubt. Trotzdem schmiedete er Pläne. Ich habe ihn fürchterlich angeschrien, er solle abhauen, aus meinem Leben verschwinden." Jetzt begann sie leise zu weinen. „Ich wollte doch verhindern, dass er vor Gericht muss. Und dann hat er mich so verletzt angesehen …", Gerlindes Augen verschwanden unter einem starren Tränenschleier, „und ging. Ging aus meinem Leben …"

Valerie suchte Gerlindes Rechte und streichelte beruhigend über ihren Handrücken, während sie weiter fortfuhr …

„Meine Eltern bestraften mich für die Schande, die ich über sie gebracht hatte, in dem sie ihr Haus verkauften und mit mir für die Zeit der Schwangerschaft nach Süddeutschland zu einer noch strengeren Schwester meines Vaters zogen, damit hier niemand, vor allem die Nachbarn nicht, etwas mitbekam und sich das Maul zerreißen konnte. Erst zwei Tage vor der Entbindung kamen wir zurück, sie hatten sich eine kleine Wohnung in *Uerdingen* angemietet, da, wo uns mit Sicherheit keiner kannte."

„Die an der *Bruchmühle*?", mutmaßte Valerie.

Gerlinde sah sie erstaunt an. „Ja. Oben in der dritten Etage. Zufällig oder nicht zufällig, das werde ich wohl nie so ganz herausfinden, wohnte direkt nebenan Paula Sendler. Eine Hebamme, die zu dem Zeitpunkt mit dem Chefarzt einer privat geführten gynäkologischen Klinik liiert war. Als dann in der Nacht zum 8. März bei mir die Wehen einsetzten, waren merkwürdigerweise beide sofort zur Stelle und haben mich mitten in der Nacht dorthin geschafft, wo ich dann entbunden habe." Sie stockte, schluckte schwer. „Ich weiß noch, wie weh es tat und als ich dann einen Säugling schreien hörte … bin ich plötzlich ohnmächtig geworden. Ein völliger Blackout, knapp anderthalb Stunden, die meinem Gedächtnis bis heute komplett fehlen. Nur weiß ich mittlerweile, dass man mir etwas verabreicht hat, um ..."

Gerlinde unterbrach und bat die nette Kellnerin, die gerade am Nebentisch abräumte, um einen Sliwowitz. „Ihr auch?", fragte sie Valerie und Tina. Beide nickten. Sie alle drei konnten bei dem Gehörten jetzt gut einen kleinen vertragen.

„Was wolltest du sagen?" Valerie fühlte Unruhe in sich.

„Um mich wehrlos zu machen", setzte Gerlinde fort. „Als ich wieder zu mir kam, gab es keinen Säugling mehr. Stattdessen stand diese Hebamme an meinem Bett und hielt mir beruhigend die Hand. Als ich fragte, wo mein Kind sei, sagte sie, und die Worte hab ich noch genau im Ohr, werde ich nie vergessen: „Mädchen, du musst jetzt stark sein! Deine Kleine hat es nicht geschafft!" Zuerst habe ich gar nicht begriffen, was sie meinte. Ich schrie, wollte mein Kind sehen. Doch dann kam mein Vater ins Zimmer und versetzte mir mit der Holzhammermethode, dass es zu schwach gewesen sei, um die Geburtsstrapazen zu überleben. Danach war ich nervlich so am Ende … ich habe nicht mehr darauf bestanden, es trotzdem noch einmal zu sehen. Von da an …", bei der grausigen Erinnerung liefen ihr ungehindert die Tränen über die Wangen, „habe ich mich einfach eingeigelt, niemanden mehr an mich heran gelassen. Wie konnte ich damals auch ahnen, dass ich unter dem Einfluss irgendwelcher Pillen stand, die man mir bis nach der vermeintlichen Beerdigung unter dem Decknamen der Beruhigung einflößte. Nur so konnte nämlich verhindert werden, dass ich noch auf die Idee kommen würde, daran teilzunehmen.

Der Obstbrand kam. Sie stießen an und tranken ihn in einem Zug aus.

Gerlinde fühlte nicht nur die wohltuende Wärme, die ihren Mageneingang passierte, sondern noch etwas anderes – eine spürbare Linderung ihrer malträtierten Seele, weil sie endlich mit *dem* Menschen, den sie glaubte, verloren zu haben, über alles reden konnte: ihre Valerie.

„Kurz danach starb der Schwager meines Vaters und meine Eltern sind mit mir zurück nach Süddeutschland, weil die Tante den Hof nicht alleine bewirtschaften konnte."

„Ein Oberstudienrat versucht sich als Bauer?", stutzte Tina.

„Mein Vater war zu dem Zeitpunkt gerade in Rente. Ich habe dann in Bayern mein Abitur gemacht, ging später nach Köln, um Rechtswissenschaften zu studieren. An der Uni lernte ich Ulf Hagemanns kennen und bereits ein dreiviertel Jahr später haben wir geheiratet."

„Hatte er das gleiche Fach?", fragte Valerie neugierig.

„Oh nein, nein, er war kein Student, sondern Dozent und bedeutend älter als ich", gab sie kund.

„Hast du ihn geliebt?" Valerie wusste nicht zu sagen warum, aber die Antwort auf diese Frage erschien ihr äußerst wichtig.

„Auf eine gewisse andere Art, ja! Er war für mich wie der Vater, den ich nie hatte. Die Geborgenheit und Wärme, die meine Eltern mir nie gaben. Ich habe einige Zeit gebraucht, um über seinen Tod hinweg zu kommen." Gerlinde lächelte durch ihren Tränenschleier. Die Erinnerung an Ulf tat ihr gut.

„Vor allem hat er mir immer Mut zugesprochen, mich mit

meinem Schicksal abzufinden. Ich bin nie darüber hinweg gekommen, mein Kind verloren … ja, noch nicht einmal zu Gesicht bekommen zu haben. Und immer das unterschwellige Gefühl in mir herumzutragen, dass es gar nicht stimmen konnte, dass es lebt. Es war so grauenhaft, denn ich konnte ja nie abschließen. Und dann eines Tages zeigte Ulf mir einen Zeitungsartikel, in dem es um den Vorwurf von Kinderhandel ging. Ein gewisser Dr. Veit Winkmann, Belegarzt in einer angesehenen Klinik, sollte sechs Jahre zuvor in einen angeblichen Kinderhandel verwickelt sein. Der Name Winkmann ließ mir einen kalten Schauer über den Rücken jagen. Fortan war da etwas, das mich trieb … und dann hat Ulf mir geholfen, den Aufenthaltsort von diesem so genannten Arzt ausfindig zu machen."

„Wer hat diesen Vorwurf in die Öffentlichkeit gebracht?", forschte Tina aufs äußerste gespannt.

„Die Kindesmutter. Sie war Grundschullehrerin und zog irgendwann nach Hamburg. Der Zufall, oder in dem Fall war es wohl mehr das Schicksal selbst, wollte, dass sie eine erste Klasse bekam, in dem ein Mädchen saß, das ihr wie aus dem Gesicht geschnitten schien. Ihr Ebenbild in Miniaturausgabe sozusagen. In einem Gespräch mit den ahnungslosen Eltern, die keinen Hehl aus der Adoption machten, erfuhr sie von gewissen, damit verbundenen, merkwürdigen Umständen. Ihr selbst hatte man eine Totgeburt untergeschoben. Intensivere Nachforschungen ergaben dann ein Übriges."

„Meine Güte!" Tina erschrak. „Wie ist das ausgegangen?"

„Das kann ich dir leider nicht sagen, ich glaube aber, das Mädchen ist wieder zu seinen rechtmäßigen Eltern gekommen."

„Und wie ging es dann bei dir weiter?" Tina war erfüllt von Unruhe und Faszination, von unterschwelligem Frohsinn und Entsetzen zugleich.

„Der Arzt hatte sich inzwischen in der Hannoveraner Umgebung niedergelassen, befand sich allerdings zu dem Zeitpunkt aufgrund der Anklage in Untersuchungshaft. Ulf und ich suchten trotzdem seine Wohnung auf. Irgendwie hatte ich die Hoffnung, dass es da jemanden geben könne, der über meinen Fall Bescheid wusste. An der Tür wurden wir von einer Frau empfangen, die bei uns einen höchst merkwürdigen Eindruck hinterließ. Sie war elegant angezogen. Zunächst hielt ich sie für Frau Winkmann. Ihr

Blick war so stechend kalt …", Gerlinde schüttelte sich noch im Nachhinein, „und sie versuchte uns abzuwimmeln, der Doktor sei verreist. Ich sagte ihr, dass ich im Bilde sei, wo sich der saubere Herr befinde. Da rief plötzlich jemand von innen: „Paula? Paula, wer ist da?" Und in dem Moment fiel es mir wie Schuppen von den Augen. Diese Frau war dieselbe, die bei meiner Entbindung als Hebamme fungierte. Das sagte ich ihr dann auch direkt auf den Kopf zu."

Valerie und Tina hielten gespannt den Atem an.

„Und da änderte sich auf einmal ihr Gesichtsausdruck. Von einer Sekunde zur anderen wurde sie aschfahl und bat uns nervös um ein Treffen. Wir sollten nur bitte schnell wieder gehen, bevor Frau Winkmann, die schwer krank sei, etwas mitbekäme. Ulf und mir wurde natürlich sofort klar, dass wir so tatsächlich mehr erfahren würden, und ließen uns darauf ein."

„Hat dieses Treffen stattgefunden?" Valeries Hand zitterte leicht, als sie ihr Weinglas an die Lippen setzte.

„Es hat!" Gerlinde holte einmal tief Luft. „In einem Café. Ich hielt ihr den besagten Zeitungsausschnitt unter die Nase und fragte, ob es ihr gefalle, wenn ich durch meine Anzeige, auch gegen sie, noch einen oben drauf gäbe. Plötzlich wurde sie weiß wie eine Wand und dann packte sie aus. Ich erfuhr erst in diesem Café nach all den Jahren, dass man mir unmittelbar nach der Austreibungsphase ein Mittel gespritzt hatte, mit dem ich völlig außer Gefecht gesetzt wurde. So konnte ich damals nichts mehr davon mitbekommen …", Gerlinde schluckte und holte erneut tief Luft, „dass ich nicht nur eins, sondern zwei Kinder zur Welt brachte. Beides Mädchen, die meine eigenen Eltern unter Vortäuschung falscher Tatsachen anschließend einfach zur Adoption freigaben. Damit war diese Schande wenigstens für Ehepaar Overbeck beseitigt." Bitter stieß Gerlinde Luft aus und wiederholte voller Abscheu: „Meine eigenen Eltern wogen mich im Glauben, mein Kind sei direkt nach der Geburt gestorben, das zweite verschwiegen sie ganz."

Es war zu grauenvoll, was sie da hörten. Valerie und Tina starrten vollkommen entsetzt auf Gerlinde. Valerie verspürte das dringende Bedürfnis, sich zu ihr hinüber auf die andere Seite zu setzen und sie in den Arm zu nehmen.

Gerlinde nahm die Geste dankbar an.

„Aber wie war es möglich, dass sie einfach die Kinder ohne dein Einverständnis weggeben konnten?" Nicht nur für Tina ein Rätsel.

„Mit der von Winkmann ausgestellten Bescheinigung wurden sie als Eltern in die Geburtsurkunde eingetragen. Deshalb ja auch der Umzug nach Bayern und die stille Geburt in seiner Privatklinik statt in einem normalen Krankenhaus. Niemand wusste etwas davon." Gerlinde bebte, Valeries Umarmung tat ihr gut.

„Auf der Bescheinigung steht aber doch was von Hausgeburt?!"

„Das hat Winkmann offiziell so deklariert, damit kein Schandfleck auf seine geniale Praxis fällt", höhnte Gerlinde.

„Dann sind die Namen, die in meinen Papieren stehen, die meiner Großeltern, daher der enorme Altersunterschied!", fasste Valerie noch einmal für sich zum besseren Mitkommen zusammen. „Aber was ich nicht verstehe: Wieso musstest du überhaupt hier in Krefeld entbinden? Warum sind sie nicht in Bayern geblieben, wenn sie solche Angst vor der Schmach hatten?"

„Zu der Zeit war mein Vater noch berufstätig und hat – natürlich nur wegen mir! –, aus angeblich gesundheitlichen Gründen eine zeitlich vorübergehende Suspendierung von seinem Amt beantragt. Er musste sich damals alles ganz genau zurechtgelegt haben. Doch dann kam alles ganz anders, weil sich der Arzt, zu dem sie mich regelmäßig dort unten brachten, bereits von vornherein gewaltig im Termin verrechnet hatte. Und nicht nur das … er hat scheinbar auch nicht gemerkt, dass ich Zwillinge austrug. Ich jedenfalls wusste es nicht … oder er hat mit meinen Eltern …" Gerlinde führte das jetzt nicht weiter aus. Es war ohnehin klar, was sie meinte. „Jedenfalls mussten wir zurück nach Krefeld. Doch erst musste auf die Schnelle eine Wohnung gefunden werden."

„Die an der *Bruchmühl*e?", wiederholte Tina.

Gerlinde nickte.

„Was ist aus deinen Eltern geworden?", fragte Tina.

Gerlinde zuckte die Achseln.

„Du hast sie nicht angeklagt?", empörte Valerie sich.

„Nein, das habe ich nicht! Und was aus ihnen geworden ist? Keine Ahnung, sie existieren für mich schon lange nicht mehr. Ich weiß nur, dass sie in Bayern blieben, und wenn sie nicht mittlerweile gestorben sind, sollen sie sich auch heute noch ruhig mit ihrem Gewissen auseinandersetzen."

Valerie schüttelte fassungslos den Kopf. Der Mensch in ihr

konnte nicht nachvollziehen, weshalb Gerlinde diese Menschen für ihre Schandtaten nicht an den Pranger stellte. Doch die Psychologin in ihr verstand, dass sie dann noch mehr gelitten hätte, als sie es ohnehin schon tat.

„Du sagtest, das Haus sei verkauft worden ...?"

„Ja. Wie ich später herausfand, um die sauberen Machenschaften mit diesem Doktor Winkmann zu finanzieren."

„Wo befand sich dieses Haus?", wollte Valerie wissen.

„Auf dem *Talring* am *Hülser Berg*, da wo die Villen stehen."

„Sagt mir nichts." Valerie zuckte die Achseln. „Doch ich kenne ja auch nicht mehr alles hier." Aber war es nicht auch egal, wo sich das einstige Domizil dieser sauberen Familie befand? Valerie war geschockt, nachdem, was Gerlinde – was ihre Mutter – gerade erzählt hatte.

Dafür allerdings ging es ihr selbst schlagartig wieder besser. Die nebeligen Schleier um ihre Gedanken lösten sich nach und nach auf. Gerlinde ... nein, Mama ... denn Hilla war schließlich Mom und sollte es auch bleiben ... Gerlinde also Mama ... Valerie brauchte noch ein wenig Zeit für die Sortierung, war sich aber sicher, dass sie dies irgendwann in der Zukunft ohne Probleme hinbekam.

„Sag mir aber noch eines ... unsere Begegnung an der Raststätte, die war doch nicht zufällig, oder!" Es war eine Feststellung, keine Frage.

„Nein. Ulf und ich haben Paula Sendler damals die Pistole auf die Brust gesetzt ..." Gerlinde sah Valeries erschrockenen Ausdruck. „Nein, keine Sorge, nicht wie du jetzt denkst! Im übertragenen Sinne. Entweder sie macht die Aufenthaltsorte meiner Kinder ausfindig, was ja wohl das Mindeste sei, und besorgt mir alles, was an Informationen über euch zu bekommen ist oder wir zeigen nicht nur diesen sauberen Doktor ebenfalls an, sondern sie gleich mit ..." Gerlinde lächelte bitter. „Mir ist die Suche nach euch nämlich misslungen, denn ich kannte nicht einmal eure Vornamen. Innerhalb weniger Monate erhielt ich von Paula Sendler eure Adressen und einen knappen Einblick in ein paar Gepflogenheiten, so dass ich zunächst nach Heidelberg fuhr, um dich aus der Nähe zu sehen."

„Du hast mir die ganze Zeit hinterher spioniert?" Valerie schluckte entgeistert.

„Bitte verzeih mir!", bat Gerlinde leise. „Aber ich wusste

nicht, was ich tun sollte. Schließlich konnte ich dich schlecht anrufen oder vor deiner Tür stehen und sagen: Hallo, hier bin ich, deine Mutter! Ich hatte doch gar keine Ahnung, ob du überhaupt von der Adoption wusstest, geschweige denn wie du reagieren würdest. Außerdem war ich gespannt, wie du aussiehst", entschuldigte Gerlinde sich traurig. „Wie oft habe ich mir ein Phantombild zusammengeschustert und wusste doch nie, ob es auch nur ein bisschen der Wirklichkeit entsprach. So habe ich dich nur ein wenig beobachtet … aus der Nähe betrachtet, dein Antlitz, deine Gestik studiert …"

„Trägst du zufällig türkise Kopftücher?" Valeries Sinne schrillten Alarm: die Serpentine unterhalb der *Molkenkur*, das rote Cabrio, das an ihr vorbeiflitzte, beziehungsweise sie scheinbar permanent begleitete, die eigenartigen Bilder einer Frau mit Kopftuch und Sonnenbrille, die sie hier in Krefeld zu verfolgen schienen …

Gerlinde lächelte sanft, kam aber nicht dazu, ihren plötzlichen Fragenschwall zu beantworten, denn ein hoch gewachsener Mann mit stahlblauen Augen in einem jugendlichem Gesicht und dem in seinem Fall allerdings gelungenen Kontrast silbergrauen Haares trat zu ihnen an den Tisch.

„Entschuldigung, dürfte ich mich dazu setzen?", klang seine sonore Stimme auf.

Im ersten Impuls wollte Valerie ablehnen, da sah sie erstaunt das Leuchten in den Augen ihrer Mutter. Verwirrt erlebte sie im nächsten Moment, wie Gerlinde aufstand, den Unbekannten umarmte, und ihm den leeren Platz neben Tina zeigte.

„Schön, dass du da bist!", strahlte sie. „Das sind Tina Wittenfeld und …"

„Van der Linden", kam Valerie Gerlinde zuvor und wunderte sich einmal mehr, wie auffällig er sie musterte. Doch so seltsam dies schien, Valerie empfand seinen Blick nicht aufdringlich, sondern interessiert und sehnsüchtig.

„Dies ist Hannes!", wandte sie sich dann den beiden jungen Frauen zu. „Hannes Winkler, mein damaliger Freund", und speziell mit einem tiefen Blick in Valeries Augen, „und dein Vater! Erst vor ein paar Tagen habe ich von ihm erfahren, dass er mir immer wieder Briefe geschrieben hat, die meine Eltern mir unterschlugen. Briefe, in denen er mir immer wieder versicherte, auf mich zu warten."

Valerie stieß vor Schreck mit dem Arm gegen ihr Weinglas

und der restliche Inhalt bildete eine auffällige Lache auf dem weißen Tischtuch. Tina brachte ihres gerade noch rechtzeitig in Sicherheit. Sie nahm die Serviette und tupfte vor Valerie herum, während die gerade drein sah, als wäre eine Straßenbahn mitten durch das Lokal gedonnert. Tina schnaubte innerlich. Dieser Abend hatte es aber auch wirklich verdammt in sich.

Gerlinde strich ihrer Tochter beruhigend über den Arm. „Ich weiß, es ist alles ein bisschen viel auf einmal. Das muss erst mal verdaut werden."

Valerie wandte ihr das fassungslose Gesicht zu und nickte wie eine Marionette. Plötzlich fühlte sie sich von zwei Frauenarmen tröstend umschlungen.

„Nimm dir Zeit, dies alles zu verarbeiten, mir erging es nicht anders", redete Gerlinde leise auf Valerie ein.

War es Einbildung? Dieser menscheneigene Duft, den Gerlinde verströmte, der wohlig in Valeries Nasenflügel stieg und sie plötzlich das Gefühl der vollkommenen Vertrautheit überkommen ließ. Zeigte sich so die Stimme des Blutes? Spontan schmiegte Valerie sich an sie.

„Ich ahnte von all dem bis vor ein paar Tagen auch nichts", offenbarte Hannes' warmherzige Stimme von der anderen Tischseite. „Gerlinde schrieb mir einen langen Brief und dann bin ich sofort hergekommen, um …" Ja, was um? Er blickte die einstige Geliebte sinnend an.

Tina, die Gerlindes Konterfei genau im Visier hatte, bemerkte sofort, dass sie rot wurde. Was für eine Story! Wenn sie die zu Hause Axel erzählte – er würde ihr wahrscheinlich kein Wort glauben, sie für verrückt halten. Und Jörg, wenn der nun alle Zusammenhänge erfuhr? Und Frederik? Apropos Frederik!

„Darf ich etwas fragen?", brachte Tina sich wieder ein und wandte sich direkt an Gerlinde: „Valli hat also tatsächlich eine Schwester?"

Gerlinde nickte.

„Und du kennst ihren Namen und ihre Anschrift?"

„Inzwischen ja", bestätigte Gerlinde aufs Neue.

Jetzt bahnte sich in Tina natürlich die blanke Neugierde ihren Weg, denn Valerie selbst schien diesen seit Tagen für sie doch so immens wichtigen Punkt im Augenblick völlig ausgeschaltet zu haben. So fragte sie nun einfach geradeheraus: „Handelt es sich dabei zufällig um Janna Kolkner?"

Gerlinde schaute sie perplex an. „Ja. Allerdings heißt sie jetzt anders … Sievers … denn sie ist verheiratet und hat zwei süße Töchter …" Genau wie ich einst, verriet ihr Blick. „Woher wisst ihr …?"

„Das ist genau so eine merkwürdige Geschichte", meldete sich endlich Valerie zu Wort, aufgewacht und nun ganz heraus gekrochen aus dem sinnbildlichen Loch. „Hier in Krefeld habe ich durch Zufall Frederik Berger kennengelernt, und der war einst mit ihr liiert."

Gerlinde hörte aufmerksam zu, nickte bestätigend und warf kleinlaut ein: „Ich habe es mitbekommen."

Valerie begriff sofort. „Dann warst du es also doch … in der Einkaufspassage … die Frau, die ich glaubte, im Fenster gesehen zu haben?"

„Du hast mich bemerkt?", rief Gerlinde erschrocken.

„Ich sah eine Frau mit türkisem Kopftuch. Und da ist mir solch ein Schauer über den Rücken gelaufen, dass ein kleines Mädchen namens Milli meinte, mir helfen zu müssen, weil sie dachte, es ginge mir nicht gut." Nun zauberte sich bei der Erinnerung ein Lächeln auf Valeries Züge. „Im Prinzip, wenn man es ganz genau nimmt, habe ich es also dir zu verdanken, dass ich Frederik kennengelernt habe. Denn nur weil Milli bei mir stand, wurde er überhaupt auf mich aufmerksam. Wenn das auch ein wenig anders verlief als ich das normalerweise gewöhnt bin …" Valerie begann zu lachen. Es war ein befreiendes Lachen und ziemlich ansteckend. „Er hielt mich nämlich für Janna. Effektiv eine schlichte Verwechslung, für mich aber ein ordentlicher Schock, das könnt ihr mir glauben. Denn zu dem Zeitpunkt hatte ich noch von gar nichts eine Ahnung."

„Er wirkt auf mich sehr sympathisch", entfuhr es Gerlinde und als sie Valeries Verblüffung sah, fügte sie schnell erklärend hinzu: „Wie gesagt, ich war in der Nähe."

„Ich glaube, es wird langsam Zeit, anzustoßen!", fand Hannes, der freudig die nette Kellnerin heran winkte und eine Runde Sekt bestellte. Dann wandte er sich wieder den drei Frauen zu: „Habt ihr euch eigentlich schon was zu Essen ausgewählt? Nicht? Na, dann macht mal, ich lade euch ein! Schließlich haben wir einen Grund zu feiern, oder?"

Langsamer als die vorgegebene Richtgeschwindigkeit rollte

der Wagen durch die Straße. Der *Terniepenweg* in *Vluyn* wurde beidseitig beherrscht von der Wohnbebauung schnuckeliger Einfamilienhäuser. Hinter der letzten weißen Doppelhaushälfte bog er nach rechts ins Schmitzfeld ab.

„Hier muss es sein!", rief Gerlinde aufgeregt vom Beifahrersitz, während sie den Kopf aus der herunter gelassenen Türscheibe schob. „Da … das ist die Nummer."

Hannes Winkler brachte den Wagen zum Stehen. Er war nicht minder nervös als seine Begleiterin.

Sie stiegen zusammen aus und gingen mit langsamen Schritten auf das schicke Eigenheim zu, das einem gewissen Rechtsanwalt Dr. Gerrit Sievers und seiner Frau seit rund vier Jahren gehörte. Doch sie verhielten augenblicklich in der Bewegung, als die Haustür von innen aufgerissen wurde und ein etwa siebenjähriges Mädchen mit blonden Zöpfen herausgestürmt kam.

„Tonia!", rief eine gehetzte Frauenstimme aus dem Hausinneren hinterher. „Tonia, warte einen Moment!"

Doch das Mädchen schien es witzig zu finden und rannte albern kichernd die Einfahrt hinunter. Im Laufen wand es immer wieder den Kopf im Hinblick auf die vermeintliche Verfolgerin. Dabei prallte es genau an der Grundstückspforte gegen ein weiches Hindernis.

„Hoppla, junge Dame! Du hast es aber eilig, was?", lächelte Gerlinde das kleine Mädchen an, das ihr gerade diesen Stoß versetzt hatte.

Erschrocken blieb Tonia stehen und musterte zunächst einen Moment stumm die beiden Fremden vor sich. Dann aber sprudelte es vorlaut aus ihr heraus. „Wollen Sie zu meiner Mutter? Die ist nicht da! Nur meine Oma … Ich kenn Sie gar nicht! Sind Sie auch eine Oma?"

Gerlinde lächelte das Mädchen vielsagend an und antwortete freundlich. „Ich habe zwei süße Enkelinnen. Eine davon ist sogar genauso alt wie du."

„Tonia!" Johanne Kolkner kam fast wie aufs Stichwort angehastet. Ihr Gesicht war gerötet, Zorn auf die Enkelin schwoll in ihrer Stimme mit. „Du gehst jetzt sofort wieder hinein!"

„Oma, da ist wer gekommen!", rief das Mädchen ungeachtet dessen und zeigte auf die Besucher.

„Sooofort, sagte ich!", grollte Johanne und wandte sich den Besuchern zu, während Tonia sich tatsächlich augenblicklich ruhig zurück ins Haus trollte. „Bitte, zu wem möchten Sie?"

„Entschuldigen Sie die Störung!", bat Hannes mit seiner sonoren Stimme, die Johanne sofort auf eine gewisse Weise für sich einnahm. „Die kleine Dame sagte uns zwar gerade, dass ihre Mutter nicht zuhause sei, aber ist Frau Sievers vielleicht doch zu sprechen?" Er sah Johanne Kolkner hoffnungsvoll an.

„Bitte, es wäre wirklich sehr, sehr wichtig", setzte Gerlinde eindringlich hinzu.

Unschlüssig betrachtete Johanne die beiden ungebetenen Besucher. Sie machten keinen unsympathischen Eindruck. Was jedoch mochten sie von Janna wollen?

„Meine Tochter ist unterwegs", gab sie eine vorsichtig knappe Auskunft. „Kann *ich* Ihnen vielleicht weiterhelfen?"

Gerlinde und Hannes warfen sich einen knappen Blick zu.

„Verzeihen Sie bitte noch einmal … vielleicht sollten wir uns erst einmal vorstellen …", brachte Hannes an und nannte vorsichtig ihrer beider Namen. Dabei nahm er Gerlindes Hand fest in die seine und streichelte sie sanft.

„*Sie* ... Sie sind Jannas leibliche Mutter!?", rief Johanne erregt. Allerdings im Gegenteil zu der Reaktion, die vor allem Gerlinde erwartet hatte, strahlte sie dabei unbändige Freude aus. „Endlich! Sie ahnen gar nicht, wie sehr ich mir gewünscht habe, dass Sie eines Tages zu meinem Mädchen kommen und …" Johannes Stimme überschlug sich, Freudentränen sammelten sich unter ihren Lidern.

Mit solchem Empfang hätte Gerlinde wahrlich in ihren kühnsten Träumen nicht zu rechnen gewagt. „Sie weisen mich nicht ab?", vergewisserte sie sich ungläubig.

„Aber nein, nein, warum sollte ich?" Johanne wies einladend zum Haus. „Bitte kommen Sie doch hinein!"

Das Angebot nahmen Gerlinde und Hannes nur zu gerne an.

„Valerie! Endlich! Endlich hab ich dich wieder!" Milli konnte ihre Freude kaum bändigen. Überschwänglich warf sie sich ihrer großen Freundin in die Arme, um mit einem ängstlichen Fragezeichen in den Augen hinterher zu setzen: „Und jetzt gehst du doch nicht mehr weg von Papi und mir, nicht wahr?"

Valerie traten Tränen der Rührung in die Augen. „Milli, weißt du, ich …"

„Jetzt lass Valerie doch erst mal ihre Jacke ablegen, kleine Madame", lachte Frederik und es war ihm anzusehen, wie erleichtert auch er war, endlich wieder hier zu sein und seine Valerie in unmittelbarer Nähe bei sich zu wissen.

„Du bleibst doch jetzt bei uns?", begehrte Milli wiederholt auf kindlich, nicht locker lassende Art zu wissen.

„Sie bleibt bei uns!", versprach Frederik seiner Tochter und verschlang dabei allein mit seinem Blick Valerie mit Haut und Haaren. „Ich möchte nämlich, dass du meine Frau wirst!", setzte er leise hinterher. „Du hast mir so sehr gefehlt!"

Valerie fuhr es heiß durch den Körper. Er wollte sie heiraten? Ihr Herz machte Luftsprünge. Auch sie hatte ihn schrecklich vermisst, und das, obwohl er doch eigentlich nur ein paar Tage mit Milli weggefahren war. „Frederik, ich …" Eine feine Röte überzog ihr Gesicht.

„Pst!", machte er und legte zärtlich lächelnd seinen Zeigefinger auf ihre Lippen. „Erst musst du meiner Tochter die Antwort geben, die sie hören will. Ich fürchte, sonst werden wir heute nie Ruhe füreinander finden."

Valerie schaute ihn an, dann Milli. „Und ihr wollt mich beide wirklich hier bei euch haben?"

„So dumm können auch nur Erwachsene fragen!", meinte Milli altklug. „Natürlich wollen wir das! Papi wäre übrigens schon am ersten Tag am liebsten wieder nach Hause gefahren, weil du nicht bei uns warst. Und ich …", sie stockte, sah Valerie mit bettelnden Augen an, „ich möchte so gerne, dass du meine Mami bist!"

Valeries Herz quoll über. Sie zog das Kind an sich und streichelte über den blonden Haarschopf. „Ja, ich bleibe bei euch! Es gibt nichts, was ich lieber möchte!"

Milli führte einen wahren Freudentanz auf und jetzt war es Frederik, der Valerie in die Arme nahm. Seine Augen glänzten. „Ich möchte, dass du meine Frau wirst!", wiederholte er. „Und du?"

„Trotz meinem ganzen Familiendurcheinander?"

„Gerade deswegen!"

Da gab es für Valerie nichts mehr zu überlegen. „Ja, ich will!", rief sie überglücklich. „Und weil wir gerade schon mal bei gewissen Ereignissen sind … ich habe eine Überraschung für euch." Zwar hatten sie jeden Abend kurz über Handy miteinander telefoniert, doch die Neuigkeiten der letzten Tage wollte Valerie ihnen lieber persönlich berichten.

„Au toll, was denn?", wollte Milli sogleich erfahren.

„Na, das würde mich jetzt aber auch interessieren!", grinste Frederik.

„Wartet es nur ab! Ein klein wenig Geduld müsst ihr schon aufbringen!"

„Och man, und wie lange?", kam es von Milli sogleich enttäuscht zurück.

„Bis Dienstag", antwortete Valerie und legte der kleinen Madame besänftigend dar: „Milli, das sind doch nur *zwei* Tage."

„Du machst es aber wirklich spannend", sagte Frederik, unschwer zu erkennen, dass er genauso ungeduldig der Dinge harrte, die Valerie ihm noch vorenthielt.

„Da bin ich ja mal gespannt, was Mutsch sich da wieder ausgedacht hat!", sinnierte Janna neugierig. „Sag Gerrit, und du hast wirklich keinen Schimmer?"

Gerrit schüttelte den Kopf. „Nein, mein Schatz, ich habe nicht den blassesten Schimmer, was sie damit meinte. Am besten, wir lassen uns einfach überraschen." Er grinste anzüglich. „Schließlich haben wir ja auch was Hübsches in petto."

Sie standen auf der A61 bei Meckenheim im Stau, hatten das romantisch schöne Heidelberg längst hinter sich gelassen und befanden sich auf dem Weg nach Hause, in den Alltag. Johanne hatte ihnen am Morgen eine SMS geschickt, dass sie mit den Kindern bei sich zu Hause auf sie warten würde und sie habe außerdem eine Riesenüberraschung parat und plane daher für den Abend eine kleine Feier.

„Trotzdem verstehe ich das nicht", hielt Janna dagegen, dabei ohne Erfolg Ausschau haltend nach einem gewissen silbernen Wagen zwischen den schnaufenden Brummis, an denen sie im Schneckentempo mit Stopp and Go vorbei schlichen. „Heute ist Dienstag! *Wer* um alles in der Welt macht schon mitten in der Woche eine Party?"

„Na, deine Mutter zum Beispiel", raunte Gerrit ihr – in Anbetracht der herrschenden Verkehrssituation reichlich vergnügt – von der Fahrerseite ins Ohr.

„Papas Rückkehr vielleicht?", grübelte Janna weiter.

„Oh, da würde Herbert sich mit Sicherheit freuen, wenn Johanne extra ihm zu Ehren eine Fete aufzieht", nahm er schmunzelnd ihre Worte auf, „kann ich nur, ehrlich gesagt, nicht so recht glauben. Wäre ja wohl auch das erste Mal, oder?" In Anbetracht dessen, dass sein Schwiegervater seine Grachtentouren schon seit Jahren regelmäßig durchführte und Johanne noch nie der Einfall gekommen war, seine Heimkehr zu feiern, passte diese Vorstellung absolut nicht ins Bild.

Die Blechschlangen vor und neben ihnen setzten sich langsam wieder in Bewegung. Kurze Zeit später war die Piste wieder frei. An dieser Stelle gab es heute weder eine Baustelle noch einen Unfall ... warum hatte sich hier überhaupt ein Stau gebildet?

Jede Menge Überraschungsmomente

Der Kombi rauschte über die A57 in nördliche Richtung. In *Moers-Hülsdonk* verließ Frederik die Autobahn und richtete sich dann weiter nach der Wegbeschreibung, die Valerie ihm vorgab.

„Wann sind wir denn endlich daaaaa?", quengelte Milli ungeduldig von der Rückbank. „Wie weit denn noooooch?"

Frederik lachte. „Hör mal, kleines Fräulein, wir sind doch grade mal erst fünfzehn Minuten unterwegs!"

„Ich kann es aber nicht mehr erwarten!", kam es ungeduldig zurück. „Valerie, was ist das denn nun für eine Überraschung?"

„Das wüsste ich auch nur zu gerne!", setzte er dagegen und zu Valerie gewandt: „Vor allem wüsste auch ich nur zu gerne, *wem* wir hier eigentlich unseren Besuch abstatten!" Seit er Sonntag mit Milli zurückgekehrt war, spürte er im Hinblick darauf Valeries Nervosität.

„Gleich! Gleich werdet ihr es wissen!" Valerie ließ sich nicht beirren, obwohl sie innerlich angespannter war, als ein Flitzebogen es je vermocht hätte. „Wir müssten jetzt eigentlich schon fast da sein." Dabei schaute sie aufgeregt und neugierig aus dem Wagen und ließ die wenigen Häuser an sich vorbeiziehen.

Sie befanden sich auf dem Weg zu den Kolkners. Gerlinde hatte mit Jannas Adoptiveltern Kontakt aufgenommen, wie Valerie inzwischen wusste, und sie eindringlich gebeten, heute Abend in Begleitung von Frederik, Milli und Tina dorthin zu kommen. Damit hatte sie ihr auch gleich die Wegbeschreibung durchgegeben.

„Manno!", schimpfte Milli derweil immer wieder und verschränkte mit einem fetten Schmollmund die Arme vor dem Brustkorb. „Ihr seid gemein!"

Valerie drehte den Kopf, wäre unter normalen Umständen bestimmt auch sofort auf Milli eingegangen, würden ihre

Gedanken nicht ständig um Janna kreisen. So aber kam im Moment nur ein hilfloser Blick dabei heraus. Doch wer konnte es ihr verdenken, dass sie voller Erwartung der unmittelbaren Zusammenkunft mit ihrer unbekannten Schwester entgegen sah? Ob sie sich in Natura tatsächlich so glichen? Und was Frederik wohl gleich sagen würde, wenn er plötzlich seiner Jugendliebe gegenüberstand? Bewusst hatte Valerie ihm keinen Hinweis gegeben. Aus unterschwelliger Angst vielleicht?

„Milli, überleg doch mal", kam Tina, die neben ihr im Fond saß, Valerie zu Hilfe, „wenn du jetzt schon alles weißt, ist es doch keine Überraschung mehr. Und du bist doch schon eine große junge Dame, nicht wahr?" Dabei blickte sie das Kind abwartend an. Als Milli sich zu einem erhabenen Nicken herabließ, fuhr sie sanft lächelnd fort: „Große junge Damen müssen auch schon mal ein paar Minütchen warten können! Glaube mir, ich spreche da aus Erfahrung."

Milli musterte ihre Sitznachbarin neugierig. „Du musst auch immer so viel warten?"

„Ständig!" Tina lachte verschmitzt.

Damit gab Milli sich zufrieden und ab sofort herrschte Ruhe.

Frederik bog nach rechts ab und hielt nach wenigen Metern auf dem unbefestigten Straßenrand. „So, da sind wir!"

Valerie stieg aus und merkte erst jetzt, wie weich sich ihre Knie anfühlten. Ihr Herz klopfte bis zum Hals.

Sie standen vor einem weiß gekalkten Einfamilienhaus, dessen Architektur man sofort ansah, dass es keines von der Stange war. Valerie schritt langsam den breiten Gartenweg entlang an einer gepflegten Rasenfläche mit sauberen Beeteinfassungen vorbei und dann über wenige Treppenstufen hinauf zu dem einladenden Eingangsbereich. Links und rechts der Haustüre hatte man dekorative Laternen aus Gusseisen platziert, in denen Kerzenlichter flackerten.

Sie blickte sich nervös um. Tina befand sich direkt hinter ihr. Frederik stand abwartend unterhalb der Treppe und hielt Milli an der Hand. Valeries Finger zitterten, als sie auf den Klingelknopf drückte.

Die Tür öffnete sich und eine kleine, korpulente Frau erschien auf der Schwelle. Beim Anblick Valeries verhielt sie einen Moment in der Bewegung, dann lächelte sie und reichte ihr, wie auch Tina, die Rechte.

„Valerie?" Bevor Valerie überhaupt etwas sagen konnte,

hatte Johanne Kolkner sich ihre Frage offensichtlich schon selbst beantwortet. „Unverkennbar! Wie ein Ei dem anderen!"

Valerie schluckte, ihre Kehle war vor Anspannung ganz trocken.

„Herzlich Willkommen! Ich bin Johanne Kolkner", wandte sie sich gleichermaßen an die beiden Besucherinnen und wollte zur Seite treten, um die Schwelle freizugeben, als eine ungläubige Stimme unterhalb der Stufen hinauf rief: „Frau Kolkner?"

Johanne sah überrascht, an Valerie und Tina vorbei, hinunter zu dem Mann mit Kind. Sogleich spiegelte sich Verblüffung, gefolgt von großer Freude des Erkennens, in ihrem Gesicht wider. „Freddy, du? Die Welt ist aber verdammt klein, was?" Sie lachte. „Linda hat mir zwar gesagt, dass heute Abend ein gewisser Frederik mitkommt, aber dass ausgerechnet du es bist …"

Aha, Gerlinde hatte sämtliche Informationen also bereits weitergegeben. Valerie hörte und schaute schon gar nicht mehr richtig hin, als Frederik und Johanne sich umarmten, während ihr gerade dadurch voll bewusst wurde, wie eng die Beziehung zwischen ihm und Janna damals tatsächlich gewesen sein musste.

„Bist du jetzt die Überraschung, die Valerie mir versprochen hat?" Jemand zupfte Johanne am Ärmel.

Die lachte auf und duckte sich zu dem kleinen Mädchen hinab. „Guten Tag, kleines Fräulein. Du bist Millane, hab ich Recht?"

Milli verzog das süße Gesichtchen zu der altbekannten Fratze, sobald sie jemand mit ihrem vollen Vornamen ansprach, und verbesserte auch jetzt sofort altklug: „Milli bitte!"

Johanne ging sofort auf den Wunsch ein und fragte einladend: „Sag, Milli, hast du Lust, mit meinen beiden Enkelinnen zu spielen? Tonia und Jasmin sind im Haus. Geh nur ruhig schon hinein."

„Kinder hast du auch hier?" Milli konnte ihr Glück kaum fassen. Das war doch schon mal eine schöne Überraschung. Fragend blickte sie ihren Vater an.

„Ich geh schon mal mit dir hinein", sagte Tina, die spürte, dass sie gerade störte.

Frederik nickte, Milli ließ sich nicht zweimal bitten und verschwand sofort mit kindlicher Neugierde samt Tina im

Hausinneren. Irgendwo schien gerade eine Tür geöffnet worden zu sein, Musik und Stimmengewirr drang hinaus.

„Du hast eine hübsche Tochter, Frederik!", sagte Johanne anerkennend. „Und schon so selbstbewusst. Wie alt ist sie?"

„Sechs."

„Ich glaub, sie wird sich gut mit Tonia verstehen. Na, wir werden es ja gleich sehen, nicht wahr?"

„Du hast *zwei* Enkelinnen?", fragte Frederik, in Valeries Ohren eine Spur zu neugierig. „*Jannas* Kinder?"

„Ja. Tonia ist sieben und Jasmin wird bald neun", erzählte sie voller Omastolz.

Bildete sie sich das ein, oder zeichnete sich in seiner Miene eine gewisse Traurigkeit? Irgendwie wurde Valerie jetzt auch noch mulmig. Vor allem bei dem Blick, den er ihr zuwarf, als er ihr im Vorbeigehen ins Ohr raunte: „Na, *die* Überraschung ist dir wahrhaftig gelungen!"

Dann schritt er hinter Johanne ins Wohnzimmer, wo offenbar bereits einige Leute versammelt waren. Valerie bildete das selbst erwählte Schlusslicht, machte die Haustür zu und hörte in höchster Alarmbereitschaft deutlich, wie Frederik Johanne erwartungsvoll fragte, ob Janna auch da sei.

„Ah, mein Kind, da bist du ja!", rief Gerlinde, strahlend über das ganze Gesicht, als Valerie nur langsam ins Wohnzimmer folgte.

„Na, was sagen Sie jetzt?", wandte sie sich zugleich an den leicht ergrauten Sechziger, der neben ihr stand.

Der starrte Valerie genauso bestürzt an wie eben die Hausherrin an der Tür. „Wie unsere Janna", bekannte er Gerlinde zustimmend und reichte Valerie ebenfalls mit einem herzlichen Willkommen die Hand. „Entschuldigen Sie, dass ich so perplex bin, aber dass unsere Tochter einen eineiigen Zwilling hat, das ist auch für uns eine gewaltige Überraschung."

Valerie fühlte Bitterkeit, doch sie lächelte ihm verständnisvoll zu. „Ich kann sehr gut nachvollziehen, dass Sie aus allen Wolken gefallen sind. Ich zum Beispiel wusste bis vor ein paar Tagen weder etwas von meiner Schwester noch davon, dass meine Eltern nicht meine Eltern sind."

„Ein Gläschen Sekt?", rief Johanne munter in die Runde und balancierte auf einem Tablett die bereits gefüllten Gläser.

„Ich habe extra ein paar Flaschen gekauft."

Valerie nahm dankbar eines herunter und ließ ihren Blick zu Frederik hinüberschweifen, der bereits nach den ersten Minuten mit Hannes Winkler, ihrem Vater – woran sie sich auch erst mal gewöhnen musste – auf der breiten Ledercouch in ein angeregtes Gespräch vertieft zu sein schien.

Von Milli war nichts zu hören und zu sehen. Ein gutes Zeichen dafür, dass sie sich mit den beiden Töchtern ihrer Schwester tatsächlich gut verstand.

Meine Nichten!, ging es Valerie mit einem Ruck durch den Kopf. Tonia und Jasmin waren tatsächlich ihre Nichten. *Blutsverwandte* Nichten! Ganz langsam nur erfasste sie, dass sie zum Teil einer Großfamilie mutiert war. Sie, das Einzelkind, das sich in der Jugend so sehr nach wenigstens einem Geschwister gesehnt hatte. Bei dem Gedanken an Mom und Paps verspürte sie einen faden Beigeschmack. Ihre Eltern waren die einzigen, die nicht involviert waren. Sie saßen traurig in Heidelberg und warteten auf ein Zeichen von ihr, schmorten in der Angst, sie zu verlieren. Valerie fühlte sich plötzlich schuldig. Es war schäbig, Hilla und Helmut einfach auszugrenzen aus dem, was sich hier um sie herum tat. Dabei gehörten doch gerade auch *sie* zu ihrer neuen Großfamilie. Sie nahm sich fest vor, gleich morgen früh anzurufen und ihnen alles zu erzählen.

„Guten Abend, Valerie!" Plötzlich stand Hannes neben ihr. Valerie hatte gar nicht mitbekommen, dass er aufgestanden war. „Dein Verlobter ist ein sehr netter Mann. Ich habe mich gut mit ihm unterhalten."

„Weißt du eigentlich, dass Frederik mal mit Janna liiert war?", entfuhr es Valerie unbewusst kratzbürstig.

Doch Hannes lachte nur. „Nanu, höre ich da Eifersucht heraus? Ist das nicht schon ziemlich lange her?"

Valerie errötete, merkte, er war im Bilde. Gerlinde hatte auch ihm offensichtlich *alles* berichtet. „Darf ich dich mal etwas fragen?", lenkte sie schnell um auf ein anderes Thema.

„Frag nur!", bot Hannes mitteilungsbedürftig an. „Schließlich bist du ja meine Tochter und ich wünsche mir nichts sehnlicher, als dass wir uns wenigstens gut verstehen, wenn uns ein Eltern-Kind-Verhältnis schon vorenthalten wurde." Letzteres klang bitter.

„Wie ist das jetzt eigentlich mit Gerlinde und dir?" Die Bezeichnung Mama kam Valerie nur schwerlich über die Lippen. Es würde noch lange dauern, bis sie den Gedanken verinnerlicht hatte. Doch erfahren wollte sie so vieles. „Ich meine, ihr habt euch doch einmal geliebt …"

„Du willst wissen, ob da immer noch etwas zwischen uns ist?", kam er ihr zu Hilfe.

Diese Frage hatte Hannes sich insgeheim längst selbst gestellt. Die Antwort darauf zu finden war nach all den langen Jahren des Schweigens jedoch nicht ganz einfach. Natürlich gab es da etwas in seinem Inneren, was ihn gefühlsmäßig, genau wie vor mittlerweile siebenunddreißig Jahren, auch jetzt wieder besonders zu Gerlinde hinzog. Doch Hannes war vorsichtig geworden. Woran vielleicht auch seine beiden gescheiterten Ehen einen Teil Schuld mit trugen.

„Ich mag sie immer noch, sehr sogar!", wich er aus, suchte vorsichtig nach den richtigen Worten. „Was sein wird", er zuckte die Achseln, „kann ich dir zum jetzigen Zeitpunkt nicht sagen. Ich weiß nicht, wie sie fühlt, hoffe nur, dass mich meine Ahnung nicht trügt. Weißt du, wir hatten bisher einfach noch zu wenig Zeit, um über uns zu sprechen. Ihr beide, du und Janna, ihr seid erst mal das Wichtigste! Schau, auch ich hätte nie zu träumen gewagt, dass meine angeblich verstorbene Tochter, die ich nie zu Gesicht bekam, eines Tages quicklebendig vor mir steht und dies dann auch gleich noch in zweifacher Ausführung."

„Noch ist die zweite Ausführung nicht da", entgegnete Valerie leise und fand, dass es langsam an der Zeit war, dass auch Janna kam. Valerie wollte sie endlich sehen, mit ihr sprechen, sie in den Arm nehmen. Und im Unterbewusstsein testen, ob Frederik noch auf sie ansprang? Valerie schalt sich für ihren Gedanken, musste sich eingestehen, dass dieses grässlich nagende Gefühl tatsächlich Eifersucht hieß. Und sie wusste, das war nicht gut!

„Sie sind bereits auf dem Weg hierher", wusste Hannes zu berichten. „Es kann sich nur noch um Minuten handeln. Sie bringen wohl noch jemanden mit."

Valerie hatte keine Ahnung, woher er diese Kenntnis nahm. Sie fragte auch nicht nach. Dies war heute sowieso der Abend der Überraschungen, wie es ausschaute.

„Hannes, kommst du bitte mal!", rief Gerlinde herüber, die die ganze Zeit mit der Gastgeberin zusammen stand und sich mit ihr angeregt unterhielt.

„Entschuldigst du mich?"

„Aber sicher, geh nur", entgegnete Valerie verständnisvoll und blickte Hannes gedankenvoll hinterher.

„Na, mein Schatz, wie fühlst du dich?", raunte Frederik ihr plötzlich von der Seite ins Ohr.

Sie fuhr herum. „Wie würdest du dich an meiner Stelle fühlen?", stellte sie ihm bissig die Gegenfrage.

Er schaute sie irritiert an. „Ist was passiert?", fragte er verblüfft.

„Nein! Wieso?"

„Du bist auf einmal so …"

„Ja? Was …?"

Frederiks befremdlicher Blick traf sie mitten ins Mark, als er feststellte: „Hatten wir das nicht schon mal?"

Sein Ton hätte sie eigentlich warnen müssen, doch Valerie überhörte ihn geflissentlich, war viel zu sehr mit ihren Gefühlen beschäftigt. *„Was bitte* hatten wir schon mal?"

Da drehte er sich einfach um und ließ sie stehen wie ein ungezogenes Kind.

Valerie schluckte, hätte sich am liebsten im selben Moment selbst geohrfeigt. Sie wusste, dass sie sich unmöglich benahm, schließlich hatte er ihr doch gar nichts getan. Aber allein schon diese Vertrautheit, die er bei der Begrüßung mit Johanne Kolkner an den Tag legte, wurmte sie. So, als ob der lang vermisste Schwiegersohn nach Hause zurückkehrt.

Sie beobachtete aus den Augenwinkeln, wie Frederik bei Tina stehen blieb, nun offensichtlich das Gespräch mit *ihr* suchte.

Valerie fühlte sich ganz merkwürdig in ihrer Haut. Sie war den Jahren nach eine erwachsene Frau, und doch kam es ihr vor, als sei sie plötzlich ein kleines Mädchen, das irgendwie nicht so recht wusste, wo es eigentlich hingehörte. Valerie studierte die Gesichter im Raum. Keines davon erschien ihr unsympathisch, ganz das Gegenteil war der Fall. Herbert und Johanne Kolkner machten den Eindruck herzensguter, offener Menschen, Gerlinde und Hannes sah man das Glück, frisch gebackene Eltern zu sein, deutlich an und Frederik …

War er nicht nervös? Menschlich eigentlich, oder? Wer wäre das nicht, der jeden Augenblick seiner einstigen Jugendliebe gegenüberstehen würde?

Valerie sehnte sich wieder zurück in die Vergangenheit, in der sie die Valerie van der Linden war, die unbeschwert im Heidelberger Stadtteil *Rohrbach* ihre Praxis betrieb und nichts von ihrer Adoption wusste.

Frederik drehte ihr sein Konterfei zu. Seine Augen zeigten Verletzlichkeit. Doch nur kurz, dann drückte er Tina die

Hand, flüsterte ihr etwas ins Ohr und verließ den Raum.

Valerie fuhr Panik in die Glieder. Sofort hastete sie zu Tina hinüber. „Wo ... wo ist er hin?"

„Sag mal, Valli was ist auf einmal los mit dir?", hielt Tina der Freundin statt einer Antwort vor.

„Ist er gegangen?"

„Wer? Frederik?" Tina schien verwirrt.

„Wer sonst? Du hast dich doch gerade mit ihm unterhalten!"

„Ja, na und?", Tina zeigte sich verständnislos. „Er wird wohl mal hinaus sein, ein Zigarettchen rauchen, denk ich."

„Ach so!" Die Erleichterung legte sich über Valerie wie ein samten weiches Tuch.

Tina jedoch nahm Valerie hart beiseite. „Könntest du mir bitte mal erklären, was in dich gefahren ist? Wieso bist du schon wieder so merkwürdig drauf?"

„Hat Frederik sich etwa bei dir über mich beschwert?"

Tina schaute sie entgeistert an. „Wie kommst du darauf? Wir haben uns lediglich über Janna unterhalten."

Das war ein Volltreffer in die Magengrube und mit Sicherheit nichts, was Valerie hatte hören wollen. Sofort kochte es in ihr hoch. „Tatsächlich? Er scheint es kaum erwarten zu können, sie wiederzusehen."

Tina starrte sie erst an wie eine Fremde, dann schien bei ihr der Groschen gefallen und ein verständnisvolles Lächeln machte sich auf ihren Zügen breit. „Du bist eifersüchtig! Es geschehen noch Zeichen und Wunder, das hab ich bei dir noch nie erlebt!"

Was durchaus den Tatsachen entsprach, denn Jörg hatte nie einen Anlass dafür gegeben.

„Quatsch!", wehrte Valerie unwirsch.

„Und ob, meine Liebe!" Tina ließ sich nicht blenden. „Du bist eifersüchtig auf Janna, weil du Angst hast, da könnten alte Gefühle aufleben."

„Ist das so von der Hand zu weisen?"

„Mensch, Valli, also ich weiß nicht, aber irgendwie ... seit du unserem schönen Heidelberg den Rücken gekehrt hast, wirkst du wie eine Fremde", bemerkte Tina nachdenklich. „Manchmal kenn ich dich wirklich kaum wieder."

„Ich bin eine Fremde, hast du das schon vergessen?"

Tina schaute sie betroffen an. „Ich dachte, es ginge dir jetzt wieder besser, nachdem sich alles aufgeklärt und du deine leiblichen Eltern kennengelernt hast."

„Das tut es ja auch …"

„Aber?"

Valerie verstand nicht. „Wieso aber?"

„Weil das gerade klang, als wolltest du noch irgendetwas sagen."

Valerie schüttelte den Kopf. Sie hätte noch einiges sagen können, doch würde Tina das wirklich verstehen? Sie bezweifelte, das überhaupt jemand, der nicht das Gleiche erlebt hatte, dazu fähig war, sich in sie hineinzuversetzen. Wie denn auch? Darüber konnte sie nicht mal böse sein.

„Sie kommen!", schrie Johanne aufgeregt aus der hinteren Ecke des Raumes. „Ich habe den Wagen gehört!" Damit winkte sie ihren Mann heran und sogleich eilten beide hinaus, nicht ohne hinter sich sorgsam die Türe zu verschließen.

Wo aber war Frederik?

Ungeachtet dessen waren alle anderen Anwesenden sofort mucksmäuschenstill und jeder für sich starrte aus den unterschiedlichsten Erwartungen zur Wohnzimmertür, die sich gleich wieder öffnen würde.

Bevor Valerie sich Gedanken machen konnte, ob sie hinauslaufen und nach ihm schauen sollte, erklang im Flur bereits leises Stimmengewirr, dann hörte man Tonia und Jasmin vor Freude „Mami! Papi!" kreischen und im nächsten Augenblick senkte sich auch schon die Klinke.

Auf der Schwelle erschien Valeries Ebenbild. Valerie, die nicht in direktem Blickfeld der Eintretenden stand, sondern sich zunächst mit Absicht beiseite hielt, verschlug es die Sprache. Sie unterschieden sich äußerlich tatsächlich nur durch ihre Kleidung und den klitzekleinen Unterschied, dass sie die Haare offen und Janna zu einem Zopf am Hinterkopf gebunden trug.

„Ich dachte, ihr bringt noch jemanden mit?", rief Johanne erstaunt, denn offensichtlich kamen Janna und Gerrit doch allein.

„Die verspäten sich leider noch etwas! Aber sie kommen noch, ganz bestimmt!", versprach Jannas helle Stimme, die in Valeries Ohren klang wie eine zarte Melodie.

Valerie saugte das Antlitz ihrer Schwester förmlich in sich auf. Mit Jannas existentem Anblick verflüchtigten sich in Sekundenschnelle auch die allerletzten Zweifel an ihren wahren Wurzeln.

Janna hatte mehr damit gerechnet, heute Abend auf dieselben Leute zu treffen, die ihre Eltern sonst auch einzuladen pflegten. Erstaunt registrierte sie das fremde Mädchen auf dem Treppenabsatz, das ihren Töchtern offenbar neugierig nach unten gefolgt war. Hatten ihre Eltern neuerdings Bekannte mit kleinen Kindern? Oder war das nur die Enkelin von irgendwem? Doch auch im Wohnzimmer sah sie nur fremde Gesichter. Neugierig ließ sie ihren Blick umherschweifen, bis er an einem alarmiert hängen blieb und sie augenblicklich im Schritt verharren ließ. Janna verfügte über ein gutes Personengedächtnis und die Frau, die dort vorne vor dem elterlichen Wohnzimmerschrank stand, war doch … die Frau im *Schlosspark*! Janna erinnerte sich sogar noch an den Namen: Linda. Janna zog die Stirn kraus. Litt sie unter Halluzinationen?

„Was ist los? Warum gehst du nicht weiter?", wisperte Gerrit ihr von hinten zu.

„Weißt du, wer diese Leute sind?", fragte sie, nur für ihn verständlich.

„Keine Ahnung! Du kennst ja deine Mutter! Die liebt doch Überraschungen!"

Linda strahlte, winkte ihr erkennend zu und setzte sich augenblicklich in Bewegung. „Janna, ich freue mich so sehr, dass wir uns wiedersehen!" Dann begrüßte sie Gerrit.

Janna fragte sich allen Ernstes, ob sie im falschen Film gelandet war. „Entschuldigen Sie, wenn ich mich ein wenig wundere, aber woher kennen Sie meine Eltern?"

Gerlindes Augen glänzten, mit weichem Blick liebkoste sie das Antlitz ihrer Tochter. „Ich bin Gerlinde Hagemanns, werde in der Regel aber nur Linda genannt", sagte sie leise und ließ ihre Worte auf Janna wirken.

Janna starrte sie an, wurde augenscheinlich blass. Ihre Hand griff Halt suchend nach Gerrit, der sofort fest zupackte. „Meine Mutter?", kam es ihr schwer über die Lippen.

Wie gerne hätte Gerlinde sie jetzt in den Arm genommen und sie fest an sich gedrückt, so aber nickte sie nur und reichte ihr kameradschaftlich die Hand. „Ja, die bin ich!"

„Aber wieso bist du hier und … im Park …?" Jannas Mund war schneller als ihre Gedanken und so brachte sie nur diffuses Gestotter hervor. Im Bruchteil von Sekunden wurde ihr nun auch klar, woher sie glaubte, die Stimme auf dem Anrufbeantworter zu kennen.

„Du hast sie im Park getroffen, *ich* an einer Autobahn-

Raststätte!", rief hinter ihr eine Frauenstimme, in derselben Nuance wie ihre.

Jannas fuhr herum und fixierte vollkommen gebannt ihr Gegenüber. Wäre sie nicht schon im Bilde gewesen, eine Zwillingsschwester zu besitzen, so wäre sie jetzt wahrscheinlich auf der Stelle umgekippt.

„Guten Abend, Janna, ich bin Valerie!", stellte sich ihr Spiegelbild mit zaghaftem Lächeln vor. „Und das hier …", fuhr es fort und zeigte auf den sympathischen Mittfünfziger, bei dem es sich untergehakt hatte, „ist Hannes Winkler, unser leiblicher Vater …"

Das war eindeutig zu viel an Überraschungen für einen einzigen Abend! Nicht nur Janna, auch Gerrit, der immer noch unmittelbar neben seiner Frau stand und deren Hand immer noch fest umklammerte, schien erschüttert bis in die Grundfesten.

Janna schlug sich aus einem Reflex heraus die freie Hand vor den Mund. „Das kann doch alles gar nicht sein! Ich träume doch nur, nicht wahr?"

Die Frage schwebte im Raum, die Antwort allerdings stand in dreifacher Ausführung reichlich und wahrhaftig in Gestalt von Gerlinde, Hannes und dazu jetzt auch noch ihrer Schwester vor ihr.

„Lasst uns in Ruhe reden!", bat Gerlinde mit sanfter Stimme.

Jannas Blick suchte Johanne, die sich bewusst abwartend im Hintergrund hielt. Sie nickte ihr ermunternd zu. „Es gibt da einiges, was du dir vielleicht noch anhören solltest!", riet sie.

Wie in Trance ließ Janna sich hinüber zur Couch führen. Das war schon eine ziemlich geballte Ladung, die Mutsch ihr da zukommen ließ. Natürlich war ihr sofort klar, dass das Angebot der Familienzusammenführung hier und heute eindeutig von ihr ausgegangen war. Johanne hätte am liebsten schon zu früheren Zeiten Nachforschungen betrieben, um ihre Mutter zu finden, wenn sie, Janna, sich nicht vehement dagegen ausgesprochen hätte.

„Du musst dich ziemlich überfallen von allem fühlen, was?", begann Valerie vorsichtig.

Janna straffte die Schultern. „Überrumpelt passt eher!"

Dabei ließ sie weder Johanne noch Gerlinde aus den Augen, um Letztere sogleich zu bombardieren: „Wieso hast du mir nicht direkt gesagt, wer du bist? Das war doch dann wohl kein Zufall mit unserem Treffen, oder? Und woher wusstest du überhaupt, dass ich im Park bin?"

Gerlinde schämte sich für ihre Feigheit. „Ich bin dir gefolgt, nachdem du dich von Paula Sendler verabschiedet hast", bekannte sie leise.

„Du wusstest von diesem Gespräch?", horchte Janna fassungslos nach.

Gerlinde ahnte, wie sehr es in Janna brodeln musste. So versuchte sie ihr ohne Beschönigung die Umstände zu erklären. „Jahrelang habe ich nach euch beiden gesucht", sie umfasste dabei auch Valerie mit in ihren Blick, „doch ohne Erfolg ..."

Und dann wiederholte sie vor allen Anwesenden noch einmal ihre ganze traurige Geschichte, die Valerie und Tina seit ein paar Tagen bereits kannten.

Niemand unterbrach sie, alle im Raum lauschten bewegt ihren Worten. Nur ein einziges Mal, als sie den Namen Winkmann erwähnte, fuhr Gerrit dazwischen: „Das Mandat, mit dem ausgerechnet ich beauftragt wurde!"

„Ja, das weiß ich!", bekannte Gerlinde mit bitterem Beigeschmack in der Stimme. „Was für eine Ironie des Schicksals, dass man ausgerechnet dir die Verteidigung dieses Mannes angedeihen lässt, nachdem ich ein neues Verfahren gegen ihn erließ! "

„Ich habe das Mandat niedergelegt!", bekundete Gerrit ernst.

Ungläubig schaute Gerlinde ihn an.

Gerrit nickte noch einmal bestätigend. „Nachdem ich Akteneinsicht erlangte, dabei auf gewisse Daten stieß und zudem dann denkwürdiger Weise von Johanne die Wahrheit über dich erfuhr, konnte ich mich ja wohl unmöglich weiter auf diesen Fall einlassen."

Gerlinde strahlte ihn an. „Danke, Gerrit! Schlimm genug, dass solche Menschen überhaupt noch ein Recht auf Verteidigung haben."

„Mit Paula Sendler als Mitwisserin seiner miesen Machenschaften wird er den Rest seines Lebens hinter Gittern absitzen, das kann ich dir versprechen!"

Worauf er ihren festen Händedruck spürte.

Gerlinde sprach weiter und Janna hing genauso an ihren

Lippen wie zuvor Valerie, als sie die ganze Tragödie nun bewusst erfasste.

„An dem Tag, als du dich mit Paula trafst, setzte sie mich erst früh morgens von ihrer Absicht, mit dir zur sprechen, in Kenntnis. Ich dagegen wollte lieber selbst mit dir reden, doch sie ließ sich nicht von ihrem Vorhaben abbringen. Sie sagte, ihr schlechtes Gewissen ließe ihr einfach keine Ruhe. So habe ich mich ins Auto gesetzt und bin, so schnell ich konnte, nach Moers gefahren."

„Du bist von Hannover hierher gerast, nur um mich abzupassen?", fragte Janna ungläubig.

Gerlinde schüttelte den Kopf. „Nein, nicht abpassen … ich wollte dich sehen, wollte feststellen, wie es dir nach diesem Gespräch erging! Deshalb habe ich einfach die ganze Zeit draußen gewartet und als du dann heraus kamst …", sie stockte, „und weintest … bin ich dir nachgegangen …". Sie setzte einen Moment aus, dann bekannte sie traurig: „Ich … ich hätte dich so gern in den Arm genommen und getröstet!"

Janna liefen die Tränen. Was sie hier hörte, deckte sich in keiner Weise mit dem, was sie all die Jahre glaubte. Und was erst Gerlinde, ihre Mutter, durchgemacht haben musste … Janna empfand den Gedanken allein daran schon grauenhaft. Aus einem Impuls heraus streckte sie ihr ergriffen die Hand entgegen. Gerlinde nahm sie dankbar. Jetzt standen sich beide Frauen von Angesicht zu Angesicht gegenüber, waren sich Mutter und Tochter so nah wie nie zuvor in ihrem Leben und hielten sich im nächsten Augenblick eng umschlungen.

Irgendwo im Haus grölten Kinderstimmen, ansonsten aber herrschte plötzlich nachdenkliche Stille. Man hätte sogar die berüchtigte Stechnadel selbst auf den flauschigen Läufer, der den Fliesenboden schmückte, fallen hören können.

Doch Johanne hielt das nicht lange aus. „Ich kann euch gar nicht sagen, wie froh ich bin, dass nun alles aufgeklärt ist. Janna hat so sehr unter dem Gedanken gelitten, dass ihre leibliche Mutter nichts von ihr wissen wollte. Und das hat sie in manchen Dingen … so furchtbar hart gemacht."

„Liebe Johanne, wir sind dir von Herzen verbunden, dass du uns so unterstützt hast, uns so offen aufgenommen hast, statt uns aus Angst Steine in den Weg zu legen!", erklärte Hannes mit seiner sonoren Stimme aufrichtig dankbar.

„Wir haben uns so manches Mal gefragt, ob es richtig war, unserer Tochter überhaupt von der Adoption zu erzählen!", wandte Herbert Kolkner ein. „Vielleicht hätten wir ihr den

Frust ersparen können."

„Nein, nein!" Janna erschrak bei seinen Worten. „Ich bin froh, dass ich von vornherein Bescheid wusste!" Dann blickte sie beide Adoptiveltern an. „Sonst wäre ich wahrscheinlich spätestens jetzt in eine noch viel schwerere Identitätskrise hineingerasselt!"

„Das Problem habe nämlich *ich*!" Valerie seufzte seelenvoll. „Meine Eltern haben mir *nichts* gesagt!"

Jetzt betrachtete Janna sie noch genauer, studierte jeden ihrer Gesichtszüge und erkannte sofort, wie sehr Valerie daran knabberte. Janna war danach, auch sie in die Arme zu nehmen und zu drücken, was sie sogleich in die Tat umsetzte. „Vielleicht haben deine Eltern einfach nur furchtbare Angst gehabt, dich zu verlieren!" Natürlich war das so! Janna wusste es schließlich aus erster Quelle. Doch dieses Wissen konnte sie natürlich jetzt nicht preisgeben. „Wahrscheinlich wollten sie es dir immer sagen und haben einfach nur den richtigen Zeitpunkt verpasst. Ich stelle mir das auch verdammt schwierig vor …"

„Ha, meine Rede!", rief Tina, die sich bisher still verhalten und alles in Ruhe mit angehört hatte. „Die van der Lindens sind liebe Leute, die wollten ihr bestimmt nicht mit Absicht wehtun." Tina kam näher und blieb direkt vor der Freundin stehen. „Nur, Valerie, du musst endlich mit ihnen reden, ihnen die Möglichkeit zur Rechtfertigung geben!"

Valerie nickte beschämt. „Ich weiß! Und ich habe mir vorgenommen, sie morgen anzurufen und …"

„Anrufen?", schnappte Tina aufs Neue besorgt auf. „Du solltest persönlich mit ihnen sprechen! Valli, es sind deine *Eltern*!"

Gerlinde ging bei Tinas Worten ein Ruck durch den Körper. Sanft strich sie ihrer älteren Tochter über den Ellenbogen. „Sie hat Recht, Valerie! Es sind deine Eltern, die Menschen, die dich großgezogen haben. Du solltest nach Heidelberg fahren und mit ihnen sprechen."

Gerlindes Worte taten Valerie einerseits weh, andererseits gut.

„Aber erst morgen bitte!", rief Janna unruhig dazwischen. „Heute killen wir erst mal Mütterchens Sektflaschen!"

„Oh, dann haltet euch mal ran, ich habe genug davon im Haus!", lachte Johanne und atmete insgeheim auf. Das lief ja wie am Schnürchen.

„Nur deinen Prickelsaft oder auch ein ordentliches Bier für

die drei Männer hier?", rieb Herbert seiner Frau witzelnd unter die Nase.

Johanne gab es ihm in derselben Tonart zurück. „Aber natürlich, mein Grachtenschaukler! Weißt du zufällig, wo sich der Keller befindet?"

„Na, lass man, ich geh schon und hol es!", bot Janna sofort an.

Alle lachten.

Janna wollte die Kellertür öffnen, als hinter ihr plötzlich eine Kinderstimme laut wurde. „Bist du Janna?"

Sie drehte sich abrupt um und schaute direkt in die blauen Augen des kleinen Mädchens, das ihr schon vorhin bei ihrer Ankunft auf der Treppe schon aufgefallen war. „Ja, das bin ich!" Was für eine seltsame Fragestellung aus Kindermund. „Und wer bist du, kleine Dame?" Diese Augen! Dieser Blick! Janna schluckte. Sie hätte schwören können, dass sie diesen Blick kannte.

„Milli!", gab das Kind Antwort und schaute Janna ganz eigenartig an.

Oder bildete die sich das nur ein? Wäre auch kein Wunder bei dem ganzen Tohuwabohu hier heute Abend.

„Eigentlich heiße ich ja Millane! Aber ich hasse diesen Namen, deshalb sag ruhig Milli zu mir", bat die Kleine selbstbewusst.

„Aha." Janna musste schmunzeln. „Okay, Milli also! Sage mal, gehst du denn schon zur Schule?"

„Nö", kam es postwendend zurück. „Aber bald!"

„Und wie alt bist du?"

„Na, das kann man sich doch leicht ausrechnen", rief Milli vorwitzig. „Sechs natürlich!"

„Soso."

Irgendetwas an diesem Mädchen entfachte Erinnerungen an lange zurück liegende Zeiten. Nun wollte Janna natürlich erst recht wissen, zu wem das Kind gehörte, ohne es selbst auszuhorchen. Sie nahm sich vor, gleich sofort ihre Mutter zu fragen. Wahrscheinlich war es die Tochter von dieser Tina Wittenfeld, überlegte Janna. Denn von den anderen Besuchern kam in ihren Augen keiner dafür in Frage. Sonst blieb ja nur Valerie und die hatte noch keinen Nachwuchs, wie Janna inzwischen wusste.

„Na, dann spiel du oben schön weiter mit Tonia und Jasmin." Janna lächelte dem Mädchen freundlich zu. „Ich muss jetzt nämlich in den Keller hinunter, was zu trinken holen. Sonst verdursten mir die Gäste noch."

„Kannst du mir denn vielleicht noch sagen, wo mein Papi bleibt?"

„Dein Papi?" Janna war einen Moment perplex. Damit hatte sie nun gar nicht gerechnet. Und dann ruhte Millis Blick plötzlich so interessiert auf ihr, dass in ihr ein eigenartiges Gefühl aufstieg.

Milli nickte. „Ja, er wollte nur kurz etwas besorgen, aber das ist bestimmt schon eine Stunde her."

„Hm!" Janna versucht zu sortieren. „Er war aber hier, ja?"

Milli sah sie an wie ein Gespenst. „Natürlich war er hier. Wir sind ja mit ihm gekommen!"

„Wer ist denn *wir*?", forschte Janna vorsichtig und tat ja nun eigentlich genau das, was sie ursprünglich nicht wollte: sie horchte das fremde Mädchen aus.

„Na, Valerie und Tina!"

Aha, dann hatte sie also doch was mit ihrer Schwester und deren Freundin zu tun? So fragte sie nun aus einer undefinierbaren Ahnung heraus: „Wer ist denn dein Papi überhaupt?"

„Ja, weißt du das denn noch gar nicht?" Milli schien ehrlich erschrocken.

„Was soll ich denn wissen?" Das Gefühl in Janna verstärkte sich.

Doch statt einer direkten Antwort drehte sich das Kind geschwind auf dem Absatz um. Janna meinte noch ein „Okay, bis später dann!" zu vernehmen, bevor Milli die Stufen zur oberen Etage genauso lautlos hinauf gehuscht war, wie sie sie herunter gekommen war.

Kopfschüttelnd sah Janna hinter ihr her. Was für eine eigenartige Begegnung mit einer Sechsjährigen! Und wohin und vor allem wer der Papi war, blieb ihr zunächst ein Rätsel.

„Sag mal, Mutsch, wer ist eigentlich das kleine blonde Mädchen, das oben mit Tonia und Jasmin spielt?"

Johanne hatte gehofft, dass diese Frage nicht kam, bevor Frederik zurück war. Wie konnte sie die Antwort darauf jetzt bloß umgehen? Schließlich wollte sie ihm nicht vorgreifen und war selbst sehr gespannt auf den Moment, in dem die beiden nach all den Jahren wieder voreinander standen. Janna würden die Augen aus dem Kopf fallen, dessen war sie sich sicher.

„Ich weiß jetzt grad gar nicht … ich muss mal eben was …. Momentchen, bin gleich wieder da, ja!" Johanne hastete aus dem Zimmer.

Eindeutig: Mutsch wich ihr aus. Warum? Janna schlenderte hinüber zu Valerie, die immer noch im Sessel saß und an ihrem Wasser nippte. „Hallo, fremde Schwester!" Sie grinste Valerie, die verloren dreinblickte, verschwörerisch zu. „Sag mal, wer ist eigentlich das süße, blonde Mädchen, das du da mitgebracht hast? Kinder hast du doch keine, oder hab ich das falsch verstanden?"

„Nein, hab ich nicht." Valerie wirkte unbeholfen, schien sich eine Antwort erst zurechtlegen zu müssen, erklärte lapidar: „Milli ist die Tochter meines Mannes."

Wieso nur konnte Janna sich des Eindruckes nicht erwehren, dass ihr hier irgendetwas verheimlicht wurde. „Du bist also auch verheiratet?", forschte sie dementsprechend neugierig.

Valerie verneinte, setzte stockend, als sei sie sich selbst nicht sicher, hinzu: „Aber so gut wie … verlobt."

„Okay." Janna grinste. „Dein Beinaheverlobter ist aber nicht hier, oder?"

„Wieso?" Valerie hielt sich mit Absicht zurück. Sie wollte ihr nicht sagen, dass es sich um Frederik handelte. Und sie wollte Janna auch nicht gestehen, dass sie gar nicht wusste, wo er steckte, seit er vor einer knappen Stunde den Raum verlassen hatte.

Janna fand Valeries Verhalten eigenartig. Einmal mehr ahnte sie, dass hier etwas nicht stimmte. Hatte Valerie Streit mit ihrem Verlobten? Warum sonst sollte sie so eintönige Antworten geben?

Janna konnte nicht ahnen, wie sehr ihre Zwillingsschwester an Verlustängsten nagte.

Valerie selbst hätte nicht einmal erklären können, warum dieses Gefühl wie ein schreckliches Unwetter genau in dem Moment über sie hereinbrach, als Johanne Kolkner in Frederik den einstigen, im Hause gern gesehenen, Freund ihrer Tochter erkannte und ihn dementsprechend vertraut behandelte. Valerie wurde plötzlich übermannt von der Vision, Janna und er fänden wieder zusammen. Sie, Valerie, würde ihn verlieren. Vielleicht hatte er in ihr doch nur Janna gesehen. Gefangen in diesen wirren Gedanken schaltete sie selbst den Umstand aus, dass Janna verheiratet war und ihren Mann, wenn man sich auf die Körpersprache konzentrierte, sehr lieben musste, zudem mit ihm zwei Kinder hatte.

Nein, auch wenn sie gestern noch geglaubt hatte, ihre Emotionen so langsam wieder ins rechte Lot zu bekommen, sie fühlte sich trotzdem aus der Bahn geraten. Es würde lange Zeit brauchen, bis sie das, was sie in den letzten Tagen erlebt und erfahren hatte, positiv verwerten konnte. Zu sehr nagte an ihr der Vertrauensbruch ihrer Eltern. Janna war da einwandfrei im Vorteil, sie erlebte zumindest keine Identitätskrise.

Es vergingen zehn Minuten, dann passierte, wovor Valerie sich insgeheim fürchtete. Frederik kam – wo auch immer er in der letzten Stunde gewesen sein mochte – zurück. Johanne oder Herbert mussten ihm einen Schlüssel gegeben haben, denn er stand, wie aus dem Boden gewachsen, wieder auf der Schwelle, ohne dass es an der Haustüre geklingelt hätte.

„Ah, da bist du ja! Hast du es bekommen?", rief Johanne ihm erfreut entgegen. „Das war sehr lieb von dir, vielen Dank!"

Valerie hatte keine Ahnung, was Johanne meinte. War Frederik weggefahren, um etwas für sie zu besorgen?

„Hab ich gern getan!", erwiderte Frederik zuvorkommend. „Die Sachen stehen in der Küche."

Janna, mit dem Rücken zur Tür gewandt und gerade bei ihrer Schwester stehend, schnellte beim Klang seiner Stimme herum, erstarrte im selben Atemzug zu Stein. „Aber das … gibt es doch gar nicht!", nuschelte sie kaum verständlich, um Fassung ringend. „Kneif mich mal, Valerie, das ist ja …" Und dann entrang es sich laut ihrer Kehle: „Freddy!"

Der richtete sein Augenmerk sofort auf Janna und setzte sich unter neugierigen Blicken in Bewegung.

Frederik schluckte. Beide Schwestern nebeneinander – während er langsam auf sie zuging, wurde ihm diese grandiose Ähnlichkeit eineiiger Zwillinge erst richtig bewusst. Janna hatte sich nicht einmal großartig verändert, äußerlich zumindest nicht, wie er auf den ersten Blick feststellte. Im Bruchteil einer Sekunde registrierte er, dass sie höchstens ein wenig voller im Gesicht geworden war. Ihre Augen aber versprühten immer noch denselben Schalk wie damals und just stiegen die Erinnerungen in ihm hoch.

Valerie beobachtete ihn genau, wartete höchst angespannt, was er tat, und es versetzte ihr einen gewaltigen Stich, dass er sie neben Janna nicht weiter beachtete. Eifersucht, gekränkter Stolz, Wut – alles zugleich brach über Valerie ein. Hatte sie es nicht gleich geahnt? Er sah in ihr einfach nur Janna. Ein stechender Schmerz durchzog ihr Herz.

„Janna Kolkner! Wenn das mal keine Überraschung ist, was?", witzelte Frederik sogleich charmant und blieb ganz dicht vor Janna stehen. Kaum ein Haar hätte zwischen die beiden gepasst, so eng standen sie nun voreinander.

„Ich freue mich sehr, dich wiederzusehen!", raunte er, mit einem provokanten Seitenblick auf Valerie.

Die zuckte zusammen, was er zufrieden lächelnd registrierte.

„Ich dachte schon, ich leide unter Halluzinationen!" Janna war sichtlich aus dem Häuschen und umarmte ihn voller Freude und Herzlichkeit. „Erzähl, wie kommt es, dass du heute Abend auch hier …?"

Sie kam nicht dazu, den Satz zu Ende zu sprechen. Frederik hatte die Frage bereits erwartet. „Du meinst, dass ich ausgerechnet bei deinen Eltern auftauche? Das kann ich dir sagen …!" Erneut schielte er zu Valerie hinüber, die sich schrecklich unwohl in ihrer Haut fühlte und insgeheim nach einer Fluchtmöglichkeit suchte. „Ich habe meine zukünftige Frau begleitet. Valerie!" Plötzlich fühlte Valerie wieder seine warme Hand, die ihre fest und Besitz ergreifend umschloss.

Hatte er da wirklich von *ihr* gesprochen? Valerie spürte, wie ihre Knie weich wurden. Seine Worte durchbohrten ihren Brustkorb, diesmal mit süßem Schmerz, und in ihren Magen kehrten augenblicklich die Flugzeuge zurück. Stumm und beschämt sah sie ihn an.

„Ah, dann ist die kleine Milli also deine Tochter?" Jetzt kapierte auch Janna die Zusammenhänge. Deshalb hatte Mutsch sich vorhin um eine Antwort gewunden und Valerie so wortkarg gehalten. Sie strahlte. „Mensch, so klein ist die Erde! Aber das finde ich super, ich freu mich für euch!" Damit umarmte sie ihre Schwester und ihren ehemaligen Freund und jeder erfasste, ihre Freude war echt. Auch Valerie.

Nur eines blieb Janna ein Rätsel. „Wie habt ihr euch denn

bloß kennengelernt?"

„Nun, das ist eine ziemlich witzige Geschichte …" Frederik richtete seinen Blick fragend auf Valerie. Die nickte zaghaft lächelnd. So fuhr er fort: „Unsere erste Begegnung haben wir im Prinzip Milli zu verdanken …"

Mitten in der Erzählung meldete sich plötzlich Jannas Handy, das sie offensichtlich in der Gesäßtasche ihrer Jeans verstaut hatte.

„Ah, endlich ist auch meine Überraschung im Anmarsch! Entschuldigt mich bitte einen Augenblick, bin gleich wieder da", bat sie geheimnisvoll und schien mit einem Mal sichtbar aufgeregt. Dann gab sie Gerrit, der immer noch mit Herbert und Hannes gemeinsam dem Bier zusprach, einen Wink. Gerrit schien sofort zu verstehen und verließ, noch bevor seine Frau die Schwelle erreichte, den Raum.

Keiner der anderen hatte etwas mitbekommen. Herbert ließ für Hannes schon seit geraumer Zeit seine Grachtentouren Revue passieren, so dass Gerrit wahrscheinlich froh war, dem für einen Augenblick zu entkommen. Johanne führte eine sichtlich angeregte Unterhaltung mit Gerlinde und Tina.

Nur Frederik und Valerie fragten sich, was nun noch folgen würde. Überraschungen für den heutigen Abend offenbarten sich bereits jetzt mehr, als ein Mensch allein verarbeiten konnte.

Frederik nutzte die Pause, um ein paar Dinge, die an ihm nagten, ins Reine zu bringen. „Du warst also eifersüchtig auf Janna?", stellte er nachhaltig fest.

„Wie kommst darauf?" Valerie spürte wieder einen dicken Kloß im Hals.

„Gib es zu!", beharrte er.

Valerie wurde vor Scham rot. „Ich …" Mehr brachte sie nicht heraus.

„Ich will es aber hören!", forderte er.

„Weshalb? Du weißt es doch auch so", entgegnete sie unbeholfen. „Wo bist du überhaupt gewesen? Ich glaubte schon, du …"

„Dass ich abgehauen bin?" Frederik schaute sie gekränkt an. „Traust du mir zu, dass ich mich einfach aus dem Staub mache, ohne die Dinge zu klären? Und dazu noch meine Tochter vergesse?"

„Nein, natürlich nicht!", wehrte Valerie erschrocken ab. So weit hatte sie doch gar nicht denken wollen.

„Was dann?"

Sie fühlte, wie es in ihm brodelte.

„Sag mir, was du von mir hältst!"

„Ich habe Angst bekommen …", sie starrte ihn traurig an, „plötzliche Angst, dich zu verlieren. Janna und du, ihr seid einmal …" Zerknirscht senkte sie den Kopf.

Er krallte die Finger seiner Linken in Valeries Schulter und drückte mit der Rechten ihr Kinn in seine Richtung. „Johanne hat mich gebeten, einen Kasten Bier zu besorgen. Sie hatte nämlich nur noch zwei Flaschen im Haus, vorher nicht damit gerechnet, welch reißenden Absatz es heute finden würde."

„Oh!" Valerie schaute ihn beschämt an.

„Zeig mir endlich wieder deine wahren Gefühle!", bat er plötzlich leise und sanft. „So wie am Anfang. Da hast du mich doch auch in den Arm genommen, dich an mich gekuschelt und mich spüren lassen, was du empfindest."

Valerie wusste nur zu gut, was er meinte. Doch in ihrem Kopf saß noch immer diese grässliche Blockade, die für ihre hin und her streitenden Emotionen verantwortlich war. Sie hoffte inständig, dass sich diese auflöste, wenn sie ihr Problem mit Hilla und Helmut, ihren Eltern, in den Griff bekommen hatte.

Gleich morgen würde sie nach Heidelberg zurückfahren und mit ihnen reden. Das nahm sie sich in diesem Moment noch einmal ganz fest vor.

„So, meine Lieben!", dröhnte da Jannas Stimme. „Nach all den wirklich sagenhaften Begegnungen, die ich heute Abend hier dank meiner Mutsch …", sie lächelte Johanne vielsagend an, „machen durfte, ist es jetzt an der Zeit, auch meinen Teil beizutragen."

Gerrit trat hinter sie und legte seine Hand auf ihre Schulter.

„Seid ihr bereit für eine weitere Überraschung?", fragte sie in die Runde.

„Das kann doch nur der Besuch sein, von dem sie gesprochen haben!", flüsterte Johanne den beiden Frauen ihr gegenüber zu. Laut aber rief sie durch den Raum zu ihrer Tochter hinüber: „Mach es nicht so spannend, das halte ich nicht aus!"

Alle lachten und schauten erwartungsvoll.

Gerrit und Janna traten zur Seite, ließen einem Mann mit silbergrauen Haaren, er mochte so Mitte sechzig sein, seine

Gesichtszüge wirkten etwas müde, aber dafür sehr sympathisch, den Vortritt. Dahinter erschien eine rundliche Brünette mit großen, wachen Augen, in denen sich Verlegenheit widerspiegelte.

„Mom! Paps!" Valeries Aufschrei verlor sich in heiserem Krächzen.

Valerie konnte nicht schlafen. Sie war aufgewühlt wie nie zuvor in ihrem Leben. Diesmal allerdings nicht aus Frust, sondern vor Glück. Es war erst fünf Uhr morgens, sie setzte sich auf die Bettkante und lauschte Frederiks gleichmäßigen Atemzügen.

Er lag auf der Seite, mit dem Gesicht zu ihr gewandt und streckte im Schlaf das rechte Bein über die Decke. Selbst im Halbdunkel des Schlafzimmers konnte man deutlich den dunklen Fleck auf seinem Oberschenkel ausmachen, der sich bei Licht besehen als Muttermal entpuppte. Valerie fragte sich, weshalb es ihr gerade in diesem Moment wieder auffiel.

Leise, um ihn nicht zu wecken, stand sie auf und huschte hinaus. In der Küche surrte der Kühlschrank in der Dunkelheit. Durch die heruntergelassenen Jalousien drang nicht der kleinste Strahl der aufgehenden Sonne. Valerie schaltete die Halogenleuchte unter dem Hängeschrank ein und füllte den Wasserkocher. Sie hatte jetzt Lust auf einen Tee. Im Bett konnte sie einfach nicht länger ruhig liegen bleiben.

Mit der Tasse hockte sie sich auf den Stuhl, zog die Beine hoch und legte den Ellenbogen über die Knie. Das heiße Gebräu dampfte unter ihrer Nase. Valerie nippte, stellte die Tasse wieder ab und folgte ihren Gedanken an den gestrigen Abend zurück.

So im Nachhinein: Johanne Kolkner war wirklich die perfekte Gastgeberin mit einem außerordentlich ausgeprägten Sinn für Überraschungseffekte. Und wie gut sie sich mit Gerlinde verstand! Eigentlich erstaunlich, wie herzlich sie die leibliche Mutter ihres Kindes aufgenommen hatte, wo sie beide doch eigentlich so etwas wie Rivalinnen darstellten. Oder war ihre, Valeries, Denkweise mal wieder viel zu verquer? Janna war ja schließlich kein kleines Kind, um dessen Gunst erwachsene Frauen vielleicht hätten buhlen müssen. Na, wie auch immer – auf jeden Fall schienen

Johanne und Gerlinde sich zu mögen und es sah ganz danach aus, dass sie auch in Zukunft den neuen Kontakt untereinander freundschaftlich pflegten.

Dem schlossen sich Herbert Kolkner und Hannes Winkler an, auch unter ihnen schienen die Sympathien gleichmäßig verteilt.

Und dann Janna selbst. Da hatten sie sich zum ersten Mal leibhaftig gegenüber gestanden – zwei Schwestern, die sich optisch glichen wie ein Ei dem anderen, ansonsten jedoch, wohl auf Grund ihrer Lebensumstände, nicht allzu viele Gemeinsamkeiten hegten. Obgleich sie sich völlig fremd waren, fühlten sie aber doch die Stimme des Blutes pulsieren, beschlossen, sich alle Zeit der Welt zu nehmen, um sich genauestens kennenzulernen.

Zudem gab es Gerrit, in dem sie jetzt von einem Tag auf den anderen auch noch einen Schwager besaß. Er verstand sich auf Anhieb sehr gut mit Frederik.

Plötzlich war sie, Valerie, tatsächlich Teil einer riesigen Familie. Wie beneidete sie damals die anderen Kinder in ihrer Klasse, wenn sie erzählten, welche Verwandten zu ihren Geburtstagen und zu Weihnachten kamen, oder mit ihren Eltern besuchten. Für sie selbst gab es nur ihre Eltern. Keine Oma, keinen Opa, keine Tante, keine Cousine, keinen Cousin, niemand dergleichen.

Und jetzt? Schlagartig hatte sich alles verändert. Nun besaß sie, wenn man es genau nahm, drei Mütter und drei Väter, eine Schwester samt Schwager und zwei süßen Nichten. Dazu bekam sie einen lieben, vor allem geduldigen, Mann und eine fast siebenjährige Tochter, die sich nichts sehnlicher wünschte, als zu ihr Mami zu sagen.

Das einzige, was Valerie noch im Wege stand, war sie selbst. Sie brauchte noch ein wenig Zeit, um sie Dinge zu verarbeiten. Doch sie wusste, alle würden ihr zur Seite stehen. Und jetzt, wo auch Mom und Paps integriert waren, was sie ja nun wahrhaftig Janna und Gerrit zu verdanken hatte, ging es ihr in der Tat wesentlich besser.

Irgendwann im weiteren Verlauf des Abends hatte Frederik sie in den Flur gezogen, damit sie wenigstens mal zwei Minuten ungestört waren und ihr sehnsuchtsvoll ins Ohr geraunt: „Versprich mir, dass du bei unserer Hochzeit wieder die Valerie bist, die ich so sehr vermisse!" Flehend hatte er sie angesehen. „Ich brauche dich doch so sehr und glaube mir bitte endlich, ich liebe dich, Valerie! Nicht Janna, denn das war einmal! *Dich*, hörst du!!!"

Ja, sie hatte es gehört und sofort jagte ihr wieder der heiße Schauer durch den Körper. So schlangen sich wie von selbst ihre Arme um seinen Hals, ihre Finger streichelten sanft seine Nacken und ihre Augen brannten vor innerem Feuer.

Dieses Feuer brodelte noch jetzt in ihr nach. Valerie spürte von den Fußsohlen bis in die Haarspitzen ein unbändiges Kribbeln. Das Beste würde sein, sie legte sich ganz schnell wieder ins Bett und überließ ihrem ganz persönlichen Leibarzt die Behandlung dieser Beschwerden.

Zukunftsweise

Der Wellensittich zwitscherte in seinem großen Käfig, der von der Decke herunter hing und Valerie griff genüsslich in die große Keksdose, die vor ihr stand.

„Schließen Sie bitte die Augen und mischen die Karten", gab Frau „Sehn wir mal" vor. „Anschließend zerlegen Sie sie bitte in drei Stapeln auf dem Tisch."

Valerie tat wie ihr geheißen. Kaum hatte sie die Karten abgelegt, drehte Frau „Sehn wir mal" sie rasch um.

„Öffnen Sie bitte wieder die Augen! Was Sie jetzt vor sich sehen, sind die drei Zeitenstapel, Symbole für Vergangenheit, Gegenwart und Zukunft. Womit möchten Sie beginnen?"

„Mit der Gegenwart", entschied Valerie und beobachtete das Gesicht der Kartenlegerin genau.

„Gut. Sie kennen das ja schon. Legen Sie die linke Hand bitte auf den Stapel, schließen Sie bitte wieder die Augen und ziehen dann drei Karten heraus."

„Irgendwelche?"

„Irgendwelche", echote die Wahrsagerin zustimmend. „Am besten, ohne groß darüber nachzudenken, was sie gerade tun."

Dem kam Valerie umgehend nach.

„So, nun dürfen Sie wieder schauen! Legen Sie die drei Karten mit dem Bild nach oben bitte nebeneinander aus!" Sofort konzentrierte Frau „Sehn wir mal" sich auf die merkwürdigen Bilder, die jetzt auf der Tischdecke lagen.

Valerie fragte sich, wie ein Mensch daraus überhaupt etwas lesen konnte, was einen anderen betraf. Eine seltsame Wissenschaft für sich. Sie hielt vor Spannung den Atem an. Würde Frau „Sehn wir mal" ihre Emotionen im Hinblick auf alle neuen Verwandten, die bei ihr sprichwörtlich vom Himmel gefallen waren, erkennen?

„Berg und Tal! Himmelhoch jauchzend und zu Tode betrübt – eine echte Gefühlskrise! Doch Sie haben Menschen um sich, die Ihnen zur Seite stehen, die Sie sehr lieben! Ich erkenne einen Mann, er trägt dunkles Haar, er bemüht sich sehr um Sie! Doch Sie hegen ständig Angst, sich auf ihn einzulassen. Eine Frau ist der Grund. Sie selbst? Nein, es muss sich um jemanden handeln, der Ihnen sehr ähnlich ist. Aber Sie brauchen nichts fürchten! Alle in Ihrem Umfeld sind aufrichtig und ehrlich. Und ich sehe ein kleines, blondes Mädchen, das nach Ihnen ruft."

Valerie fuhr es siedendheiß den Rücken hinab. Längst tat sie solche Sitzung nicht mehr als Humbug ab. Im Gegenteil, sie empfand mittlerweile sogar einen Heidenrespekt vor dem Können der Frau „Sehn wir mal". Diese hatte sie vorhin an der Tür nicht von ungefähr aus großen Augen angestaunt, als sie in ihr die Klientin erkannte, die noch vor ein paar Wochen ihre Aussage stark anzweifelte.

„Etwas entfernt sehe ich eine weitere Frau stehen, dunkelbraune Haare, und einen Mann, er könnte bereits grau tragen. Aber die Distanz wird schrumpfen, sie rücken näher und ich erkenne Wurzeln. Alle genannten Personen bilden um Sie herum einen geschlossenen Kreis."

„Was bedeutet das?", fragte Valerie ehrfürchtig.

Frau „Sehn wir mal" lächelte wissend, antwortete jedoch nur geheimnisvoll: „Blut ist stärker als Wasser und das Herz pocht zum Halse!"

Plötzlich stand sie auf und ging hinüber zu der Schrankwand, in der Valerie aus ihrer Erinnerung heraus das Barfach wähnte. Prompt nahm Frau „Sehn wir mal" eine Flasche und zwei Gläser in die Hand, die sie sogleich einladend auf dem Tisch platzierte. Dann schenkte sie die zwei Gläser bis zur Markierung voll und reichte eins Valerie. „Wird Ihnen gut tun!", meinte sie gönnerhaft und der Gedanke lag auf der Hand, dass sie sich eher selbst was Gutes tun wollte.

Valerie bedankte sich. Frau „Sehn wir mal" prostete ihr aufmunternd zu und kippte das Zeug in einem Zug herunter, während sie selbst nur nippte. Valerie hätte schwören können, es war derselbe Inhalt wie beim letzten Mal. Also doch ein Zaubertrank?

„Wollen wir uns dann die Zukunft beschauen?", fragte Frau „Sehn wir mal". „Oder lieber die Vergangenheit?"

„Nein, die kenn ich ja!" Wieso musste Valerie plötzlich kichern?

„Also Zukunft?"

„Zukunft!" Valerie hatte mit einem Mal das Gefühl, aus

einem Korsett zu steigen, das ihr die ganze Zeit das Atmen erschwerte.

Die Vorgehensweise mit den Karten haftete durchaus noch in ihrem Gedächtnis, so brauchte sie von Frau „Sehn wir mal" nicht mehr viel Anleitung.

„Drei Fragen, die Ihre Zukunft betreffen!", forderte die dann wie erwartet auf, bevor sie sich auf das eigentliche Orakel konzentrierte.

Diesmal brauchte Valerie nicht lange überlegen, hatte sich ihre Fragen schon im Voraus zurechtgelegt.

Doch was für eine seltsame Interpretation kam dabei heraus? Hatte Frau „Sehn wir mal" schon ein paar Gläschen mehr intus als sie vorgab?

„Ihr Herzkönig ist direkt bei Ihnen. Eins und zwei ergibt drei und noch mal zwei dabei. Sechs Elternteile freuen sich. Eine große Familie formiert sich!" Die Kartenlegerin fing Valeries verwirrten Blick auf und lachte. „Mit dieser Antwort haben Sie wohl wieder nicht gerechnet, was?"

„Nein, eigentlich hatte ich erwartet, dass …"

„Sie haben mich aufgesucht, um mich zu testen, nicht wahr?"

Valerie errötete. Frau „Sehn wir mal" hatte sie ertappt.

Die nahm es gelassen. „Das macht nichts. Doch gebe ich Ihnen mit auf den Weg: Nicht immer alles in Frage stellen, locker bleiben und positiv denken, sollte in Zukunft Ihre Devise sein! Und ich wünsche Ihnen von Herzen, dass Sie Ihr Glück festhalten." Dabei fixierte sie noch einmal kurz die Karten, dann Valerie mit wohlwollendem Blick. „Denn eines kann ich Ihnen momentan wirklich garantieren – es reicht Ihnen alle Hände!"

Liebe Leserin, lieber Leser,

wie hat Ihnen das Buch gefallen? Als Selfpublisherin ist mir Ihre Meinung sehr wichtig! So freue ich mich über eine Rezension bei den gängigen Online-Buchhandlungen wie *Amazon, Thalia, Bücher.de oder anderen*. Damit helfen Sie mir, mich weiter zu verbessern und zugleich meine „Krefeld-Geschichten" auch weit über den Stadtrand hinauszutragen.

Schreiben auch *Sie* gerne?

Geschichten, Anekdoten, Gedichte, Kochbücher oder sogar Ihre Memoiren …?

Sie möchten diese gerne als *Ihr eigenes Buch* in Händen halten – wissen nur nicht recht, wie Sie es bewerkstelligen sollen?

Ich helfe Ihnen gerne. Kontaktieren Sie mich einfach unter:
danielamimm@t-online.de

Außerdem:

Ich suche gezielt im Großraum Krefeld Autoren, die ihre Werke selbst publizieren – oder dies vorhaben – zum Aufbau einer Community.

Kontakt: danielamimm@t-online.de

oder Facebook-Gruppe *„Selfpublisher Krefeld/Umgebung"*, die sich über künftige Mitglieder freut

Daniela Mimm

Geschichten von Menschen wie DU und ICH
Heiter   Witzig   Spritzig

„Ehemann umständehalber abzugeben"
NEU-Auflage
als Paperback und Ebook im Frühjahr 2018

Den eigenen Ehemann loswerden, ohne diesen vorher darüber informiert zu haben? Jules Verständnis für ihre Schwägerin wird auf eine harte Probe gestellt. Denn seit Esther diesen Carlos kennengelernt hat, ist sie nicht mehr wieder zu erkennen. Die einst so grundsolide Ehefrau verstrickt sich immer mehr in ein Netz aus Lügen und bringt nicht nur die eigene Familie durcheinander, sondern auch eine ganze Frauenclique.

Bis eines Tages genau durch diese Esther etwas widerfährt, womit keiner je gerechnet hätte …

Daniela Mimm

Geschichten von Menschen wie DU und ICH
Heiter   Witzig   Spritzig

„Der Zwanzig-Minuten-Mann"
NEU   NEU   NEU
als Paperback und Ebook im Frühjahr 2018

Eine kaputte Ehe und kein Job, eine Wohnung, aus der sie vertrieben werden soll und ein Sohn, der nichts „anbrennen" lässt, kurz: Tessa Hofnagel hat alles, was *frau* nicht braucht. Dass ihr ausgerechnet in dieser Situation auch noch Jobst Birnbaum, einst in ihrer Abi-Klasse und zugleich kürzeste Beziehung ihres Lebens, über den Weg läuft, lässt das Stimmungsbarometer nicht gerade steigen.
Andererseits: Jobst ist Rechtsanwalt, sogar mit eigener Kanzlei, und geradezu prädestiniert, Udo ihrem abtrünnigen Gatten, zu zeigen, wo die Paragraphen hängen.

Die Wirkung lässt nicht lange auf sich warten. Nur irgendwie anders, als Tessa sich ausgemalt hat …

Daniela Mimm

Geschichten aus Krefeld
Herz   Schmerz   Geheimnis

„Villa der Wahrheit"

NEU-Auflage
Oktober 2017
Paperback und Ebook

Gerade erst ist Nina Herbst mit ihrem Mann von Koblenz an den Stadtrand von Krefeld gezogen und fühlt sich abseits von allem Vertrauten einsamer als je zuvor.

Katja Diebholz dagegen lebt mit ihrer Familie im rund fünfzig Kilometer entfernten Essen-Werden, stellt zunehmend ihre Ehe in Frage, fechtet jeden Tag neue Kämpfe mit ihrem pubertierenden Sohn aus und erfährt obendrein, dass ihr Mann offensichtlich eine Freundin hat.

Als Katja eines Tages die Mitteilung über das Erbe eines längst verstorben geglaubten Onkels ins Haus flattert, fasst sie einen folgenschweren Entschluss.

Nina und Katja, zwei Frauen, die sich bisher nie begegnet sind und auch nicht ahnen können, dass nicht das Schicksal ihre Wege kreuzen lässt, sondern das unfassbare Geheimnis eines alten Mannes …

Daniela Mimm

Geschichten aus Krefeld
Herz Schmerz Geheimnis

„Das Kind im 13. Vollmond"
Spurensuche auf Burg Bischofstein

NEU NEU NEU
Oktober 2017
Paperback und Ebook

Rätselhafter Fund auf Burg Bischofstein!

Ein rostiger Haken, lose Steine im Mauerwerk, dahinter ein verborgener Hohlraum … Megan Linderau glaubt ihren Augen nicht zu trauen, doch das gefundene Lederkästchen mit äußerst brisantem Inhalt auf ihrer Hand ist keine Halluzination.

Zufall oder Schicksal, dass ausgerechnet Megan damit einem Geheimnis auf die Spur gekommen ist, das nicht nur bis weit in die Vergangenheit der Burg, sondern, wie sie feststellen muss, auch zu ihren eigenen Wurzeln zurückreicht?

Fest entschlossen begibt sie sich auf die Suche nach der Wahrheit, nicht ahnend, in welches „Wespennest" sie damit sticht …

Leseprobe: *„Villa der Wahrheit"*

Wie ein geheimnisvoll dunkles Loch wirkte der Einmündungsbereich des *Hohlweg* auf Nina, als sie ihren Wagen über die schier endlose Gerade der *Molenaarstraße* auf den *Hülser Berg* zusteuerte. Die einsetzende Nacht ließ die eng aneinander gereihten Baumkronen an seinem Hang zu einer fast undurchdringlichen Schwärze zusammenwachsen, nur vereinzelt durchbrochen durch den gelblich faden Schein der Straßenlaternen. Selbst die Villen an dieser Seite schienen allesamt im Tiefschlaf zu liegen.

Endlich hatte Nina die Kreuzung am *Talring* erreicht, als plötzlich wie aus dem Nichts frontal zwei Scheinwerfer auftauchten und so stark blendeten, dass sie für einen Moment fast nichts mehr sehen konnte.

„Idiot", schimpfte sie, „mach das Fernlicht aus!" Nur flüchtig erfasste Nina, dass es sich um einen Kleintransporter handelte, der jetzt ohne Halt und unter Missachtung des Stopp-Schildes einfach über den Kreuzungsbereich schoss und dessen Rückstrahler in ihrem Spiegel mit rasender Geschwindigkeit verblassten.

Nina schüttelte den Kopf über so viel Leichtsinn. Sie verabscheute Asphaltraudis, die durch die Gegend preschten, als sei der Teufel hinter ihnen her.

Doch sie schluckte ihren Groll hinunter und konzentrierte sich nun auf die enge Fahrbahn des *Hohlweg*, der ohne jegliche Straßenbeleuchtung, dafür aber mit leichten Windungen in westliche Richtung den *Hülser Berg* durchschnitt. Sie war froh, dass ihr kein weiterer Wagen entgegen kam. Die unbefestigte Bankette an beiden Seiten zeigte ganz deutlich Reifenspuren von Ausweichmanövern irgendwelcher Fahrer, die das Tempolimit von dreißig offensichtlich nicht beachtet hatten.

Nina hatte den Abzweig zur *Bergschänke* gerade passiert, da tauchte plötzlich, wie von Geisterhand, auf der Fahrbahn vor ihr ein Schatten auf. Sie erschrak zutiefst und trat im selben Moment abrupt auf die Bremse. Ihre Ohren rauschten und wie aus weiter Ferne vernahm sie das Quietschen von Reifen. Es dauerte einen Moment, bis ihr bewusst wurde, dass es ihre eigenen waren. Starr vor Entsetzen blickte sie durch die Windschutzscheibe … direkt in zwei dunkle, weit aufgerissene Knopfaugen, in denen der Schreck nicht minder stand.

Doch noch ehe sie zur Besinnung kam, vernahm sie durch den offenen Spalt des Seitenfensters ein Geräusch wie leises Hufeschaben und im selben Moment war der Spuk vorüber und das Augenpaar verschwunden.

Ein verirrtes Rehkitz! Es war einfach vor ihr auf die Fahrbahn gesprungen. Gottlob hatte sie den Wagen noch rechtzeitig zum Stehen gebracht und außer dem Schrecken war nichts weiter passiert.

Nina ließ die Scheibe bis zum Anschlag hinunter und lehnte den Kopf hinaus. Sie schaltete den Motor ab und vorsichtshalber die Warnblinkanlage ein. Dann verharrte sie, innerlich immer noch angespannt, ob vielleicht weitere Tiere folgten. Nina lauschte in die Finsternis jenseits der Straße. Die Böschung stieg zu beiden Seiten steil an und jede Bewegung von oben hätte unweigerlich eine kleine Gerölllawine ausgelöst.

Aber es blieb ruhig. Nach wenigen Minuten, die ihr wie eine Ewigkeit vorkamen, stellte sie die Warnblinker wieder ab.

Und doch war ihr unheimlich zumute, als sie den Motor neu startete. Im Abblendlicht schienen die ausladenden Äste der Bäume nach ihr zu greifen. Automatisch drückte sie den Fuß auf das Gaspedal und atmete regelrecht auf, als die ersten Lichter diesseits des *Talring* sichtbar wurden.

Aquarell „*Villa*"
zum Buchcover „Villa der Wahrheit"

von

Ute Leifeld

Krefelder Künstlerin mit viel Liebe zum Detail

Einen Einblick auf ihre Werke finden Sie bei Facebook.